Feminino Singular

Sveva Casati
Modignani

Feminino Singular

ROMANCE

Tradução de
JOANA ANGÉLICA D'ÁVILA MELO

EDITORA RECORD
RIO DE JANEIRO • SÃO PAULO
2009

CIP-BRASIL. CATALOGAÇÃO-NA-FONTE
SINDICATO NACIONAL DOS EDITORES DE LIVROS, RJ

Casati Modignani, Sveva , 1954-
C33f   Feminino singular / Sveva Casati Modignani; tradução Joana Angelica D'Ávila Melo. – Rio de Janeiro: Record, 2009.

Tradução de: Singolare femminile
ISBN 978-85-01-07754-7

1. Romance italiano. I. Melo, Joana Angélica D'Ávila. II. Título.

09-3377

CDD: 853
CDU: 821.131.1-3

Título original em italiano:
SINGOLARE FEMMINILE

© 2007 Sperling & Kupfler Editori S.p.A.

Texto revisado segundo o Novo Acordo Ortográfico da Língua Portuguesa

Todos os direitos reservados. Proibida a reprodução, no todo ou em parte, através de quaisquer meios.

Direitos exclusivos de publicação em língua portuguesa somente para o Brasil adquiridos pela
EDITORA RECORD LTDA.
Rua Argentina 171 – Rio de Janeiro, RJ – 20921-380 – Tel.: 2585-2000
que se reserva a propriedade literária desta tradução

Impresso no Brasil

ISBN 978-85-01-07754-7

PEDIDOS PELO REEMBOLSO POSTAL
Caixa Postal 23.052 – Rio de Janeiro, RJ – 20922-970

A Carla Tanzi,
a quem tenho muito afeto
e que me faz muita falta

Agradecimentos

Para aprofundar alguns temas do romance, pedi ajuda a Gianna Schelotto, psicoterapeuta de casal, e a Fausto Manara, psiquiatra e psicoterapeuta. Também me auxiliaram a senhora Giovanna e suas colegas, colaboradoras de Radaelli, florista em Milão. E Anna Pesenti me sugeriu o vinho certo para o momento certo.

Devo a Donatella Barbieri a minuciosa edição. Por todo o resto, sou grata às "moças" da Sperling. Agradeço a cada uma delas.

Hoje

1

— ME PASSE O PASTORZINHO — disse Martina. — Aquele que toca flauta — esclareceu, dirigindo-se a Leandro, ao seu lado. Estavam arrumando as estatuetas do presépio sobre um imponente arquibanco que dominava o amplo vestíbulo do Palacete Bertola, uma esplêndida residência nobiliária, em Bérgamo Alta, que Leandro herdara dos pais. Martina já havia modelado com papel machê e pintado com spray a cabana de Belém, acomodando-a em seguida sobre a macia camada de musgo recolhida por Leandro em seu jardim, junto aos velhos muros.

Era o quarto domingo do Advento e o rito do presépio os reconduzia aos longínquos anos da infância, quando em todas as casas, das mais modestas, como tinha sido a de Martina, às mais suntuosas, como a de Leandro, faziam-se os preparativos para o Natal.

— Vou colocá-lo junto da camponesa com o cesto de ovos — propôs ele.

Martina replicou, irritada:

— Você não entende nada. A camponesa não pode ficar com o pastorzinho. — E logo acrescentou, mudando de tom: — Desculpe, estou com uma daquelas minhas enxaquecas habituais.

— E se fizéssemos uma pausa? — sugeriu Leandro, consultando o relógio. — São 15 horas. Temos a tarde inteira para concluir o presépio. Hoje de manhã, Richetta preparou chocolate. Vou esquentá-lo para nós.

— Tudo bem — respondeu Martina, que adorava chocolate quente. — Enquanto isso, vou me deitar um pouquinho no sofá da sala.

Tinha 66 anos, a mesma idade de Leandro, e ainda era esbelta como uma jovenzinha.

Ele a observou, enquanto ela atravessava o vestíbulo com o passo leve de uma bailarina, e sentiu-se invadido de ternura por aquela mulher a quem amava desde criança. Foi até a cozinha e aqueceu no micro-ondas um bule com chocolate. A bandeja com as xícaras e os biscoitos já estava preparada, sobre o aparador. Colocou em um pratinho um comprimido de aspirina. Martina sempre neutralizava suas dores de cabeça com ácido acetilsalicílico. O pai de Leandro, o doutor Pietro Bertola, era quem o tinha prescrito, desde quando ela era mocinha.

Entrou na sala, trazendo a bandeja, e colocou-a sobre uma mesinha ao lado do sofá. Martina, que estava reclinada, com uma manta de lã estendida sobre as pernas, soergueu-se para se sentar. Pela porta-balcão do aposento, que dava para o jardim, filtrava-se a luz opalescente de um dia sem sol.

— Teremos neve no Natal — disse ela, baixinho.

Leandro serviu o chocolate.

— Que perfume gostoso — comentou Martina, recebendo a xícara das mãos dele.

— Ensope aí uns dois biscoitos e depois tome a aspirina — ordenou Leandro.

— Não estou tão mal assim.

— É melhor prevenir.

Ela obedeceu.

— Só mesmo para fazer sua vontade.

— Se você quisesse realmente fazer minha vontade, teria ido ao hospital antes das festas, para os exames de controle. O que me preocupa não é a enxaqueca, é seu coração, que tem alguns problemas. Você sabe disso, mas é teimosa como uma mula.

— Não quero discutir. Entrego os pontos. Você me vence pelo cansaço. Depois do Natal, pode deixar que eu me submeterei às torturas de vocês, médicos. — Sublinhou o "vocês" que incluía Leandro, docente universitário de medicina geral e chefe do serviço de cardiologia no hospital de Bérgamo.

Ao redor, flutuava o aroma denso e envolvente do chocolate.

— Quero mais — disse Martina. — Eu seria capaz de viver de chocolate. É uma bebida tão sublime que faz com que eu me sinta aparentada com Deus. Acho que até Deus adora chocolate.

— Você é mesmo doida! — exclamou Leandro, divertido.

— É assim que eu penso, e ninguém poderá me desmentir: Deus adora chocolate e se farta com ele. Bendito seja! — afirmou ela, pousando na bandeja a xícara vazia. Depois, deitou-se de novo. Leandro se inclinou sobre ela para lhe aflorar a testa com um beijo.

— Agora, tente dormir um pouco, meu amor.

— Que horas são? — perguntou Martina.

— Quase 16 horas.

— Precisamos terminar o presépio.

— Quando você acordar.

— Aí já será tarde. Você sabe muito bem que eu preciso estar de volta a Vértova na hora do jantar, senão quem aguenta a minha Osvalda?

Vértova era o lugarejo do Vale Seriana onde Martina havia morado a vida inteira. Osvalda era sua terceira filha, a mais nova. Viviam juntas em uma mansão rural que dominava a aldeia, e a jovem assumira a tarefa, não solicitada, de vigiar a moralidade de sua mãe, a qual, depois de ter tido três filhas com três homens diferentes sem jamais se casar com nenhum deles, desde alguns anos antes se ligara a Leandro e não se preocupava com esconder essa relação, nem das filhas nem dos seus conterrâneos mexeriqueiros.

Sempre que Martina voltava de Bérgamo, depois de passar o dia com Leandro, Osvalda a criticava em tom dramático.

— Mesmo velha, você consegue dar escândalo — dizia, agressiva. E reforçava a dose: — Mais cedo ou mais tarde, vai ter de enfrentar o julgamento de Deus, como todo mundo.

Em geral, Martina se calava e esperava a tempestade passar. Mas, dias antes, havia levantado a voz.

— Pare como esses seus desvarios de carola. O que você sabe sobre Deus?

— Sei mais do que você, que se ilude imaginando ter pacto com o Pai Eterno — exclamara a filha.

Martina se enfurecera:

— Você precisa é de um namorado saudável e vigoroso, que a transforme em mulher.

Pronto, havia dito. Mas em seguida teve vontade de cortar a língua. Seguira-se um instante de silêncio. Depois Osvalda saíra correndo do aposento, aos prantos, e Martina fora à igreja. De fato, tinha um modo todo seu de ser cristã. Desde pequena, preferia, aos santinhos que o pároco lhe presenteava, a grande imagem de gesso colorido, colocada na capela ao lado do altar-mor, que representava um Cristo jovem, sorridente, de olhar cerúleo. Usava uma longa veste branca e um manto escarlate, braços abertos num gesto de acolhida. Aquele era o Cristo que Martina amava. Sentava-se em um banco, diante da imagem dele, fitava-o nos olhos e contava tudo o que lhe pesava no coração. Nesse dia, disse: "Querido Jesus, minha Osvalda é uma solteirona insuportável. Tu sabes disso. Desde quando reencontrei o homem com quem desejo viver pelo resto dos meus dias, morre de ciúme e não me deixa em paz. Eu te imploro, faz com que ela encontre um bom rapaz que a despose, que a faça feliz e a leve lá de casa".

Agora, Leandro lhe sorriu. Sabia como era difícil a relação entre Martina e Osvalda.

— Durma, e não se angustie. É uma ordem do médico. Eu vou assistir ao jogo na televisão — disse. Inclinou-se sobre ela, acariciou-lhe os cabelos e saiu do aposento.

No primeiro andar do palacete, depois de uma série de salas, havia um pequeno escritório com isolamento acústico. Era o lugar preferido de Leandro. Sobre a escrivaninha, entre as muitas fotografias, havia uma de Martina, instalada em uma cadeira, no jardim da casa de campo da família dele, a Villa Bertola, em Vértova. O próprio Leandro a tirara seis anos antes e conseguira captar, no rosto daquela estranha mulher, a força exuberante, a infinita doçura e um delicioso coquetismo.

Naquele dia, depois de anos de ausência, Leandro voltara ao vilarejo para fotografar os aposentos da casa dos avós, desabitada havia tempo, porque pretendia colocá-la à venda. Tinha encontrado Martina no jardim, colhendo cerejas de um galho da árvore.

— Você está invadindo uma propriedade particular — assustou-a, pegando-a de surpresa.

— O quê? Se eu não as colher, os melros é que vão comê-las — reagiu ela, com um sorriso irresistível.

Fitaram-se nos olhos por um longo instante. Ele enrubesceu e, de repente, sussurrou:

— Eu sempre amei você. Agora, estamos livres para dispor das nossas vidas. Quer ficar comigo?

— Até que enfim. Desde mocinha, eu espero ouvir você me dizer isso — respondeu ela, comovida.

Desde aquele momento, haviam passado seis anos felizes. Martina tinha estabelecido algumas condições, aceitas por ele. Uma era a de continuarem a morar cada um em sua própria casa, ele em Bérgamo e ela em Vértova, embora encontrando-se com a maior frequência possível.

Agora Leandro se sentou na poltrona, diante do televisor ligado. Seu time predileto estava perdendo, mas ele nem lamentou tanto, porque estava preocupado com Martina. A certa altura, desistiu de acompanhar a partida e desceu ao térreo. Entrou na sala. Aproximou-se do sofá na ponta dos pés e viu Martina pressionando o peito com as duas mãos.

— Estou me sentindo mal, muito mal — disse ela num sopro, olhos arregalados de dor e medo. — Tentei chamá-lo... mas você não ouvia...

Leandro telefonou imediatamente para o hospital e, poucos minutos depois, o som lacerante de uma sirene anunciou a chegada da ambulância.

2

— Vovó, preciso voltar para casa agora. São quase 18 horas, e a mamãe retorna daqui a pouco. Como você sabe, ela precisa ser acompanhada como uma menina — disse Osvalda a Vienna Agrestis, que, aos 85 anos completados nesse dia, vivia agora sozinha, em Vértova, na habitação rural que havia sido da família de seu marido.

Vienna era uma mulher serena e equilibrada. Com o passar dos anos, tornara-se uma espécie de nume tutelar dos numerosos Agrestis, que tempos antes haviam deixado o lugarejo para transferir-se à cidade.

A avó replicou:

— Pare de bancar a enfermeira. Sua mãe sempre soube cuidar de si mesma. Você preferiria que ela se trancasse em casa, desfiando rosários. Bom, esqueça. Martina tem um espírito livre, e ainda está para nascer alguém capaz de mantê-la na coleira.

Estava sentada numa poltrona da sala, diante da janela voltada para o rio Serio. O aposento tinha as traves do teto à vista e era decorado com os móveis presenteados a ela pelos cunhados, os quais tinham se especializado no setor de mobiliário e, em pouco tempo, haviam conseguido lançar no mercado, com grande sucesso, a marca Agrestis. Vienna entrara muito jovem para aquela família, ao desposar Arturo, o primogênito dos Agrestis. Depois do casamento, o marido fora trabalhar em Turim como pedreiro, porque o ofício de marceneiro não lhe agradava. Morrera quando Martina ainda era pequena.

— Eu não quero mantê-la na coleira. É que o falatório na aldeia me incomoda — reagiu Osvalda.

— Então, não escute o que dizem — aconselhou a avó.

— Agora, preciso mesmo ir — afirmou Osvalda.

Vienna a segurou por um pulso e, com força, obrigou-a a se sentar na poltrona à sua frente.

— Sabe quem me deu o presente mais bonito de aniversário? Sua mãe — disse.

— Que nem se dignou de participar do almoço — sublinhou a moça, com voz áspera.

— Ela já estava aqui às 6 horas da manhã, quando você ainda dormia. Fomos juntas à primeira missa e, depois de me acompanhar até em casa, antes de ir embora, deixou em cima da mesa uma caixa enorme, que me encantou só de ver, tão bonita era. Dentro havia uma camisola e um robe de seda bordados à mão. Jamais tive nada tão lindo. Naturalmente, nunca vou usar essas peças, mas gosto de tê-las.

— Imagine se minha mãe teria a ideia de lhe dar um robe de lã.

— Pare de criticar sua mãe. Ela é uma grande dama, e você não consegue compreender isso.

— O que eu sei é que ela nunca se preocupou com dar um pai às suas filhas. A mim e às minhas irmãs, sempre faltou uma figura paterna, e deu no que deu: Giuliana, aos 50 anos, está com um rapaz de 30, e Maria se esfalfa para criar os filhos sozinha. Quanto a mim, sei muito bem que sou um verdadeiro desastre.

— No entanto, hoje de manhã, durante a missa, enquanto rezava junto a Martina, eu pensava no presente que ganhei e me sentia muito contente, porque ela me presenteou um pedacinho de felicidade — disse Vienna, tentando defender a filha.

Em vez de replicar, Osvalda olhou o céu pela janela.

— Está ameaçando neve — observou.

— Pois é. Hoje é o quarto domingo do Advento. Teremos neve no Natal — concordou a avó. — Agora, vá — acrescentou, precedendo-a rumo à antessala.

Osvalda vestiu o capote e, depois de abraçar Vienna, saiu.

Havia pouca gente pelas ruas da aldeia.

Passou por um grupo de garotos barulhentos. Dois deles, ao vê-la, tiraram o gorro e a cumprimentaram.

— Boa tarde, professora — disseram.

Ela respondeu à saudação sem se deter.

Ensinava em escolas primárias desde que se diplomara. Primeiro tinha sido designada para as escolas de Clusone, um lugarejo vizinho, e depois para as de Vértova.

Da via principal, dobrou à esquerda e passou diante da igreja.

Ouviu o som do órgão e o coro das crianças que ensaiavam os cantos de Natal: "Tu desces das estrelas, oh Rei do Céu..."

Fez um apressado sinal da cruz e prosseguiu seu caminho. A rua começou a subir, margeando os jardins das casas. Aquele era o bairro alto de Vértova. Ali ficavam a mansão dos condes Bertola, adquirida pela prefeitura e adaptada para biblioteca, e a dos condes Ceppi, habitada por sua mãe e por ela.

Cruzou com alguns imigrados de cor que a saudaram com deferência. Osvalda se ocupava ativamente deles, como membro de uma associação de voluntários que era ligada à paróquia e que recolhia roupas, víveres e dinheiro para os pobres.

Chegou diante do pesado portão de ferro batido da Villa Ceppi. Abriu-o e percorreu a trilha ladeada de murta, subiu a breve escadaria que conduzia ao pórtico e se deteve em frente à porta de entrada para digitar a senha eletrônica que desativava o alarme. Por fim, viu-se dentro de casa.

Acolheram-na a escuridão, o silêncio, a tepidez do aquecimento e um vago perfume de rosas que provinha de uma tigela cheia de pétalas secas, embebidas em essências, colocada sobre a mesinha da entrada. Sua mãe ainda não tinha voltado. Ela fez deslizar a porta de um armário embutido e pendurou o capote ali. Fechou-a e, por um instante, observou-se no espelho: viu a imagem de uma moça de rosto carrancudo. Com um gesto automático, ajeitou os cabelos louros, endireitou o fio de minúsculas pérolas que iluminavam a blusa de lã cinza-escura, alisou as pregas da saia escocesa e, sentindo-se em ordem, enveredou pelo corredor de serviço e entrou na cozinha.

Mais uma vez, pensou que sua vida certamente não era empolgante, mas corria tranquila. Se tivesse se casado, como Martina queria, marido e filhos teriam subvertido sua existência, e ela não queria problemas futuros, além daqueles que sua mãe lhe dava.

Tirou da geladeira algumas verduras, lavou-as e alinhou-as sobre a tábua de cortar. Devia preparar o jantar para si mesma e para Martina. Enquanto picava o aipo, pensou nas refeições com sua mãe, sentadas uma em frente à outra, sem falar. Um olho no prato e outro na televisão ligada, vendo as guerras, as carnificinas, os crimes que ensanguentavam o mundo. Martina sempre deixava comida no prato. Osvalda não fazia comentários, mas se ofendia com o escasso entusiasmo da mãe pelos quitutes que ela cozinhava com empenho.

Começava a fatiar as cebolas frescas quando o telefone tocou. Limpou as mãos num pano e pegou o fone do aparelho que ficava sobre o aparador. Ouviu a voz de Galeazzo Bigoni, proprietário de uma fabriqueta de fogos de artifício. Eram coetâneos. Ele se diplomara em engenharia e depois, não tendo encontrado um trabalho melhor, inventara essa atividade para si. Os negócios prosperavam, apesar da concorrência chinesa, que o obrigava a investir na qualidade.

— Quer ir ao cinema hoje à noite? — perguntou Galeazzo.

Osvalda procurou velozmente uma série de pretextos para recusar o convite, pois sabia que, entre uma palavra e outra, o amigo iria aludir a um vínculo estável entre os dois, deixando-a pouco à vontade. Ele era um bom rapaz, e bastaria um pequeno estímulo para chegar ao casamento, o qual, porém, não estava nos planos dela. Como não lhe ocorreu nenhuma desculpa plausível, respondeu apressadamente:

— Estou preparando o jantar. Mais tarde lhe telefono.

— Uma pontinha de entusiasmo seria bem aceita — lamentou-se Galeazzo.

— Desculpe, estou fatiando as cebolas — replicou Osvalda, e desligou.

Colocou no fogo uma panela com água, acrescentando-lhe caldo em tablete e sal. Descascou umas batatas e cortou-as em cubinhos. O telefone tocou de novo.

— Alô — atendeu ela, impaciente. Naquele passo, quando ficaria pronto o minestrone?

— Aqui é Leandro — disse uma voz que ela conhecia bem e detestava. Ele informou brevemente que Martina tivera um infarto e estava internada no centro de terapia intensiva do hospital de Bérgamo.

— Vou pegar o carro e sigo imediatamente para aí — disse a jovem, com voz trêmula.

3

MARIA NÃO PRECISAVA de despertador. Às 5h30, como todas as manhãs, abriu os olhos. O quarto estava imerso no escuro e ela sentia os braços gelados, porque, dormindo, tinha se descoberto. Meteu-os de novo embaixo do edredom e uma mãozinha lhe aflorou um ombro. Pietro, seu filho de 12 anos, dormira com ela na cama de casal, porque estava doente.

No prédio da *via* Vitruvio, em Milão, onde ela morava com seus dois filhos, o senhorio economizava no aquecimento, que era desligado à noite, e as crianças sofriam uma bronquite atrás da outra. Durante dois dias, Pietro tivera tosse e febre alta. Agora, ela pousou os lábios na testa do menino e constatou, com alívio, que ele estava fresquinho como uma flor.

Deslizou para fora da cama, vestiu um robe de flanela e saiu silenciosamente do quarto. Acendeu a luz do corredor e empurrou de leve a porta do quarto de sua filha Elisabetta, de 14 anos. A garota dormia tranquilamente. Então, entrou na cozinha e quase levou um tombo ao apoiar o pé sobre um patim de rodinhas abandonado no chão por Pietro, na noite anterior. Um som estridente feriu o silêncio. Maria acendeu a luz e, com um pontapé, expediu o patim para baixo de um pequeno aparador. Encheu a cafeteira e colocou-a no fogão a gás. Depois se sentou à mesa, esperando que seu elixir matutino se filtrasse. Olhou para fora pela janela e viu, no céu, a lua dilatada por uma auréola leitosa que anunciava a chegada da neve. Deslizou o olhar pelas janelas do pátio interno. Estavam todas apagadas, menos a do apartamento onde morava um jovem artista que com frequência voltava de suas noites loucas quando Maria se levantava para ir trabalhar.

Lembrou-se da última vez em que havia visto Peppino Cuomo, seu marido, estirado sobre uma mesa do necrotério. Ele tinha sido atropelado e morto por um automóvel em uma noite de verão, quando voltava para casa embriagado, como sempre. "Uma vida absurda", comentou consigo mesma, recordando que, muitos anos antes, sua mãe a alertara: "Não se case com ele. É um presunçoso de meia-tigela, vai lhe arruinar a vida". Mas agora, daquele casamento equivocado, restavam-lhe seus lindos pimpolhos. À noite, quando reencontrava os rostos ternos dos filhos, Maria se sentia feliz.

Desligou o gás e serviu o café numa xícara. Acrescentou leite e biscoitos e degustou com prazer sua sopinha. Foi até o banheiro para se lavar e se arrumar. Por cima da meia-calça de lã, enfiou os jeans e as botas forradas de pelo. Vestiu dois suéteres e a jaqueta impermeável acolchoada. Meteu na cabeça um gorro que lhe cobria inclusive as orelhas e saiu de casa. Era o quarto domingo do Advento e ela estava iniciando sua jornada de trabalho. As crianças ainda dormiriam mais um pouco. A senhora Clelia, uma vizinha de andar, cuidaria delas.

Desceu aos saltos os quatro lances de escada, atravessou o saguão e viu-se na rua. Dobrou a esquina do prédio e chegou à garagem onde estacionava seu furgão. Entrou, ligou o motor e partiu.

Passava um pouco das 6 horas. A cidade ainda se concedia um pouco de trégua antes de começar um novo dia de caótico trânsito natalino. Em muitas ruas, a decoração luminosa formava toldos suspensos no vazio e dava a sensação, a quem passava, de percorrer galerias multicores. Do jeito que é cara a eletricidade, e ainda nos permitimos tanto desperdício, pensou Maria, enquanto continuava rumo à esplanada Loreto. Os transportes públicos circulavam, por enquanto com poucos passageiros. Chegou diante da igreja de Casoretto, estacionou o furgão e desceu. Viu Maura, tão encapotada quanto ela, chegando às pressas pela *via* Mancinelli. A igreja acabava de abrir e as duas mulheres, depois de se saudarem, entraram e percorreram a nave principal até o altar-mor.

Enquanto Maura balbuciava suas preces, Maria pedia a Nossa Senhora que a fizesse receber o mais depressa possível o seguro do marido. A associação dos comerciantes lhe prometera um apartamento maior, em um prédio novo, em um bairro dotado de escolas e com uma igreja bem gerida por um pároco muito ativo. A mudança para a nova casa e o dinheiro do seguro melhorariam significativamente sua qualidade de vida.

Maura e Maria se persignaram e saíram da igreja.

— Cappuccino? — propôs Maura, apressando-se em direção ao bar do outro lado do adro.

O jovem atendente, olhos inchados de sono, não conseguia conter os bocejos enquanto servia os habituais clientes do início da manhã. Como sempre, ali estavam dois vigias do bairro, o jornaleiro, as vendedoras da padaria, que nas proximidades do Natal ficava aberta inclusive aos domingos, o aposentado insone com seu cachorro, e o farmacêutico, Raul Draghi, que dava plantão noturno. Os brioches quentes difundiam um perfume gostoso de baunilha.

Maura e Maria se livraram de luvas e gorros, olharam os brioches e disseram, em uníssono:

— Vamos rachar um?

Ambas estavam acima do peso e tentavam se conter para não piorar a situação.

— Último domingo de confusão. Daqui a três dias será o Natal, e Milão vai parecer uma cidade lunar — observou o farmacêutico.

Era um belo homem de pele morena, cabelos grisalhos e sorriso aberto. Um siciliano que morava em Milão havia anos. "Como Stendhal, eu me considero cidadão milanês", afirmava. Conversava com todo mundo, mas sobretudo com Maria. Para ela, tinha sempre alguma pequena atenção. Os outros fregueses do bar já haviam notado isso e trocavam olhares cúmplices. Maria era a única a não se dar conta de nada.

— Como vão seus filhos? — perguntou-lhe Raul.

— Pietro teve bronquite. Espero que no Natal ele já tenha sarado, senão eu vou passar as festas dando xaropes e mingaus — respondeu ela com ar seráfico, degustando o cappuccino quente.

— A senhora é uma mãe extraordinária — disse o farmacêutico, abotoando o capote. Despediu-se de todos e dirigiu a Maria um sorriso terno.

— Cuide-se — recomendou.

Maria e Maura entraram no furgão. Maura puxou do bolso da jaqueta dois cigarros, acendeu-os e estendeu um à amiga que dirigia.

— Mas você é mesmo uma toleirona! — explodiu, depois da primeira baforada. — O farmacêutico a corteja há um tempão e você nem percebe.

— Encerrei o assunto com os homens. Já me bastou o meu marido. E, também, não existe paquera nenhuma desse farmacêutico. Isso é fantasia sua — replicou Maria.

As primeiras luzes da manhã apareciam no horizonte. O furgão alcançou velozmente a avenida marginal, já lotada de automóveis e caminhões.

— Sem dúvida, você precisaria se cuidar um pouco mais — considerou Maura, enquanto a amiga reduzia a velocidade ao se aproximar da saída para a Mecenate.

— Não tenho tempo nem vontade para essas tolices. E depois, veja só quem fala — brincou Maria.

— Eu tenho 50 anos e sou casada. Você, só 35, e é viúva de um pilantra. Raul seria o homem certo. Sempre que eu vou à farmácia, ele me pergunta: "Como vai a senhora Maria?"

— A senhora Maria vai muito bem assim como está — respondeu a viúva.

— É, dá para ver! Uma chata, é isso que você está.

— Chega de liberdades. Respeite a hierarquia, não esqueça que eu sou a patroa e você, a funcionária — gracejou Maria.

— Ficou maluca? — espantou-se Maura.

— Sempre fui. Tenho uma mãe maluca, duas irmãs malucas e uma funcionária como você. E agora, vamos às compras — concluiu a amiga, com voz alegre.

Pararam no largo diante do grande mercado de flores. Na área de estacionamento havia muitos caminhões, de onde os homens descarregavam plantas e flores. Enchiam dezenas de carrinhos que eram empurrados para dentro dos barracões. Ainda não eram 7 horas e o largo parecia um formigueiro enlouquecido. Maria e sua funcionária lotaram o furgão com caixotes, vasos grandes e pequenos, cheios de flores e plantas. Maria estava satisfeita. Tinha comprado cravos vermelhos, gladíolos escarlates ainda em botão, margaridas brancas e amarelas, braçadas de girassóis, sarmentos dourados, cachos de rosas-caninas, ramos de pinheiro e louro, feixes de pimenta-malagueta, com os quais faria arranjos admiráveis que eram disputados pelos clientes. Tornara-se famosa, em todo o bairro, pela originalidade de seus buquês.

Enquanto retornavam à cidade, disse:

— Quando receber o seguro, eu me desfaço do quiosque e compro uma loja. Quero chamá-la *Primissima*, porque só vou vender flores de primeira qualidade. Vou ter rosas raras, *Avalanche* brancas, *Passion* cardinalícias, *Grand Prix* matizadas de violeta, hortênsias *Petroleum* com talo de um metro, pelargônios *echinatum* e rododendros *luteum*, plumbagos delicadas e orquídeas sensuais. E muitas flores de jardim. Minha loja vai ser uma festa para os olhos. Vou encomendar flores diretamente da Holanda, da Espanha, da Austrália ou de Torre del Greco. E um dia farei uma estufa só minha. Já fui olhar um terreno, não longe de Milão. Meus filhos vão crescer e me dar uma mãozinha, aliás, as duas.

— Sonhos, sonhos e mais sonhos — cantarolou Maura.

— Que sentido teria a vida, se a gente não pudesse sonhar?

— Viva! — exclamou Maura, e ambas explodiram numa gargalhada alegre.

Eram 8 horas e o trânsito na cidade já estava caótico. Maria parou o furgão na praça Argentina, em frente ao quiosque de flores. Era uma espécie de enorme gazebo, fechado por chapas de plexiglas e portas metálicas de enrolar. Abriram-no, descarregaram rapidamente a mercadoria e arrumaram-na lá dentro.

— Ainda vamos começar o dia e já estamos cansadas — lamentou-se Maura.

— Café? — propôs Maria.

— Café — anuiu sua amiga.

— Espere por mim no bar. Vou estacionar o furgão, antes que passe aquele guarda mal-humorado de sempre.

Depois, do bar, ligou para o celular da vizinha, que a tranquilizou. Pietro estava realmente sem febre, e Elisabetta, depois de fazer os deveres escolares, iria encontrar a mãe no quiosque para dar uma ajuda.

De fato, a garota chegou à tarde e logo se tornou útil, prendendo os talos das flores com guta-percha, preenchendo as notas fiscais, renovando a água dos vasos.

Às 18 horas, pediu permissão à mãe para ir à casa de uma colega de colégio.

— Nem pensar. Estou com o furgão cheio de entregas para fazer, e você fica aqui até a hora de fechar, ajudando Maura, que depois a deixa em casa — disse Maria.

Elisabetta não protestou: sabia que os "nãos" de sua mãe deviam ser respeitados.

Maria acabava de entrar no furgão quando seu celular tocou. Olhou o número de onde chamavam: era o da Villa Ceppi.

— Oi, mamãe — respondeu de imediato, com voz alegre.

Mas era sua irmã Osvalda, e o que esta lhe disse deixou-a gelada.

4

GIULIANA DESATOU O ROUPÃO branco de chenile, abriu-o e se examinou ao espelho com olhar crítico. Os seios, felizmente pequenos, ainda se aguentavam. O ventre e o interior das coxas, porém, mostravam sinais de flacidez, apesar da ginástica massacrante a que ela se submetia. Ia completar 50 anos e, embora continuasse a se iludir, acreditando-se uma mocinha, não interpretaria mais a evanescente *Dama das camélias* ou a devotada enfermeira de *Flor de cacto*, que haviam sido seus carros-chefe. Agora, os diretores só lhe propunham papéis mais adequados à sua idade.

Pensou na velhice com horror e invejou a leveza com que Martina, sua mãe, enfrentava o assédio do tempo. Mas Martina não era uma atriz de teatro e não tinha um amante jovem. Giuliana deixou que o roupão deslizasse até o chão e massageou cuidadosamente o corpo com creme hidratante, bem sabendo que não existiam bálsamos, dietas ou ginástica que pudessem lhe devolver seus 20 anos. Passou do banheiro ao closet. Vestiu peças diáfanas de lingerie branca e um comprido robe branco de cetim encorpado. Diante do espelho, escovou os cabelos curtos e passou no rosto uma leve camada de base. Depois foi até a cozinha, um ambiente que ela frequentava com relutância, e só quando Dora, a governanta, estava de folga. Como sua mãe, Giuliana não gostava de cozinhar. Panelas, talheres e pratos sujos incomodavam seu senso estético.

No entanto, havia nascido na casa rural dos avós, em cujo terreiro se criavam porcos e galinhas. Mas, ainda muito jovem, tomara distância daquele malcheiroso mundo camponês e da pequena aldeia, afundada no vale. Ia raramente a Vértova, e só para visitar a mãe e a avó. Descascou uma laranja sanguínea e chupou-a, gomo por gomo, enquanto a cafeteira coava a cevada torrada que não era muito do seu gosto, mas que ela considerava menos prejudicial do que o café.

Abriu a porta-balcão da cozinha para deixar entrar o tépido sol de dezembro. Eram 10 horas da manhã, e o céu de Roma estava límpido e transparente. Saiu para o terraço que acompanhava todo o perímetro de sua belíssima cobertura em Parioli, fotografada por muitas revistas de decoração. Admirou os vasos com pés de limão e de tangerina, entre touceiras de dálias vermelhas e crisântemos amarelos. Dora tinha mão boa para jardinagem, e as plantas, cuidadas por ela, gozavam de ótima saúde.

Por um instante, o pensamento de Giuliana voou até Vértova e ela se perguntou como estaria o céu lá em cima, naquele quarto domingo do Advento.

Voltou à cozinha e bebericou a cevada fervente, enquanto repassava o programa do dia. À tarde, devia sair para comprar os presentes de Natal, e à noite leria o texto de uma peça que Franco Fabiani havia escrito para ela, recortando-lhe sob medida a personagem da protagonista. Giuliana se concedera um ano de repouso e se preparava para um clamoroso retorno ao palco e ao público que a idolatrava.

Foi escovar os dentes no banheiro e vaporizou na língua um leve sopro de perfume. Depois abriu a porta do quarto, onde finas lâminas de sol se filtravam pelas persianas não completamente descidas. Stefano dormia profundamente, envolto numa colcha de caxemira quentinha. Em torno do pescoço, enrolara uma echarpe de seda de Giuliana.

Quando tinham feito amor pela primeira vez, ele lhe dissera: "Giugiu, você é meu Olimpo, minha casquinha de sorvete no verão e meu chocolate quente no inverno, e eu a amo."

Isso acontecera dois anos antes, quando ele tinha 28 anos e ela quase 48, e já então Giuliana sabia que, um dia, aquele homem belíssimo iria deixá-la por uma mulher mais jovem, como era justo. Mas, por enquanto, a história deles prosseguia sem fissuras e ela não queria pensar no futuro.

Aproximou-se da cama na ponta dos pés e inclinou-se sobre o rapaz para lhe espiar a respiração. Acariciou-lhe os cabelos, e Stefano emitiu um leve gemido.

— São 10 horas, querido. Acorde! — sussurrou ela docemente.

Com um gesto preguiçoso, ele a segurou pela cintura e puxou-a para si.

— Perfume de ar fresco — cochichou, abraçando-a. Giuliana gostaria de ceder, mas havia aprendido a controlar seus impulsos e a se fazer desejar. Já o teria perdido havia tempo, se tivesse se mostrado muito dócil. Assim, soltou-se dos braços dele e se levantou.

— Você tem um almoço com seus pais — lembrou-lhe.

Atravessou o aposento, levantou as persianas e deixou que a luz do sol irrompesse ali dentro. Stefano cobriu o rosto com um travesseiro, enquanto, com voz infantil, protestava:

— Que maldade, Giugiù!

— Você tem 30 anos, portanto pare de bancar o menininho, porque isso não me encanta — disse, e, dirigindo-se para a porta, ordenou: — Venha tomar o desjejum na cozinha.

Stefano se apresentou com os olhos inchados de sono, sentou-se à mesa, contendo um bocejo, bebeu de uma só vez o suco de laranja que Giuliana havia preparado e afundou os dentes em um brioche quentinho, recheado de geleia. Depois, sorveu o café aos poucos e finalmente ergueu a vista para a mulher sentada à sua frente. Giuliana o observava com olhar dissimulado.

— "Por que me fitas e nada dizes?" — brincou Stefano.

— "No poço profundo de tua alma, vislumbro todo o egoísmo de um jovem mimado" — replicou ela, com um sorriso malicioso.

— *Hamlet*, segundo ato, cena três? — perguntou ele.

— Simples anotações para a autobiografia de uma atriz já não muito jovem.

Stefano estendeu a mão por sobre a mesa e acariciou o pescoço de Giuliana, sussurrando: "Tua pele roubou o veludo às pétalas de rosa e teus seios são maravilhosos".

Giuliana pensou em quanto lhe custavam aqueles seios e a tez de veludo, e em todos os estrogênios que consumia para retardar a decadência.

Tinha pavor da velhice, e a relação com Stefano, um homem tão mais moço do que ela, ajudava-a a exorcizar seus medos. Conhecera-o em uma academia onde ele, como bom hedonista, cultivava a forma física. Stefano a reconheceu de imediato e a cortejou. Ela o ignorou. Poucos dias depois, reencontraram-se no casamento de uma atriz da companhia de Giuliana, que providenciou a apresentação dele com todas as credenciais. Stefano era filho de um político e de uma empresária. Diplomado em engenharia eletrônica, ocupava um posto no topo da empresa da mãe e era noivo de Elvira, a filha de um rico industrial do norte, mas não tinha nenhuma pressa de se casar.

— Elvira e eu não nos amamos loucamente. Mais cedo ou mais tarde, vamos nos casar, mas só porque assim deve ser. Até lá, ela leva sua vida e eu a minha — explicara, enquanto acompanhava Giuliana até em casa.

Ela o tinha convidado para subir e, desde então, Stefano não a largava mais.

— Você já tem 30 anos, e seria justo que se decidisse a casar — disse Giuliana agora.

— Por que você não declara abertamente que se cansou de mim? — protestou ele, com o belo rosto aborrecido.

Ela desejaria muito que fosse assim.

— Nossa história não tem futuro, você sabe muito bem — disse, em tom deliberadamente distanciado.

— Você é mesmo muito má, Giugiù — disse ele, segurando-lhe a mão e aflorando-a com um beijo.

— Tome logo uma chuveirada e vá para a casa dos seus pais — reagiu Giuliana, levantando-se da mesa.

Ele não teve tempo de replicar, porque o telefone tocou e ela foi atender no seu escritório.

Era um produtor inglês que ligava de Londres. Tempos antes, havia deixado com Giuliana o texto de uma comédia brilhante, que estava fazendo grande sucesso na Inglaterra, e queria que ela fosse a intérprete na Itália.

Começaram uma longa conversa. Stefano botou a cara na porta. Tinha feito a barba e se vestira. Giuliana lhe jogou um beijo na ponta dos dedos e continuou a falar.

No início da tarde, foi ao centro para resolver os presentes. Misturou-se às pessoas que lotavam as ruas e as lojas cintilantes de luzes. Comprou uns pingentes de pérolas e diamantes em um joalheiro da *via* Condotti. Eram destinados à sua mãe, que gostava de coisas bonitas. Martina raramente usava joias, mas tinha verdadeira paixão por brincos. Possuía-os de todos os formatos, verdadeiros e falsos. Giuliana estava certa de que ela adoraria aqueles.

Adquiriu presentes para sua filha Camilla, a avó Vienna, as irmãs, Osvalda e Maria, e para os filhos desta última. Para Stefano, comprou uma Leika dos anos 1960 que pertencera a um famoso paparazzo romano, como lhe explicou o lojista. Quando voltou para casa, já estava escurecendo.

Depositou pacotes e pacotinhos sobre a mesinha da entrada e se refugiou no escritório para escrever os cartões de Natal. A perspectiva de um jantar rápido e de um serão passado na cama, lendo o texto de Franco Fabiani, pareceu-lhe muito convidativa.

Sentou-se à escrivaninha, uma importante peça de antiquariato francês que Sante Sozzani lhe presenteara muitos anos antes, e começou a escrever. O som do telefone a incomodou, e de início ela atendeu em tom agressivo. Ao reconhecer a voz da irmã caçula, trinou com entusiasmo:

— É você, Osvalda? Acabei de redigir seu cartão.

A irmã lhe contou rapidamente o que havia acontecido.

— Vou agora mesmo para Vértova — disse Giuliana, e acrescentou: — Ainda não sei como, mas estarei aí até a noite — garantiu.

Telefonou a Sante Sozzani e o informou da situação.

— Preciso chegar a Bérgamo o mais depressa possível. Nem vou tentar achar lugar num voo comercial, porque não vou conseguir. Você pode me ajudar? — pediu, angustiada.

— Meu jatinho está à sua disposição. Vou convocar imediatamente o piloto — respondeu o homem. — E lhe mando também o motorista que a levará ao aeroporto de Ciampino.

5

ERA UM APOSENTO PEQUENINO, despojado, gélido, pintado de verde. A única janela, de vidros foscos, estava meio fechada. Numa parede nua, destacava-se um minúsculo crucifixo de madeira. Do teto descia a luz fria de uma lâmpada de neon. O corpo de Martina, estendido sobre uma mesa de aço, estava coberto por um lençol.

Osvalda, dilacerada de dor, permanecera muito tempo de pé, olhando aquele lençol que desenhava a figura de sua mãe.

Duas horas tinham se passado desde o momento em que Leandro lhe telefonara para dizer: "Sua mãe teve um infarto. Estou levando-a com urgência para o hospital".

Quando ela chegou a Bérgamo, o coração de Martina já havia parado de bater. Osvalda encontrou Leandro à sua espera, na entrada do pronto-socorro. Os olhares dos dois se cruzaram. Ele se limitou a balançar a cabeça e a desabafar, arrasado: "Tentamos salvá-la, mas todos os esforços foram inúteis".

Tinham percorrido juntos, num silêncio enregelante, os corredores despojados do subsolo, até aquele frio aposento da morgue, onde ele a deixara sozinha. Agora, Leandro estava de volta, dizendo baixinho:

— Vá para casa, Osvalda. Aqui, você já não pode fazer nada. — E acrescentou, com doçura: — Acha que consegue dirigir?

Ao volante do seu carro, Osvalda percorreu a rodovia provincial do Vale Seriana, lotada de automóveis que retornavam de Bérgamo. Não queria ir para casa, porque de agora em diante estaria sozinha, para sempre. Deu-se conta de que a grande *villa* onde tinha vivido até então só fizera sentido enquanto Martina existia. Agora, a mãe já não dormiria no quarto ao lado do seu, e esse pensamento lhe pareceu aterrorizante.

Sentiu-se tentada a inverter a marcha e retornar ao hospital, para ficar perto dela. "Com tudo o que eu fiz por você, por que me deixou?", disse, num sussurro. "Estávamos tão bem, juntas...". Martina sempre havia sido seu pensamento dominante, a razão de sua existência. Martina, tão difícil de satisfazer, tão rebelde e transgressiva, e ainda assim tão importante para ela. "Só espero que ele não queira dividir comigo a sua dor", murmurou logo depois, pensando em Leandro, que em sua opinião não tinha nenhum direito de compartilhar com ela um luto que era só seu.

Borboletas de gelo voejavam em seu estômago e no cérebro. As luzes dos carros lhe feriam os olhos secos. Ainda não tinha conseguido derramar nem uma lágrima. O celular tocou. Ela parou no acostamento e atendeu. Era Maria.

— Estou chegando a Bérgamo. Onde você está?

— Na estrada, com um trânsito intenso.

— Não está no hospital? E a mamãe, como vai? — insistiu Maria.

— Nossa mãe não existe mais. Estou voltando para Vértova. Vá ao meu encontro lá. Giuliana também deve estar chegando — disse Osvalda, consternada.

— Meu Deus! — exclamou Maria, atordoada.

Osvalda desligou rapidamente o celular. Não aguentaria falar com mais ninguém. Sentia-se mal. Gostaria de arrancar de novo com o carro, mas sua mente não conseguia comandar os movimentos dos braços e pernas. Sentiu-se como que paralisada e sufocada. Talvez estivesse prestes a morrer. E, aliás, poderia continuar vivendo, agindo, pensando, sem sua mãe? Abandonou a cabeça sobre o volante e, finalmente, chorou.

6

AS PAREDES DO DORMITÓRIO eram forradas de seda cor de açafrão, pontilhada por pequenas flores-de-lis azul-celeste. Os móveis *liberty* eram de freixo; as cortinas, de renda branca, e as porcelanas do toucador repetiam o motivo da tapeçaria. Era um aposento de sabor antigo e cativante.

Quando se transferira para a Villa Ceppi, Martina escolhera aquele quarto porque era vasto e ensolarado. Havia três portas-balcão que se abriam para um terraço onde floresciam jasmins e do qual se dominava o amplo jardim.

Agora, ali estavam as três irmãs, olhando ao redor, perdidas. Não conseguiam acreditar que Martina não voltaria mais.

— Sinto o perfume da mamãe aqui dentro — murmurou Maria.

Estava sentada na cadeira de balanço, entre uma porta-balcão e uma cômoda encimada por um espelho. Recordou Martina, instalada ali, amamentando Osvalda. Maria, então com 5 anos, estava agachada aos pés dela e fingia brincar com a boneca. Mas na verdade espiava a mãe e a irmãzinha recém-nascida, e não tolerava a intimidade das duas. Para incomodá-las, havia erguido a voz, fingindo repreender a boneca desobe-diente. A neném tivera um sobressalto e, abandonando o peito da mãe, começara a chorar.

Martina havia estendido a mão para desarrumar os cabelos de Maria, enquanto lhe dizia: "Não grite, e eu prometo que, assim que Osvalda estiver saciada de leite, nós duas vamos brincar, e você verá que a boneca vai parar de desobedecer".

— Lembra quando vieram entregar esta cadeira? — perguntou Maria agora, voltando-se para Giuliana.

— Lembro muito bem. A mamãe estava grávida de Osvalda e a cadeira foi instalada exatamente aí nesse lugar — respondeu a irmã mais velha.

— Eu subi nela de sapatos e a mamãe brigou comigo — recordou ainda Maria.

— Ela não parava de repetir: "Esta cadeira é uma peça caríssima do século XIX inglês. Só o tecido, trabalhado em ponto de cruz, vale um patrimônio" — declamou Giuliana, que se sentara na cama e acariciava a franja da colcha de seda.

Osvalda havia escancarado as seis portas de um armário que ocupava toda a parede ao lado da cama. Tentava escolher a roupa a ser levada para o hospital na manhã seguinte, a fim de vestir Martina. E estava irritada pela tagarelice fútil das duas irmãs mais velhas.

— Foi um presente do meu pai. Por isso ela gostava tanto desta cadeira — frisou. Depois, mostrando dois vestidos às irmãs, perguntou: — O azul ou o marrom?

Giuliana e Maria, imersas em suas recordações, não responderam.

— O azul ou o marrom? — repetiu Osvalda.

As três não poderiam ser mais diferentes. Giuliana era alta e longilínea como a mãe e tinha os mesmos olhos azuis, mas seus traços eram mais definidos que os de Martina.

Maria era de estatura mais baixa e tendia à obesidade. Tinha olhos dourados, e seu olhar doce e lânguido revelava sua natureza de sonhadora. Herdara da mãe a voz persuasiva e os fartos cabelos escuros.

Osvalda reproduzia o mesmo temperamento forte e determinado de Martina, mas tinha um aspecto mais evanescente e uma tez de porcelana, que à luz do sol se cobria de sardas.

— Nem um nem outro — disse afinal Giuliana, examinando os vestidos escolhidos pela irmã. — Tem certeza de que são mesmo da mamãe? Não se parecem com ela em nada.

Martina andava sempre de jeans e camiseta. Inclusive naquele dia quando fora levada para o hospital, usava uma variante: calça de fustão e suéter de lã. Possuía poucos vestidos elegantes, para as ocasiões especiais.

— Acha que devíamos botar a mamãe no caixão vestida de jeans? — enfureceu-se Osvalda.

— Vocês não vão querer brigar por causa de um vestido! — explodiu Maria, que jamais atribuíra importância às roupas.

Osvalda a encarou indignada.

— Você é uma chata — disse —, e eu não permitirei que a mamãe seja enterrada de jeans.

— Pare com isso. Você não consegue conter seu formalismo nem diante da morte — impacientou-se Giuliana.

Osvalda enrubesceu de raiva e seus olhos se encheram de lágrimas. Saiu do quarto batendo a porta atrás de si.

A violenta pancada acionou um relógio de cuco. O passarinho saiu da casinhola pipilando: "Cuco, cuco, cuco", e depois se retirou.

Maria e Giuliana explodiram numa risada nervosa que logo se extinguiu.

— Talvez a mamãe preferisse ser sepultada envolta num lençol, porque isso corresponde exatamente à sua necessidade de essencialidade — disse Maria.

— Eu também acho, mas Osvalda não concordará nunca.

— Somos duas contra uma, e ela terá de ceder.

— Você está esquecendo a vovó. No fim, ela é quem vai decidir qual deve ser a roupa — afirmou Giuliana. — Seja como for, tenho certeza de que nestes últimos anos a mamãe foi muito feliz.

— Você se refere a Leandro? — perguntou Maria.

A irmã anuiu. Recordou o dia em que sua mãe e o professor tinham ido a Roma para aplaudi-la na estreia teatral de *Look back in anger*. Depois do espetáculo, haviam jantado juntos, os três, e Giuliana se dera conta de que Martina e Leandro formavam um casal formidável. Quase sentira inveja do entendimento entre eles.

Agora, disse:

— Ele a atendia como se ela fosse uma menina. Aqueles dois se amaram de verdade.

— Nenhuma de nós pensou em Leandro. Devíamos pelo menos ter telefonado a ele — observou Maria.

— O maior problema é a vovó. Ela ainda não sabe que a mamãe morreu. Teremos de contar. Vamos vê-la nós três, juntas — propôs Giuliana.

— A esta hora? Já é meia-noite. Melhor deixá-la dormir em paz — ponderou Maria.

— É verdade. Aliás, seria bom se nós também conseguíssemos descansar um pouco — disse Giuliana.

— Estou sem sono — afirmou Maria.

— Eu também — ecoou Giuliana.

— Vamos tomar alguma coisa quente?

Desceram ao térreo. Não havia sinal de Osvalda, que, evidentemente, se refugiara no seu quarto.

Foram até a cozinha e esquentaram duas xícaras de leite. Sentaram-se à mesa, uma diante da outra, e passaram o resto da noite falando de Martina, lembrando os tempos passados.

Às 6 horas da manhã, o toque do telefone as assustou.

Era a avó, que, quando Giuliana atendeu, perguntou desconfiada:

— O que você está fazendo em Vértova?

— E você, por que ligou a esta hora?

— Tive um sonho horrível e quero falar com Martina — explicou Vienna.

Giuliana foi percorrida por um arrepio.

— O que você sonhou, vovó?

— Oh, meu Deus, que pavor. Sonhei que minha filha estava no céu e me chamava.

7

ANTES DE IR À CASA DA AVÓ, Maria havia telefonado aos filhos e a Maura para saber como esta organizara o trabalho.

— Meu marido está me ajudando, o que é realmente um milagre, tratando-se dele — disse a amiga. — Mas não é suficiente. Preste bem atenção, querida, e prepare-se para uma notícia-bomba: o farmacêutico vai cuidar das entregas.

— Que brincadeira é essa? — perguntou Maria.

— Estou falando sério. Ele soube pelo meu marido o que lhe aconteceu e nem parou para pensar. Tirou o jaleco, deixou a farmácia e veio até o quiosque para oferecer ajuda — explicou Maura. — Meu anjo, eu sei que você está transtornada. Disponha do tempo que lhe for preciso. Aqui está tudo sob controle, inclusive os seus filhos.

Depois, as três irmãs foram juntas à casa da avó.

— Nada de estardalhaço, nem missa cantada, nem flores, nem santinhos. O funeral será exatamente do jeito que ela queria. — Esse foi o único comentário de Vienna ao saber pelas netas que Marina havia morrido.

Estava sentada na sala, em sua poltrona costumeira. Por um instante, curvou-se e fechou os olhos. Depois se endireitou, olhou as netas e perguntou:

— E Leandro?

— Vamos encontrá-lo no hospital — respondeu Giuliana.

— Quero ir ver minha filha — disse Vienna. Fez questão de trocar de roupa e de vestir um casaco elegante. Queria acompanhar dignamente sua filha ao cemitério.

Enquanto seguiam de automóvel para Bérgamo, Osvalda não conseguiu se conter:

— Por que você decidiu que os parentes e vizinhos não devem ser informados?

Como vivia de aparências, ela achava que o enterro de Martina devia se tornar um acontecimento para Vértova.

— Ultimamente, às vezes eu conversava com Martina sobre a minha morte. Uma dia, comuniquei que não desejava um funeral pomposo e preferia ser escoltada até o cemitério só por ela e por vocês. Então Marina me disse que também pensava assim, que preferia a mesma coisa para ela. E assim será feito — explicou Vienna.

Osvalda não ousou insistir, até porque suas irmãs concordavam com a avó.

Leandro as aguardava na entrada do hospital. Assim que o viu, Vienna foi ao seu encontro, abriu os braços e ele se refugiou ali, soluçando.

— Se você permitir, gostaria de ser eu a vesti-la — pediu o médico. Osvalda tinha levado de casa o vestido negro de noite, sem decote, de mangas compridas, que a avó escolhera para Martina. Agora, segurava-o pendurado no braço.

— Entregue a ele — ordenou Vienna à neta.

Osvalda se crispou. Achava o cúmulo da indecência permitir que Leandro vestisse sua mãe.

— Ele tem todo o direito — acrescentou Vienna, com voz firme. A neta foi obrigada a obedecer.

Giuliana tirou da bolsa os brincos de pérolas que havia comprado para a mãe. Deu-os a Leandro e disse:

— Coloque nela, por favor.

Queria que a mãe recebesse seu presente de Natal. Leandro os pegou, assentiu e se afastou.

As quatro mulheres seguiram em silêncio para a capela. Entraram, sentaram-se num banco na primeira fila e esperaram. Osvalda rezava silenciosamente, Vienna mantinha a cabeça baixa e sua mente vagava por um passado que só ela conhecia. Giuliana havia passado um braço protetor sobre os ombros de Maria.

O caixão, coberto por uma camada de rosas brancas, foi levado para a capela e recebido pelo padre, que oficiou uma breve cerimônia fúnebre.

Depois, quando saíram da capela, Leandro disse:

— O enterro no cemitério está marcado para as 14 horas. Eu queria que vocês fossem à minha casa. Richetta preparou alguma coisa para nós.

— Obrigada, filhinho — respondeu Vienna, dando o braço ao médico.

Foram recebidos pela governanta do professor, que havia arrumado um pequeno bufê na sala do primeiro andar do Palacete Bertola.

Enquanto servia a mãe e as filhas de Martina, que conhecera bem e a quem se afeiçoara, Richetta as comparava com a mulher recém-falecida. Vienna exibia os traços duros dos habitantes do vale, ao passo que Martina tinha um aspecto aristocrático. E o que dizer das filhas, tão diferentes entre si? Giuliana era uma atriz famosa, Richetta a vira mais de uma vez na televisão e nos jornais. Era a mais bonita das três irmãs. Maria apresentava o aspecto simples de uma dona de casa, enquanto Osvalda se mantinha afastada numa poltrona, de olhos baixos, uma mão atormentando a fileira de botões do seu cardigã. A simpatia da governanta foi toda para Maria, porque Osvalda era indecifrável, como Martina.

Retornaram ao hospital pouco antes de chegar o carro fúnebre, no qual tomaram assento a avó e Giuliana. Maria entrou no utilitário de Osvalda e Leandro as seguiu em seu automóvel. Não havia trânsito àquela hora na provincial, e chegaram rapidamente ao cemitério de Vértova. Dom Luigi, o pároco da aldeia, benzeu o caixão e Martina Agrestis foi sepultada.

No céu de opala, recomeçaram a voltear pequenos flocos de neve.

8

— VAMOS PARA A MINHA CASA — disse Vienna, quando o portão do cemitério se fechou atrás delas. — Você também — acrescentou, dirigindo-se a Leandro. Não era um convite, mas uma ordem.

Por que ele?, perguntou-se Osvalda, indignada pela familiaridade com que Vienna tratava o amante de sua mãe.

— Preciso voltar para Milão, vovó — esquivou-se Maria. Apesar das informações tranquilizadoras de Maura, estava preocupada com os filhos e com o trabalho. Nem mesmo o fato de aquele farmacêutico ter se transformado em ajudante a deixava sossegada. Por que ele fazia isso? Maria precisava de qualquer maneira recuperar o controle da situação.

— Eu sei. Mas seus filhos sobreviverão a umas poucas horas sem você — afirmou Vienna, vencendo as resistências da neta.

Giuliana também preferiria retornar logo. O dia seguinte era a véspera do Natal e ela reservara um voo de Roma a Londres para ir ver a filha, portanto precisava voltar logo para casa. Além disso, temia a ideia de um serão em companhia de Osvalda. Ela e sua irmã caçula viviam em planetas díspares. O que as separava não eram apenas os vinte anos de diferença de idade, mas a diversidade dos horizontes. Osvalda tinha sido primeiro uma criança mimada e petulante, depois uma adolescente choraminguenta, e agora era uma jovem metida a dona da verdade, destinada a se tornar uma solteirona azeda. No entanto, como não queria desagradar a avó, Giuliana se limitou a dizer:

— Se eu não partir agora mesmo, vou ter de cancelar todo o meu programa. Mas faço isso de bom grado, se você me hospedar em sua casa por esta noite.

— Ótimo, assim me fará companhia — respondeu a avó, dando-lhe um tapinha afetuoso na mão.

— Afinal, vocês vão no meu carro ou com a vovó? — impacientou-se Osvalda, virando-se para as irmãs.

Giuliana e Maria não quiseram deixá-la sozinha, enquanto Vienna seguia com Leandro.

Quando desceram em frente à velha casa dos Agrestis, que outrora confinava com os campos mas agora fazia parte do centro histórico, em torno do qual se desenvolvera a parte nova do lugarejo, encontraram um grupo de mulheres que aguardavam, protegendo-se da abundante nevada com seus guarda-chuvas. Assim que viram Vienna, correram ao seu encontro para abraçá-la, porque a notícia da repentina morte de Martina se espalhara em poucos instantes entre as famílias de Vértova.

— Vocês nem distribuíram os avisos! — observou uma das mulheres, contrariada.

Como em todas as aldeias, usava-se expor nas ruas e praças as comunicações de falecimentos, com o horário dos funerais. Mais uma vez, os Agrestis haviam fugido à regra.

— Foi para respeitar um desejo da mamãe — interveio Osvalda.

— Mas como aconteceu? O que Martina teve? — indagaram as mulheres, evitando dirigir-se a Leandro, com quem não se sentiam à vontade.

— Um infarto — explicou Vienna, sucinta. E, despedindo-se rapidamente das vizinhas, entrou em casa, seguida pelas netas e pelo médico.

As três irmãs pensavam que a convocação da avó correspondia à necessidade que ela sentia de encerrar as exéquias da filha com uma pequena reunião familiar, como era de costume. Leandro, porém, sabia que Vienna havia retido as netas com um objetivo preciso. Enquanto ela preparava a cafeteira e a colocava no fogão, as irmãs forraram a mesa da cozinha com uma bela toalha de linho branco e dispuseram as xícaras e o açucareiro.

— Agora, acomodem-se, porque preciso lhes falar — começou Vienna.

Todos se sentaram em torno da mesa. As irmãs trocavam olhares interrogativos.

A avó trouxe a cafeteira e disse a Osvalda:

— Pegue os biscoitos que estão no aparador. Aqueles que eu recebo da Inglaterra.

De novo, as irmãs se entreolharam, curiosas.

— Vamos, pegue logo — insistiu a avó, enquanto enchia as xícaras. Depois, sentou-se à cabeceira e disse: — Eu e a mãe de vocês tínhamos uma espécie de acordo. Se eu morresse primeiro, como seria justo, após o meu enterro ela lhes falaria. O bom Deus preferiu levá-la antes de mim. Então, me cabe lhes dizer certas coisas.

Calou-se e bebeu um gole de café. Estava destruída pelo cansaço e pela dor, mas tinha de fazer um esforço e narrar uma história longa e difícil.

— Em primeiro lugar, informo que Leandro — disse, sorrindo ao homem sentado à sua direita — se casou com a mãe de vocês há cinco anos, e a história de amor entre eles é mais bonita do que possam imaginar.

Seguiu-se um longo silêncio. Os olhares das três irmãs se fixaram no homem de ar abatido que estava sentado junto da avó.

— Por que a mamãe não me contou que havia se casado? — murmurou Osvalda. Aquele casamento suprimia qualquer significado ao trabalho de redenção que ela desenvolvera tenazmente com a mãe pecadora. — Por que não me disse? — repetiu.

— Típico da mamãe! — exclamou Giuliana. — As razões que guiavam seus comportamentos sempre foram misteriosas. No entanto, estou feliz com que ela tenha desposado você — afirmou, sorrindo para Leandro.

Maria se levantou, foi até ele e o abraçou:

— Com que então, você é meu padrasto? Seja bem-vindo à minha vida — disse com ternura.

— Vocês se casaram mesmo? — perguntou Osvalda a Leandro. — Quero dizer, como fizeram para se casar sem que ninguém soubesse? Aqui na aldeia se sabe tudo de todo mundo, e até as pedras falam.

— Demos o endereço de Milão e nos casamos lá — explicou o homem, sem dar importância à provocação da jovem.

— Agora, chega de perguntas — interveio Vienna. — Para contar tudo sobre Martina, primeiro preciso lhes falar de mim, da minha vida. Tudo começou quando eu fui trabalhar na Villa Ceppi Bruno, onde você vive agora — esclareceu, dirigindo-se a Osvalda. — Era o ano de 1943, em plena guerra. Os condes Ceppi Bruno tinham deixado Milão e estavam morando em Vértova.

Ontem

9

ANTES DE SE TORNAR a condessa Ceppi, Ines era viúva de Ignazio Gariboldi, um artesão tipógrafo, morto durante a guerra, no Carso. A notícia do falecimento do seu jovem marido lhe chegou em novembro de 1918, ao fim do conflito. Ines reagiu à dor dedicando-se inteiramente ao trabalho. Desde quando Ignazio partira para a frente de batalha, ela havia administrado a tipografia, situada em uma ruela do centro de Milão, com o auxílio de dois operários que tinham prestado serviço ao seu marido. Depois de informá-los sobre a morte de Ignazio, disse:

— A guerra acabou e as pessoas querem voltar a viver. Haverá noivados, casamentos, batizados e recepções. Se vocês continuarem a trabalhar para mim, faremos da Gariboldi a tipografia mais importante de Milão. Dentro de poucos dias, chegará um novo técnico em composição que eu tirei da empresa Carini, nossa concorrente. Também vão chegar remessas de cartão apergaminhado, gofrado, acetinado, como quer a moda. Encomendei novos caracteres e descobri um excelente ornamentista para os frisos. Sobretudo, consegui o primeiro cliente importante, o conde Ubaldo Ceppi Bruno.

Os dois operários trocaram um olhar perplexo. Ines tinha apenas 22 anos, um monte de dívidas e, como nunca se vira uma mulher capaz de transformar chumbo em ouro, eles imaginaram que logo estariam no olho da rua. Mesmo assim, disseram: "Está bem, patroa". Mas Ines ainda não tinha esgotado a lista de novas iniciativas:

— Sempre que a família de um morto se apresentar, devemos pedir a fotografia do defunto. Seremos os primeiros a imprimir santinhos com a foto de lembrança. Falei com os párocos das igrejas próximas daqui. Prometi ofertas, se nos mandarem clientes. Aliás, o conde Ceppi me procurou por indicação da paróquia de San Sisto.

Foi necessário que se passassem alguns meses até que os dois velhos operários aceitassem a ideia de que Ines Gariboldi dominava o ofício melhor do que seu marido.

Em 1920, ela abriu uma loja a poucos passos do arcebispado, que era seu cliente mais importante. Conseguiu até penetrar na associação de senhoras da paróquia de San Vincenzo como secretária da presidenta, a condessa Adelaide Montini, que a tratava na palma da mão, por sua eficiência e simpatia.

Ines aprendera a esconder sua beleza embrulhando-se em horrorosos trajes cinza, levando uma existência irrepreensível e jamais ostentando seu sucesso como empresária.

Em 1921, deixou a velha moradia conjugal e comprou um pequeno apartamento em um palacete senhorial da *via* Santa Margherita. Decorou-o com ricos reposteiros, tapetes, rendas e espelhos, segundo a moda da época. Aquele era o seu refúgio, o lugar onde ela recolhia as ideias, elaborava estratégias e cultivava sonhos.

À noite, quando voltava para casa, despia-se das horríveis roupas de trabalho, que usava durante o dia, e envergava roupa íntima de seda e peças de vestuário adequadas aos seus 25 anos. Depois se admirava comprazida no grande espelho oval do quarto.

Pensava no marido com afeto e reconhecimento, e mantinha a fotografia dele emoldurada no móvel da sala. Ignazio era órfão e aprendera o ofício de tipógrafo no colégio dos Martinitt, em Milão, onde crescera. Ao morrer, não deixara filhos nem parentes, e Ines herdara tudo o que ele possuía. A vida da jovem viúva era laboriosa e serena, embora, ultimamente, se insinuasse cada vez mais frequentemente em seus pensamentos a imagem do conde Ubaldo Ceppi Bruno, um belo homem de rosto solar, olhos lânguidos, lábios finos que sempre se abriam num largo sorriso. O conde se vestia com elegância, gastava dinheiro com desenvoltura e era requisitado nos salões não tanto por sua eloquência, mas por saber escutar. Vivia das rendas de muitos prédios na cidade e de vários terrenos na campina entre Milão e Bérgamo, com fazendas e *villas* que havia herdado da mãe, aparentada com os condes Vértova, os quais possuíam no lugarejo homônimo uma bela mansão *liberty*, igualmente herdada pelo conde Ceppi. Ao fascinante cavalheiro se atribuíam *liaisons* amorosas com algumas senhoras casadas. Mas eram histórias que ele cultivava com discrição. Enquanto isso, estava para completar 40 anos e ainda não se decidira a arrumar uma esposa.

Ines devia a ele grande parte dos seus novos clientes. As senhoras que haviam apreciado os cartões de visita, o papel de correspondência, os cartõezinhos de bons votos do conde, todos da firma Gariboldi, abandonaram seus velhos fornecedores para recorrer a ela. A viúva, portanto, era grata ao conde, e, quando ele transpunha a soleira de sua loja para encomendar um trabalho, acolhia-o como a um benfeitor.

Ubaldo aumentara a frequência de suas visitas à tipografia havia algum tempo, e adquirira o hábito de levar para Ines um pequeno buquê de flores: prímulas, violetas, lírios-do-vale, rosas silvestres, dependendo da estação. Recentemente, às vezes passara a aparecer só para ver as últimas estampas importadas da Inglaterra e trocar umas palavrinhas. Ines aguardava, curiosa, os desdobramentos dessa história. Em uma noite de inverno, depois de participar de uma reunião das senhoras de San Vincenzo, cruzou na rua com o conde, que se ofereceu para escoltá-la até em casa. Ela se perguntou se aquele encontro tinha sido casual.

Quando estavam diante do portão do prédio da *via* Santa Margherita, Ines disse:

— Quer subir para tomar um licor? Com este frio...

— Não gostaria de comprometer sua respeitabilidade — hesitou ele.

A rua estava deserta e pouco iluminada. Ninguém os veria. Ines compreendeu claramente que o conde esperava um convite insistente, para vencer seus escrúpulos de cavalheiro. E ela não cometeria esse erro.

— Essa é exatamente a resposta que eu esperava do senhor — replicou, amavelmente.

— E se eu tivesse aceitado seu convite? — perguntou Ubaldo, surpreso.

— Não o fez, e assim nunca saberá como eu reagiria — disse Ines, estendendo-lhe a mão enluvada para se despedir, e subiu.

Não duvidava de que ele a estava cortejando, mas não conseguia atinar com a finalidade daquele assédio. Se o conde achava que a incluiria entre suas conquistas, enganava-se e muito. Ela era suficientemente honesta consigo mesma para admitir que sentia falta de um homem. E o homem em questão lhe agradava muito, não só porque era rico e nobre, mas também por ter algo de indecifrável que o tornava particularmente atraente. Mas, em um mundo dominado pelo convencionalismo, ela não iria arriscar seu trabalho, fonte de sua prosperidade, só para ceder ao fascínio de um belo homem.

Enquanto entrava em seu delicioso apartamento, Ines pensou friamente sobre a situação. Ela era uma mulher graciosa, determinada, sem minhocas na cabeça, que sabia se manter em seu lugar em meio às senhoras importantes que a frequentavam e a aceitavam unicamente no papel de "trabalhadora braçal", porque era exatamente isso o que ela fazia recolhendo fundos, roupas e víveres para os pobres da San Vincenzo, organizando as visitas nos hospitais e nas prisões e agendando todos os compromissos da presidenta, a condessa Adelaide. Mas nenhuma das nobres damas daquela prestigiosa associação iria convidá-la algum dia para uma recepção, porque, afinal, ela era apenas a proprietária de uma pequena tipografia. Não fazia parte daquele mundo exclusivo, que talvez a fascinasse justamente porque lhe era vedado.

"A não ser que...", sussurrou, enquanto se livrava de seus trajes desajeitados e vestia um robe de musselina quente e macio, de um belo vermelho berrante. Refugiou-se na sala, diante da lareira que a empregada havia acendido antes de ela voltar. Concedeu-se o luxo de um cigarro, que era seu vício secreto, e continuou a refletir sobre seu futuro. "A não ser que o conde Ceppi me peça em casamento", concluiu com um sorriso. Mas, para alcançar esse objetivo, precisava de um golpe da Fortuna. E a deusa vendada não se fez aguardar.

Ines recebeu inesperadamente um convite da condessa Montini para passar a Vigília do Natal em sua casa de Robecco. Era uma suntuosa mansão de sessenta aposentos, nos quais a presidenta da San Vincenzo reunia para a festa as "almas perdidas", como definia as pessoas sozinhas, para oferecer um simulacro de calor familiar. Adelaide, que os íntimos chamavam de Lillina, era uma cinquentona culta, hiperativa, amante das alcovitagens. Típica expoente da nobreza milanesa iluminada, sustentava que o dinheiro ajuda os deserdados melhor do que as boas palavras e afirmava receber dos pobres muito mais do que aquilo que lhes dava. "Eu faço o bem porque preciso, e não por generosidade", repetia. Não tinha um temperamento fácil. Era taxativa e autoritária. Ainda assim, todos a respeitavam e a estimavam. Ela assumira Ines sob sua proteção, porque a considerava inteligente, ambiciosa e suficientemente cínica para emergir em um mundo em que demasiadas mulheres passavam seu tempo inutilmente, entre recepções e bisbilhotices estúpidas.

Ines aceitou o convite e se apresentou em Robecco. Muito intimidada pela opulência daquele palacete, esperava qualquer coisa, menos ser acolhida com ar festivo pela condessa Adelaide, que veio recebê-la precedida por um casal de cãezinhos petulantes e acompanhada pelo conde Ubaldo Ceppi Bruno. Este a saudou com a deferência devida a uma senhora de alta classe.

10

O CONDE UBALDO NÃO gostava de tomar decisões. Quando raramente o fazia, seguia seus impulsos, ignorando tudo o que contrariava seus desejos. No entanto, sabia ser bastante esperto em seus desígnios. Empolgara-se com a viúva Gariboldi desde o primeiro encontro. Não tanto pela beleza, mas pela energia que aquela mulher mostrava possuir, e dissera a si mesmo: Eu a quero. Tinha cortejado Ines com discrição, convencido de que ela o encorajaria. Assim, alcançada sua meta, poderia se afastar sem nenhum compromisso nem remorso. A bela tipógrafa, porém, se revelara mais esperta do que ele. Distribuía sorrisos e agradecimentos, mas não passava disso.

Poucas noites antes, tendo sabido por Adelaide que Ines iria a uma reunião da San Vincenzo, ele a interceptara na rua. Mas a reação dela diante do portão de casa o deixou completamente desorientado. De fato, Ines não somente não o encorajou como também defendeu habilmente a própria reputação. Então, quase sem se dar conta, ele pensou: Esta mulher não vai ceder se não tiver uma aliança no dedo. A essa altura, perguntou-se: E se eu a desposasse? A ideia do matrimônio era comprometedora demais para seu temperamento. Ele sempre se esquivara quando uma moça do seu nível social lhe fazia essa proposta, porque ficava horrorizado só de pensar em limitar a própria liberdade, além do fato de que teria de suportar a família da esposa. A viúva, porém, não tinha parentes. Será que estou apaixonado?, perguntou-se, com terror. Sim, estava de fato apaixonado por Ines. Não sabia por quê, aos 40 anos, tinha sido vitimado por um sentimento tão estupidamente burguês, mas amava a bela viúva, sempre metida em trajes impossíveis. Mas havia um limite, até mesmo para seu desprezo pelas regras. Um Ceppi Bruno di Calvera não podia desposar uma artesã tipógrafa de extração proletária. Seria uma *mésalliance* imperdoável. Certo, os tempos já não eram os de seus 20 anos, o pós-guerra havia mudado muitas regras. Agora as mulheres usavam vestidos acima do tornozelo, fumavam, discutiam política e se empregavam não só nas escolas, mas também nas repartições públicas. Mas, repetiu Ubaldo, para tudo havia um limite.

"A não ser que...", disse a si mesmo, porque em sua mente se acendera uma luzinha.

No dia seguinte, foi procurar Lillina. Sabia com quanto prazer a aristocrata interferia nos assuntos alheios. Era uma conspiradora, disposta a tudo, quando adotava uma causa. Ubaldo conhecia a simpatia de Adelaide por Ines. Falou com ela de coração aberto, concluindo:

— Estou em suas mãos, confio em seu julgamento inapelável. Se você não vir a coisa com bons olhos, coloco uma pedra em cima.

Lillina exultou de alegria.

— Ou seja, você quer o meu beneplácito — disse.

— Quando você aprova alguma coisa, todos a aceitam sem discutir — lisonjeou-a Ubaldo.

A condessa Montini declarou:

— Não tenho muita certeza de estar fazendo um favor a Ines, aprovando esse matrimônio. Você, como marido, é osso duro de roer.

Conhecia Ubaldo muito bem e o considerava um menino que jamais cresceria, incapaz de assumir qualquer responsabilidade. Nunca estimulara o casamento dele com nenhuma das filhas de suas numerosas amigas.

Dizia: "Não quero ser causa de desprazeres". Em suma, por mais agradável, gentil, nobre e rico que fosse, Ubaldo não era um marido recomendável. Adelaide era boa amiga da mãe dele, a condessa Isabella, e por isso ia frequentemente à casa dos Ceppi. Em duas ou três ocasiões, assistira a bate-bocas entre mãe e filho. Tinham sido espetáculos desagradáveis, e ela se apavorara diante da reação de Ubaldo, que, ao discutir, perdia literalmente a luz da razão, comportando-se como um cavalo impetuoso, insensível a qualquer argumento razoável. A condessa Isabella lhe cochichara: "Os Ceppi são todos doidos".

Mas Ines, uma jovem muito inteligente e determinada, talvez conseguisse fazer de Ubaldo um homem mais equilibrado. Assim, Adelaide concluiu:

— Uma condessa não pode ser tipógrafa. Eu me pergunto se Ines renunciará ao seu trabalho.

Ubaldo deu um suspiro de alívio. O mais difícil estava feito. Lillina iria aderir à sua causa e ele poderia desposar Ines. Como primeiro movimento, Lillina decidiu convidar a bela viúva à sua mansão de Robecco para a ceia da Vigília. Ines se apresentou com as costumeiras roupas despojadas e o sorriso fulgurante.

A condessa havia reunido uns vinte hóspedes que sabiam se arranjar sozinhos. Ela se dedicou à sua protegida. Deu-lhe o quarto verde, voltado para o jardim. Era uma pequena alcova com lareira crepitante, cama com baldaquino e um toucadorzinho abastecido com talco, pó de arroz e perfumes. A camareira, que escoltara Ines até ali, perguntou:

— Posso ajudar a senhora a desfazer sua bagagem?

— Eu me arranjo sozinha — respondeu Ines, que não via a hora de se despir e saborear a deliciosa intimidade daquele aposento refinado.

— Se precisar de alguma coisa, é só me chamar — disse ainda a camareira, mostrando-lhe o cordão da campainha ao lado da cabeceira da cama, antes de se despedir com uma reverência engraçada.

Ines tinha observado as faces bochechudas e róseas da moça e pensou que esta era alguém igual a ela, uma plebeia, e como tal permaneceria por toda a vida. Ela, porém, iria se tornar algo a mais e melhor.

Tinha partido de Milão em um ônibus que a deixou na praça principal da aldeia, onde a esperava o motorista da condessa. Dali até o palacete eram uns dois quilômetros. O carro percorreu primeiro um trecho de estrada com casarões ornados de torretas e pombais, e depois a alameda que corria paralela ao Naviglio Grande, numa atmosfera rarefeita que o sol no ocaso impregnava de melancolia. Por um instante, deixou-se dominar por uma onda de tristeza. Depois, encantou-se com a visão da Villa Montini. Atrás de cada janela havia uma vela acesa. As arvorezinhas, dos dois lados do pórtico de entrada, estavam cobertas de luzinhas multicores. Guirlandas de visco, atadas com fitas de seda escarlate, enfeitavam as paredes do imenso vestíbulo.

A condessa irrompeu no quarto no momento em que Ines estava depositando sobre a cama seu pijama de seda cor-de-rosa.

— Minha querida, você não vai querer descer para jantar com esta *mise* de professora primária! — começou. Depois viu o pijama em cima da cama e fez um sorriso malicioso: — Escondendo o jogo, hem? Você é muito menos simples do que pretende aparentar — comentou com ar divertido, porque o pijama era considerado um traje escandaloso, adotado somente pelas mulheres de vida fácil e pelas senhoras mais ousadas.

— É muito mais prático do que uma camisola — desculpou-se Ines, enrubescendo e apressando-se a esconder a peça embaixo do travesseiro.

— Bom, a esta altura eu imagino que você tem uma roupa da moda para a ceia — concluiu a condessa.

— Eu sou uma viúva. E não poderia nem quero competir com pessoas tão superiores a mim. Já estou bastante confusa por ter aceitado o seu convite — confessou, dizendo substancialmente a verdade. E mostrou um vestido de veludo cinza-pérola, com delicados debruns de arminho no pescoço e no pulso.

— Você já sofreu o suficiente para ser aceita por nós. Pode continuar a se apresentar com esses trajes de luto na sua loja, mas não entre estas paredes. Nós duas temos as mesmas medidas. Vou lhe mandar minha camareira com uma roupa mais adequada — cortou a dona da casa.

Mais tarde, a condessa a instalou à mesa em frente ao conde Ceppi, de tal modo que ele pudesse observar a jovem em todo o seu esplendor. Ines estava realmente magnífica. Trajava um vestido de cetim azul-pavão, tão decotado que deixava descobertos os ombros, que tinham a cor rósea da porcelana. Os longos cabelos negros, recolhidos em um coque frouxo, destacavam o pescoço longo e fino. Ela estava linda e sabia disso, ainda que mantivesse os olhos pudicamente abaixados o tempo todo. Até porque, desse modo, podia imitar a dona da casa no uso dos numerosos talheres e copos que via diante de si.

Durante a ceia, escutou atentamente a conversa mundana, constatando com estupor a banalidade absoluta dos assuntos. Teve o bom senso de não intervir jamais e de se limitar a respostas sucintas, quando era interrogada. De resto, os comensais a consideraram apenas uma bela mulher um pouco encabulada. Ubaldo, contudo, não conseguia desviar dela o olhar. Estava arrebatado por sua beleza e pela modéstia, enquanto pensava: Preciso tê-la de qualquer maneira.

Já pregustava o prazer de fazer dela uma mulher de classe, que todos admirariam.

Depois da missa da meia-noite na igreja paroquial, Ines se retirou para seu quarto. Sentou-se diante da lareira, onde o fogo começava a enlanguescer, examinando os braços avermelhados, enquanto se perguntava o que a dona da casa pretendia dela. Na igreja, Ubaldo permanecera ao seu lado, com o olhar perdido no vazio, o ar apaziguado do homem seguro de si. Quando voltaram à mansão, ele se eclipsou com os outros hóspedes, ignorando-a. Ines alimentara sonhos em relação àquele convite, mas não havia acontecido nada. Achou que talvez não tivesse se mostrado à altura das expectativas da condessa.

Ouviu baterem à porta. Levantou-se num salto, dizendo:

— Entre.

Adelaide botou a cabeça para dentro. Sorria. Entrou no quarto, fechou a porta e se sentou numa poltroninha, diante da lareira, convidando Ines a se acomodar em outra ao lado da sua.

— Você esteve perfeita esta noite. O conde Ceppi não lhe tirava os olhos de cima. Se percebeu as atenções dele, você não demonstrou nada. Fez muito bem. Ele não é mais um rapazinho, você foi casada, os dois sabem como se comportar. No entanto, acho que devo lhe dar algumas sugestões. Como diz o provérbio, nem tudo o que reluz é ouro. Ubaldo é um homem difícil. Se você aceitar a proposta dele, saiba que sua vida não será fácil — avisou.

— Que proposta? — perguntou Ines, hesitante, enquanto seu coração se acelerava.

— Na minha casa não se formulam propostas inconvenientes. Ele vai pedi-la em casamento. Cabe a você aceitar ou não. Mas, se aceitar, terá sempre o meu apoio.

11

As palavras da condessa Adelaide Montini voltaram à sua mente no dia das núpcias, durante a viagem de trem, com o marido, em direção a Veneza, onde passariam a lua de mel.

Como Ines era viúva e ainda devia se apresentar diante da alta sociedade, o casamento foi celebrado com muita discrição, na presença de poucos íntimos, após dois meses de noivado, durante os quais Ubaldo tentara inutilmente possuí-la.

Ines se revelara uma cidadela inexpugnável. Tinha resistido sem capitular, não tanto por atenção à moral quanto pelo temor de que, uma vez conquistada, o casamento se esfumasse. Sem esse freio, ela se renderia de bom grado, porque gostava de Ubaldo e o desejava. Mas o instinto lhe dizia que aquele solteirão inveterado a amava também porque ela nunca se entregara, e estava decidido a se casar justamente para vencer suas resistências.

Haviam partido logo depois de um lanche oferecido pela condessa Montini, que, antes de se despedir, dissera a ela:

— Agora, me trate por você e me chame de Lillina, como fazem todas as minhas amigas. — Depois a abraçara, cochichando: — Não esqueça que eu continuo aqui, pronta para ajudá-la.

Viajaram em um compartimento de primeira classe inteiramente reservado para eles. O chefe do trem tinha recebido uma boa gorjeta de Ubaldo para que nada nem ninguém os incomodasse até a chegada. Vespino, o camareiro do conde, havia preparado a cabine segundo as ordens recebidas, e Ines, ao entrar, sentiu uma onda de alegria no peito.

Sobre os leitos havia almofadas brancas. Na mesinha já arrumada, além dos cálices de cristal, estavam um balde cheio de gelo com uma garrafa de champanhe, uma travessa de porcelana com canapés de caviar, pratinhos e pequenos talheres de prata, além de um buquê de jasmins perfumados. Ines olhava ao redor, embasbacada.

— Se você queria me surpreender, conseguiu — disse a Ubaldo, sorrindo.

Ele a puxou para si, beijou-a e insinuou a mão por baixo da saia dela. Depois ordenou:

— Tire a roupa!

— Como? — atordoou-se Ines, enquanto ele a despia da blusa. — Ubaldo, por favor... — disse, desorientada pela fúria dele.

Ubaldo se revelou um amante doce e impetuoso. Por fim, exausto, ainda sobre ela, sussurrou:

— Vou cobri-la de ouro e de carícias.

Por alguns instantes, Ines rememorou sua lua de mel com Ignazio. Ela era então uma flor que ainda estava desabrochando. Tinham ido a Como, de trem. Deram uma volta de barco pelo lago. Ela acariciava a superfície da água com as pontas dos dedos e depois, sorridente, respingava gotas no rosto de Ignazio. O barqueiro os observava com ar malicioso e o jovem marido a fitava com desejo, sem ousar um gesto de intimidade. Voltaram a Milão quando já anoitecera. Amaram-se ternamente e depois adormeceram, um nos braços do outro.

Sua vida conjugal durou três meses, após os quais Ignazio foi para a guerra. Em uma carta do front, escreveu: "Que saudade, Ines adorada!

Para mim, você é tão importante quanto o ar que respiro. Farei tudo para não morrer nestas montanhas, pois quero estar em sua companhia por toda a vida. E você, ainda me quer bem?". A carta chegou quando ele já morrera, e ela, enxugando as lágrimas, percebeu que havia nutrido por Ignazio um grande afeto e uma profunda estima, mas não estava apaixonada. Agora, olhou Ubaldo e pensou que talvez não conseguisse amar nem mesmo ele.

A vida, para Ines, era uma contínua conquista: primeiro ela havia conquistado a autonomia, e agora o prestígio social. Desde quando era menina, tinha visto muitas mulheres se tornarem vítimas por amor. Assim, havia erguido em seu coração uma barreira para se defender das ciladas dos sentimentos amorosos.

Sorriu para o marido e disse:

— As carícias caem bem, o ouro é pesado para carregar.

— Beba — disse ele, estendendo-lhe uma taça de champanhe.

Ela a pegou e a deixou sobre a mesinha.

— Não gosto — afirmou.

O olhar de Ubaldo se ensombreceu.

— Você vai aprender a gostar. Agora, beba — insistiu.

— É uma ordem? — perguntou ela, desagradada por aqueles olhos repentinamente turvos.

Ele se adoçou.

— É somente uma parte de um longo treinamento que eu lhe darei com prazer.

— Achei que você havia se casado comigo me escolhendo como eu sou, e não como quer que eu me torne, porque, veja bem, querido, eu não vou mudar nunca — respondeu ela mansamente.

— Mas eu não quero mudá-la, quero apenas lhe ensinar como deve se comportar a condessa Ceppi. Você não é mais a proprietária de uma tipografia, agora é minha mulher. A propósito, providenciei a cessão de sua atividade à firma Carini, que pagou por essa aquisição uma bela soma. Agora, beba — repetiu Ubaldo, repondo a taça na mão dela.

Ines se sentiu apanhada em uma armadilha. Tinha trazido ao marido como dote a Casa Gariboldi, mas não esperava que ele tomasse decisões sem consultá-la. Por outro lado, devia lhe obedecer, segundo ditava a lei. Só que ela não era uma jovem e lânguida aristocrata, necessitada de um homem que decidisse em seu lugar. Era uma plebeia, sanguínea e determinada. Não seria o conde Ceppi Bruno di Calvera que iria dominá-la. O instinto prevaleceu sobre a razão e Ines, num rompante, jogou no chão a taça de champanhe, afirmando, decidida:

— Eu já lhe disse que não gosto de champanhe.

Ele a encarou, perplexo. Depois apertou os lábios numa careta de raiva e lhe golpeou a face com um tapa. Ines levou a mão ao rosto. Estava mais apavorada do que humilhada.

— Mas você é um louco! — exclamou.

Ele a abraçou, implorando perdão. Chamou-a com nomes doces e ternos, cobriu-a de beijos e carinhos e depois fizeram amor de novo.

Quando desceram do trem, em Veneza, Ines o odiava. Mas detestava ainda mais a si mesma por ter se ligado a um doido para fazer parte da alta-roda e, sobretudo, porque ao fazer amor com Ubaldo se sentia completamente saciada e feliz como nunca estivera. Ao voltar da viagem de núpcias, durante a qual o marido a cobriu de presentes e ternuras, Ines foi procurar Lillina.

— Como você mesma disse, não fiz um bom negócio — confessou.

— Claro que fez, sim. Agora você está à altura de todas as outras damas da San Vincenzo, cheia de convites para eventos na cidade ou no campo, dispõe de uma legião de domésticos e se tornará uma das senhoras mais destacadas daqui. Está reclamando de quê? — perguntou a condessa Adelaide.

— De ter dado um passo maior do que as pernas. Eu devia ter aceitado Ubaldo como amante, porque, como marido, ele é excessivo e estorvante. Além disso, acho que é louco — respondeu Ines.

— Não exagere! Todos nós conhecemos Ubaldo, ele é um projeto de homem, um garotão que não resolve se tornar adulto.

— Como você definiria um homem que me atormenta com seu ciúme e passa dos tapas às carícias?

A condessa pigarreou duas vezes, baixou o olhar e sussurrou:

— Existem intimidades que uma mulher de classe mantém só para si.

Ines nunca mais voltou ao assunto. Dedicou-se a colocar em boa ordem o palacete da *via* Cusani que havia sido desde sempre a residência dos condes Ceppi e a administrar o pessoal com a mesma eficiência com que havia gerido sua pequena empresa. Passou as férias de junho a novembro nas propriedades do marido, no campo e no lago. Escolheu como moradia predileta a mansão de Vértova, talvez porque Ubaldo não gostava dali e inventava pretextos para não a acompanhar ao Vale Seriana.

Dois anos após o casamento, Stefano nasceu. Apesar dos protestos de Ines, o marido o deixou a cargo de uma ama de leite, porque sentia ciúme até do filho.

Ines se preocupava cada vez mais. Bastava uma coisinha de nada para provocar brigas furiosas, durante as quais ele destruía tudo o que estivesse ao seu alcance. Ubaldo já não conseguia acalmá-la nem mesmo na cama. Se, no início do casamento, no ardor com que ele a possuía tinha havido amor e desejo, agora só restava o rancor de um homem frustrado por uma mulher que era muito mais resoluta do que ele.

Em uma noite de dezembro, ao voltarem do teatro, quando Ines se dirigia para o quarto, ele puxou o vestido de seda que ela usava e o rasgou para despi-la. Era uma roupa preciosa, que custara meses de trabalho às bordadeiras, as quais haviam realizado uma obra de arte com strass e miçangas.

Ines explodiu com toda a sua raiva.

— Você tem que ser internado no manicômio! — gritou-lhe na cara.

O rosto de Ubaldo se transformou em uma máscara de cólera. No teatro, sua mulher tinha sido objeto de admiração por parte de muitos homens. Na hora, ele havia sufocado o ciúme e se controlara, mas, já em casa, precisava demonstrar a si mesmo que Ines pertencia somente a ele e possuí-la de imediato, sem esperar que ela se preparasse para a noite. A reação de Ines e aquelas palavras terríveis lhe escureceram a mente. Ele a agarrou pelos ombros e a sacudiu com força.

— Eu não sou louco, entendeu? E você, com quem está me traindo? — acusou-a, com o olhar transtornado pela ira.

— Me solte! — ordenou ela.

— É com o conde Guaraldi? Eu vi como vocês se olhavam! Com Carlin, o motorista? Você o trata com muita benevolência! Ou será com o professor Lamberti? Toda hora topamos com ele por perto, sem motivo! Mas também pode ser Bortolo, o jardineiro. Estou sempre surpreendendo vocês dois em confabulações. E então? — berrava Ubaldo, sacudindo-a cada vez mais.

— É com todos eles — estrilou por sua vez Ines, tentando se desvencilhar. A essa altura, o marido lhe apertou a garganta e Ines teve certeza de que seria estrangulada. Conseguiu soltar um grito rouco. Depois desmaiou.

Quando voltou a si, estava em sua cama, e o médico a auscultava, inclinado sobre ela. Ubaldo chorava à sua cabeceira.

Tinham sido os domésticos a salvá-la da fúria do marido. O mesmo médico, no dia seguinte, acompanhou o conde a uma clínica privada para doenças nervosas.

Ines se transferiu para Vértova com uma parte dos empregados. Também chamou para seu serviço duas mulheres da aldeia. Uma delas era Ermellina Agrestis, a jovem esposa do marceneiro, a qual, pouco tempo antes, tinha dado à luz seu primogênito Arturo.

12

UBALDO RETORNOU DA CASA de saúde muito mudado. Ines não estava na *via* Cusani para esperá-lo, porque a essa altura tomara distância da cidade, e o Vale Seriana, áspero e sem atrativos, conciliava-se perfeitamente com seu estado de espírito, que era o de uma mulher decidida a viver apenas por amor ao seu filho. Ia a Bérgamo para as reuniões da San Vincenzo e acompanhava os pobres com dedicação. Em Vértova, assumira Ermellina Agrestis e a família dela sob sua asa protetora.

Ubaldo ficava a maior parte do tempo em Milão, onde levava a vida de sempre. No domingo, ia ao encontro de Ines e, pelo modo como a olhava, percebia-se que ainda era apaixonado por ela, mas não ousava propor que voltassem a viver juntos.

Em aparência, ainda eram um casal: às vezes compareciam juntos ao teatro ou a um jantar em casa de amigos. Nessas ocasiões, eram de um formalismo impecável. Dela, sabia-se que não tinha histórias sentimentais; dele, que recusava as oportunidades.

Sua amiga Lillina, que não se resignava por ter sido a artífice daquele casamento desastroso, um dia lhe falou abertamente.

— Você tem pouco mais de 30 anos e ainda é uma mulher belíssima. Quer passar o resto da vida naquele lugarejo esquecido por Deus? — perguntou.

— Não fui feita para a vida conjugal — respondeu Ines.

— E não pensa no seu filho? Não pode criá-lo no meio daquela gente rústica.

— As pessoas simples são dotadas do bom senso que falta inteiramente ao pai dele.

— A cidade é rica de estímulos para uma criança. Desse jeito, você pune o menino e também a si mesma.

— Desse jeito eu o salvo. Stefano, que frequenta as crianças da aldeia, já compreendeu que a vida não é um passeio. Sob a influência negativa de um pai inseguro, sujeito a contínuas mudanças de humor, como acha você que ele cresceria?

Lillina não conseguiu replicar. Mas, ao se despedir, sugeriu:

— Volte para seu marido. Ele está doente e precisa de você.

— Está doente? — espantou-se Ines.

— Não me diga que não sabe de nada. Ele tem problemas cardíacos — informou Lillina.

Ines pensou muito nas palavras da amiga. Ubaldo parecia mais equilibrado e, sobretudo, ela não queria se subtrair ao seu dever de esposa. Propôs ao marido que ele se mudasse para Vértova.

— Você precisa de cuidados e de tranquilidade. Eu estarei por perto e me ocuparei de você — garantiu.

Não precisou insistir para convencê-lo. Reconciliar-se com sua mulher era o maior desejo dele. Voltaram a viver juntos e, aos poucos, Ines descobriu que Ubaldo estava profundamente mudado. Deixava que ela tomasse todas as decisões sem reagir e se mostrava mais sereno, mais reflexivo.

O motorista o levava a circular pelas propriedades, às quais ele ia periodicamente para tratar de seus interesses. Frequentava os amigos, quando o casal passava temporadas nas mansões dos lagos e em Brianza. Às vezes eram os amigos que vinham a Vértova, e então Ubaldo enaltecia as qualidades de Ines e as maravilhas daquele vale que ele aprendera a amar. Levava-os às plantações de avelaneiras e aos bosques de acácias, às nascentes do rio Serio, à fonte de são Patrizio, da qual brotava uma água miraculosa para o tratamento dos olhos, ou então às aldeolas que, de Clusone, desciam até o fundo do vale. Mostrava com orgulho a pequena estação ferroviária de Vértova, que, com sua contribuição, havia sido reformada. No limiar dos 50 anos, Ubaldo se tornara também muito religioso. Repetia: "Deus me compreendeu e me aceitou". Lamentava-se pelo passar do tempo: "Quando a gente envelhece, fica invisível", dizia à sua mulher, sorrindo. Enquanto isso, ajudava-a nas obras de caridade. No Natal, enchia os mealheiros que eram levados à igreja e depositados junto à manjedoura do presépio. Na noite da Vigília, depois da missa, o pároco os quebrava e distribuía o dinheiro entre as famílias mais necessitadas.

Ines olhava com estupor esse marido que o tempo transformara no companheiro que ela sempre quisera ter, e, ano após ano, quase sem se dar conta, apaixonou-se por ele.

De vez em quando ia encontrá-lo no barracão, no fundo do jardim, que ele tinha transformado em uma pequena marcenaria. Falavam de tudo e de nada, com serenidade, enquanto ele trabalhava. Aproveitando um talento inato, Ubaldo manufaturava pequenos objetos de uso doméstico, pequenas estacas trabalhadas para as cercas, carrinhos para crianças. Tinha sido o marido de Ermellina, Antonio Agrestis, a instruí-lo, depois que o conde passara horas em sua oficina impregnada pelo cheiro das madeiras, das colas, dos vernizes.

Quando soube pelo marido que Ubaldo se dedicava a trabalhos de marcenaria, Ermellina, que já estava a serviço dos Ceppi havia anos, disse:

— É uma família de malucos.

— Ele me parece boa pessoa — observou Antonio.

— E ela é uma mulher generosa. Mas ali existe algo de estranho.

— Todos os patrões são estranhos.

— E infelizes. Nem sequer dormem juntos. Ela fica no quarto voltado para o jardim e ele naquele pequeno, no fundo do corredor. E pensar que são tão religiosos... Mas o Senhor não disse: casem-se e durmam separados — ponderou Ermellina.

O marido sorriu e contou:

— O conde, quando vem me pedir orientação, às vezes fala um pouco. Uma palavrinha aqui, outra ali. Me disse que fez voto de castidade. Isto mesmo. Então eu respondi que os padres também fazem esse voto, mas nem todos o respeitam. Ele começou a rir e depois comentou: "Porque encontram umas e outras que se dispõem. Mas minha mulher não se dispõe e eu não quero outra, só ela, portanto a respeito".

Ermellina também riu e espicaçou o marido:

— Você não me respeita nem um pouco.

— Eu honro meu papel de marido. Aliás, se você estiver de acordo, quero honrá-lo inclusive hoje — disse o marceneiro, abraçando-a.

Na Villa Ceppi, nessa mesma noite, Ines saiu do seu quarto e bateu à porta do aposento do marido. O conde estava lendo, encostado numa pilha de almofadas.

— Incomodo? — perguntou Ines, entrando no quarto.

— Fiz alguma coisa errada? — perguntou Ubaldo.

— Mas que ideia é essa? Não estou conseguindo dormir e me deu vontade de tomar uma bela xícara de chocolate quente.

— Acorde Tilde e mande-a preparar.

— Eu também sei preparar. Quer descer comigo e me fazer companhia?

Era quase meia-noite. Os condes Ceppi estavam sentados à mesa da enorme cozinha, no subsolo, um em frente ao outro, com os cotovelos apoiados no tampo de mármore branco. Seguravam suas xícaras com as duas mãos e saboreavam o chocolate.

De vez em quando Ines olhava de soslaio o marido, que ainda era um belo homem, sem um só fio branco nos cabelos. O regime alimentar e o tratamento a que ele se submetera tinham dado bons resultados.

— Você está muito bem — constatou satisfeita, brindando-o com um sorriso.

— Você também. Realmente gostoso, o seu chocolate — elogiou ele.

A estufa se apagara e Ines sentiu um arrepio.

— Está com frio? — perguntou Ubaldo.

Ines alongou um braço e acariciou a mão do marido.

— Quem sabe se você não me aquece um pouco? — sussurrou.

Esvaziaram as xícaras e as deixaram em cima da mesa. Ubaldo pegou a mão de sua mulher ternamente. Os dois subiram ao primeiro andar e foram para a alcova dele.

De manhã, correu entre os empregados a notícia de que a condessa não tinha dormido em seu quarto, mas no do marido.

13

— MAIS DUAS COLHERES, querido, só para me agradar — disse Ines ao marido, enquanto mexia a sopa de arroz e salsa, temperada abundantemente com parmesão.

No mundo se desencadeava a guerra, mas ali, no jardim de Vértova, o dia estava tranquilo, aquecido pelo sol de maio.

Era meio-dia e o conde Ubaldo, confinado numa cadeira de rodas, tinha nos lábios um sorriso triste. Gostaria de dizer à sua mulher que não tinha nenhuma vontade de comer, nem mesmo para agradá-la, e nem sequer desejava viver. Não só pela doença que o invalidara, mas também porque já não se reconhecia naquele mundo transtornado pela guerra.

Observava a esposa, tão mais moça do que ele, a qual adquirira os modos de uma senhora aristocrática, embora permanecesse a plebeia sanguínea que lhe inflamara o coração. Tinha sido feliz com ela até que o derrame o surpreendera à traição. Internado com urgência no hospital de Bérgamo, havia sido arrancado à morte pelo jovem doutor Pietro Bertola, mas seu corpo ficara semiparalisado.

Quando o trouxeram para casa, o doutor Bertola disse a Ines:

— As condições gerais são razoáveis, mas o coração está muito maltratado. Prepare-se para o pior, condessa.

Ela não se resignava à ideia de perdê-lo. E também se angustiava por Stefano, seu filho, que havia sido enviado para combater em Cirenaica. Ines tinha tentado evitar que o rapaz fosse para a guerra, pedindo ajuda a muitos amigos influentes. Mas isso de nada adiantou, porque Ubaldo Ceppi era malvisto pelo regime por causa de sua obstinada recusa a aderir ao partido fascista. E Stefano foi obrigado a partir.

Tinha retornado, de licença, justamente naquele dia. Ines estava feliz, porque Stefano permaneceria em casa por um mês.

— Por favor, querido, só mais um pouquinho de minestra, ao menos para dar uma satisfação a Tilde, que a cozinhou com muito amor — insistiu.

— Pois vou lhe dizer: eu jamais gostei de minestra com *erburin* — declarou Ubaldo. Ines afastou o prato.

— Se tivesse me dito isso há vinte anos, teria sido melhor — replicou.

— Nós não nos dissemos muitas coisas — sorriu ele.

Ela lhe acariciou docemente o rosto.

— Seja como for, atualmente há pouca escolha. Já não se encontram todas as coisas boas de antes da guerra. Na próxima vez, mando fazer mingau de semolina com manteiga fresca. De semolina você gosta, não? — perguntou.

O marido anuiu, para contentá-la. Agora, poucas coisas lhe davam prazer. Tudo lhe era indiferente. Nem mesmo a redução dos empregados domésticos o abalara muito.

O motorista, o jardineiro, o cozinheiro, os trabalhadores braçais haviam sido chamados às armas e Ines não os substituíra. Também tinham ido embora a lavadeira e a guarda-roupeira. Na *villa* permaneceram somente o camareiro Vespino; Tilde, doméstica para todo o serviço; Ermellina, que não dormia no emprego, e sua nora Vienna Agrestis, que servia de acompanhante ao conde.

Felizmente, com a redução do pessoal, diminuíram também as despesas. Porque os Ceppi, como muitas outras famílias nobres, tinham dificuldades financeiras. As casas na cidade e as propriedades rurais já não rendiam nada. Antes de adoecer, porém, Ubaldo conseguira pôr em segurança, na Suíça, uma parte consistente do seu patrimônio. Assim como conseguira esconder, colocando-os a salvo da cobiça dos fascistas, os quadros, a prataria, os tapetes, as joias, os móveis mais caros. Enquanto isso, a autocracia imperava, e os preços dos gêneros alimentícios tinham subido às estrelas. Ines se adequara aos novos tempos e, com o auxílio de Vespino, transformara em horta uma parte do grande jardim. Cultivava árvores frutíferas e preparava geleias excelentes.

Agora, Ines disse:

— Gostaria de uns morangos com vinho e açúcar?

— Só um pouquinho. Depois quero me deitar — respondeu Ubaldo.

Ines tinha transformado em quarto a sala do térreo, porque o aposento era dotado de portas-balcão que se abriam para o jardim. E a saleta adjacente se tornara o dormitório de Vienna. Assim, o doente podia ser facilmente transportado para a varanda ou o jardim, e bastava que ele tocasse a campainha para que Vienna o acudisse.

— Eu lhe quero muito bem — sussurrou Ines, acariciando o marido outra vez. — Agora vou chamar Vespino e Vienna para que o acompanhem à cama.

O conde, depois de certa perplexidade inicial, aceitara de bom grado aquela bela jovem que irradiava espontaneidade e saúde, porque intuíra sua bondade e sua inteligência. Graças a ela, Ines podia dormir sossegada durante a noite e tinha mais liberdade de movimento durante o dia.

Tinha sido Ermellina a recomendar a nora, que se casara havia pouco tempo com Arturo, seu primogênito. Vienna tinha nascido e crescido na montanha, onde sua família criava ovelhas e produzia queijo. Descera a Vértova depois do casamento, mas o marido trabalhava em Turim e ela se sentia um pouco só.

Arturo era pedreiro. Havia trabalhado vários anos na Suíça e voltado à Itália ao ser convocado para o exame médico do recrutamento. No hospital, constatou-se a existência de um lipoma não operável em suas costas, e com isso ele foi declarado inapto para o serviço militar. A Itália acabava justamente de entrar em guerra e Arturo permaneceu em casa.

Tinha conhecido Vienna poucos dias antes do Natal e se apaixonara de imediato, porque ela era uma bela jovem, solar e inteligente.

Ao falar de si, Arturo dissera:

— Eu gosto muito do meu ofício. Meu pai, que vive somente para seu trabalho de marceneiro, não compreende quanta poesia existe nos tijolos. Quando construo uma casa, penso nas pessoas que vão morar ali, e é como se preparasse um ninho para essas famílias.

— Você é um poeta — observara Vienna, impressionada por aquelas palavras.

— Talvez eu seja apenas um sonhador — respondera ele, fitando-a com amor.

Casaram-se em março. No início de abril, Arturo partiu para trabalhar em Turim, deixando-a sozinha com os Agrestis. Às vezes Vienna sofria de melancolia. Ao compreender isso, a sogra concluiu que era preciso lhe encontrar uma distração. Na Villa Ceppi, Vienna se sentia útil. O conde não era um doente difícil e ela o atendia de boa vontade. Vespino o banhava e vestia. Ela lhe fazia a barba, mas sobretudo, como o conde gostava de música, colocava os discos no gramofone, ou então lia em voz alta os livros preferidos de Ubaldo. A certa altura, o enfermo adormecia e ela se esgueirava até o seu quartinho, para fazer tricô ou escrever ao marido.

Naquele início de tarde de maio, depois de instalar o conde na cama, Vienna foi para o seu canto e retomou a leitura de uma comédia de Shakespeare pela qual Ubaldo tinha predileção. "Eu conheço / um declive onde floresce o timo / onde crescem violetas debruçadas / e margaridas, e onde o azevinho / se entrelaça suntuoso em baldaquino / com a rosa-canina e a moscada." Vienna lia em voz alta esses versos esplêndidos e pensava no declive, não longe de seu abrigo alpino, reencontrando a doce melancolia daquela paisagem amada.

— Quem declama tão bem o *Sonho de uma noite de verão*? — perguntou uma voz às suas costas.

Vienna se voltou de repente e viu na porta do seu quarto um homem encantador. Alguém lhe dissera que, justamente naquele dia, o jovem Stefano Ceppi voltaria de licença para casa. Ela nunca o tinha visto. Agora, ali estava ele, e lhe pareceu tão belo que a deixou sem fôlego.

14

— VIENNA! DE ONDE LHE vem esse nome? — perguntou Stefano Ceppi, entrando no quarto.

Ela se censurou por ter deixado a porta encostada, porque a presença do jovem a constrangia.

Ao chegar à Villa Ceppi, Stefano fora recebido pela mãe, que lhe contara todas as novidades da casa. Entre outras coisas, informou-o sobre aquela moça que cuidava de Ubaldo com tanta atenção. Não lhe falou, porém, das formas harmoniosas de Vienna, da face de porcelana e das bochechas rosadas, do nariz que parecia um cachinho voltado para cima. O sol de maio, que entrava pela janela aberta, iluminava o belo rosto de Vienna e o pescoço que emergia cândido do vestidinho azul.

— Por que justamente Vienna? — insistiu ele. Balbuciando, ela explicou:

— Poucos meses antes de eu nascer, meus pais foram ao cinema, em Bérgamo, para ver um filme de que minha mãe gostou muito. Era uma história de amor que se passava na capital da Áustria. Então, escolheram esse nome para mim.

O rapaz sorriu. Era alto, forte, bonito, e com sua presença preenchia aquele quartinho. Vienna estava aflita.

— Com sua licença, preciso ir verificar se seu pai está dormindo tranquilo — disse, tentando escapulir.

— Eu já fiz isso — respondeu Stefano prontamente.

Vienna se habituara havia pouco a dirigir a palavra aos condes Ceppi sem enrubescer, mas continuava a se mover com cautela naquela casa, porque sempre temia cometer algum erro. Agora, estava certa de que a presença daquele homem no seu quarto não era oportuna. Assim, insistiu:

— Preciso ir ver o conde. — Mas não conseguiu dar um passo.

— Sem dúvida, você foi muito corajosa! — exclamou Stefano. — Deixou sua cabana alpina para descer a Vértova. Minha mãe me contou. Não sente falta da montanha?

Nessa pergunta estava implícita sua simpatia por uma jovem que havia sido catapultada a um mundo estranho, em meio a uma gente desconhecida.

Vienna passou uma das mãos pelo pescoço, como se tivesse dificuldade de respirar.

— Estou bem aqui em Vértova.

Pensou na sogra, que a tratava com afeto, como se ela fosse uma filha. Mas tinha saudade da amplidão arejada da montanha, com seus silêncios intactos. Aquele rapaz de atitude descontraída havia intuído isso. Pareceu-lhe singular que um patrão se interrogasse sobre os sentimentos de uma doméstica. Vienna se perguntou o que esperava dela o jovem Stefano Ceppi, o qual, nesse ínterim, se sentara em sua cama. Criou coragem e observou:

— Se Vespino entrasse, o que pode acontecer, eu não faria bela figura com o senhor aqui.

Stefano se levantou num salto e sorriu:

— Até dois dias atrás, dormi numa cama de campanha, em meio ao fedor de panos sujos e corpos sem banho. Nem acredito que estou em casa, onde tudo cheira bem.

Saiu do mesmo jeito como tinha entrado, sem sequer se despedir, deixando em Vienna a impressão de tê-lo julgado mal. Afinal, pensou, ele era apenas um rapaz sozinho e deslocado, tanto quanto ela. Talvez quisesse lhe falar dos desconfortos e dos horrores da guerra, e ela só se preocupara com sua própria reputação. A vida dos combatentes devia ser terrível. Pensou em Arturo, que dormia numa cabana de madeira e zinco, em companhia de outros pedreiros, ao lado do edifício em construção. A vida dele também não era nada fácil. Então, decidiu lhe escrever. Enquanto pegava caneta e papel, comparou, sem querer, Arturo e Stefano. Não podiam ser mais diferentes. Arturo era forte como uma rocha. Seus traços marcados não deixavam transparecer a doçura daquele valoroso rapaz, que lhe queria bem. Stefano, ao contrário, era a síntese da graça e da elegância. Seus olhos azuis iluminavam um rosto de traços aristocráticos. Como dizia Ermellina, em suas feições ele se assemelhava pouquíssimo à mãe, de quem, contudo, havia herdado o temperamento expansivo e a inteligência vivaz.

Iniciou sua carta a Arturo: "Estávamos todos sossegados, os domésticos, antes de chegar o filho dos condes Ceppi. Por sorte, ele está de licença apenas por um mês, e depois voltará para a guerra. Continuo a ler livros belíssimos para o senhor conde. Mas não pense que eu agora ando arrogante porque estou a serviço de uma família de aristocratas..." Escreveu duas páginas ricas de sentimento e concluiu pedindo que ele viesse logo ao seu encontro.

Depois desceu à cozinha, onde sua sogra e Tilde preparavam o jantar.

— Mãe Ermellina, pode me fazer o favor de sempre? — perguntou, entregando à outra a carta para Arturo.

— Claro que eu a ponho no correio. Você é mesmo uma mulher excelente — disse a sogra.

— Pobre esposinha sem marido! — compadeceu-se Tilde, enquanto amassava as batatas cozidas com a farinha.

— Eu não me lamento — cortou Vienna, espiando as panelas.

— Pois faz mal. Devia parar de escrever àquele estúpido que a deixou sozinha. Que sentido faz desposar uma moça ótima e depois abandoná-la? — recriminou Ermellina.

— Se ele fosse soldado, teria de partir do mesmo jeito. Assim, pelo menos eu sei que não corre perigo — defendeu-o Vienna.

— Lá isso é verdade — concordou Tilde. — Veja o pobre patrãozinho Stefano, por exemplo. Deram a ele esta licença para descansar, antes de mandá-lo sabe-se lá para onde, talvez para morrer.

Ermellina fez o sinal da cruz.

— Não seja agourenta. Já chega o senhor conde, que está mais para lá do que para cá. Só nos faltava que o filho... pobre senhora condessa! — horrorizou-se.

— Veja como fala. A senhora condessa não quer que se compadeçam dela. É dura como pedra. Mantém seus desgostos trancados a chave e não diz uma palavra. Há pouco, fui à horta para colher rabanetes e ela estava discutindo com o patrãozinho por causa da noiva dele, a condessinha Porro — confidenciou Tilde. — Quando percebeu que eu estava por ali, me disse: "Você não tem nada melhor para fazer?"

Vienna, que estava esquentando água para fazer um sucedâneo de café, aguçou os ouvidos.

— Por que discutiam? — indagou Ermellina.

— Ouvi quando a condessa disse: "Margherita tem um patrimônio intacto, ao passo que o nosso não o é mais". Então o patrãozinho respondeu que o pai da moça é um fascista — explicou Tilde.

— É bonita, essa condessinha Margherita? — perguntou Vienna, curiosa.

— É seca como um prego. Bonita é você — disse Ermellina, aludindo às formas cheias da nora. — Mas, agora, ser magricela está na moda. Vi em um jornal a fotografia da princesa Maria José e da condessa Ciano. São secas de dar medo. E pensar que nunca lhes falta comida!

Vienna bebeu seu café e depois perguntou:

— O que vocês estão fazendo para o jantar?

— Nhoques na manteiga, galantina de frango com aspargos, salada de chicória e rabanete e, como sobremesa, musse de morango. Temos convidados esta noite: a condessinha Margherita e seus pais — anunciou Tilde.

— E ao senhor conde, o que vamos servir? — preocupou-se Vienna.

— Nhoques, também. Mas não conte que haverá hóspedes, senão ele fica agitado. Ordens da patroa — recomendou Tilde.

O conde dormia, assim como Vespino, sentado em uma poltrona ao lado do patrão. Vienna escapuliu silenciosa para o seu quarto, aproximou-se da porta-balcão para olhar o jardim e se perguntou por que sentira uma espécie de desalento ao saber que Stefano Ceppi estava noivo.

15

O SOL TINHA DECLINADO e o ar estava suave e acariciante.

— Gostou destes nhoques, senhor conde? — perguntou Vienna a Ubaldo. — Além de manteiga, Tilde acrescentou queijo de ovelha. É um alimento substancioso, que lhe dará forças — explicou, aproximando o garfo dos lábios do conde.

— Forças para quê? — perguntou ele, recusando a comida.

— Para viver, senhor conde — respondeu a moça.

— E você chama isto de vida? — discordou o conde, tristemente.

— Levante os olhos para o céu. Vai ser uma belíssima noite de lua cheia. Vale a pena viver, nem que seja só para desfrutar deste esplêndido serão.

Conseguira fazê-lo sorrir, e ele a premiou deixando-se alimentar.

Mais tarde, quando o patrão adormeceu, Vienna saiu para o jardim. Imersa em seus pensamentos, caminhou pela alameda.

Tinha aceitado a distância do marido e a convivência com os Agrestis sem se fazer perguntas. Poucas horas antes, porém, um estranho a elogiara porque ela havia acompanhado o marido para longe da própria casa, da própria família. Mas era mesmo um ato de coragem, isso de seguir seus sentimentos? E, se era, que sentido fazia, considerando que o marido logo a deixara só? Vienna se perguntou se aquele pedreiro que gostava tanto dos tijolos realmente a amava. E ela, seria de fato apaixonada por ele, tendo admitido, sem protestar, que ele partisse? O jovem conde Ceppi, com poucas palavras, obrigara-a a refletir, e, com estupor, ela se deu conta de que jamais se questionara sobre suas escolhas, nem antes nem depois de fazê-las.

Caminhava lentamente, na bela noite de lua cheia, quando ouviu vozes provenientes do outro lado de uma sebe de buxo. Parou de repente.

— Não percebe que nossa história já não tem sentido? — dizia Stefano.

— Você se comporta como uma mulherzinha que acredita em maledicências — replicava uma voz feminina, seguramente a da condessinha Margherita, pensou Vienna.

— Nunca dei ouvidos a mexericos e não me interessa saber o que houve entre você e aquele fascistão do Emilio Invernizzi. O problema não é esse — afirmou Stefano.

— Ora, por favor, então qual seria o problema?

— Nós não nos amamos. Ou melhor, nunca nos amamos. Ficamos noivos porque assim desejavam os seus e os meus pais. Se dependesse de nós, você teria escolhido Invernizzi e eu, uma mulher simples, porque não dou importância ao nível social.

— Exatamente como fez seu pai, quando se casou com sua mãe — replicou Margherita, irônica.

— Minha mãe lhe é muito superior, mas você, pobre Margherita, nunca entenderá isso.

— Ah, entendo, sim! E muito bem. Hoje, quando cheguei, daqui do jardim eu vi você sentado na cama de uma empregadinha.

Ao escutar essas palavras, Vienna sentiu uma punhalada no coração. Correu em direção à casa e se refugiou no seu quarto. Nunca se sentira tão infeliz. Uma pessoa a quem não conhecia a humilhara, pondo em dúvida sua reputação. Ela, porém, era apenas uma jovem esposa que esperava o retorno do marido.

Recordou seu casamento na igrejinha da montanha, o almoço e o baile na pradaria, diante da cabana. Quando escureceu, ela e Arturo desceram até o vale acompanhados pelos convidados, que cantavam e brincavam com eles. Na casa dos Agrestis, os irmãos mais novos de Arturo acolheram-na com sorrisos festivos e maliciosos. No quarto nupcial havia um jarro cheio de flores do campo especialmente colhidas por Ermellina. Vienna apreciou as flores e depois olhou com desolação o leito matrimonial, porque estava cansada e só queria repousar. Arturo percebeu e disse: "Vamos dormir". E assim tinha sido. Fizeram amor pela primeira vez na noite seguinte, e ela se sentiu feliz porque queria bem àquele homem forte e gentil com quem se casara.

Ao partir para Turim, Arturo havia dito: "Voltarei para vê-la todos os meses. Enquanto isso, espero que você me escreva para me contar que vem por aí um filho".

Ela, porém, não tinha engravidado, e ele continuava a adiar suas visitas por causa do trabalho. Agora Vienna chorava e sentia uma grande vontade de fugir para longe de tudo e de todos. Mas aonde poderia ir, a não ser à casa dos Agrestis, para aguardar um marido que não retornava?

Do quarto ao lado veio o som da campainha do conde. Ela enxugou rapidamente as lágrimas e foi até lá.

— Como se sente, senhor conde? — perguntou.

— Você estava dormindo? — perguntou ele.

— Não, ainda estava acordada.

— Poderia ler alguma coisa para mim?

Vienna puxou a cadeira para junto da cama, pegou no criado-mudo o livro com os sonetos de Shakespeare, abriu-o e leu: "Quando meu amor me jura ser fiel / eu acredito, mesmo sabendo que é mentira..."

A esta altura, parou. Lembrou-se de que à tarde escrevera a Arturo que o amava. Agora, temia não ter dito a verdade.

16

— E, ASSIM, O NOIVADO foi rompido — anunciou Ines ao marido.

— E o que me importa? — disse ele.

— Não quer nem saber como foi? — insistiu Ines.

— Por acaso pode haver uma história entre nosso filho e aqueles fascistas? — replicou o conde, com voz cansada.

— Desculpe, querido. Você não está bem e eu fico incomodando com essas bobagens — disse Ines, acariciando-lhe a mão. — Eu só queria que Stefano voltasse ao front sabendo ter uma noiva que o espera. Os pensamentos de amor são importantes para quem vai combater.

— E quem lhe disse que ele não os tem? — perguntou o marido.

— Você sabe de alguma coisa que eu não sei? — desconfiou Ines.

— Sim. Sei que você deve deixar em paz o pobre jovem.

— Concordo. Mas eu gostaria de saber o que vocês dois conversaram hoje de manhã, quando eu estava na horta.

Ubaldo se calou e sua mulher compreendeu que não era o caso de insistir.

— Quero bem a você do mesmo jeito — sussurrou, acariciando a testa dele.

Ubaldo lhe sorriu. Pensava no filho que havia voltado da Cirenaica e dali a poucas semanas partiria com seu batalhão rumo ao leste europeu, para se reunir aos alemães e acabar entre as fauces dos russos.

Quando Stefano nasceu, Ubaldo o considerara um problema, mais do que uma alegria, porque não dispunha de referências para se ocupar de um filho. Ele mesmo jamais tivera qualquer relação, qualquer momento de intimidade com seu pai, o conde Stefano Ceppi Bruno di Calvera, a quem tratava por senhor. Quando ainda era estudante, encontrara-o certa vez em um salão e o conde não o reconhecera.

— Parece que eu sou seu filho — tinha balbuciado timidamente o jovem Ubaldo.

— Mas é claro, vejo que cresceu. Como vai, meu caro? — replicara o conde, afastando-se logo, sem esperar resposta.

Ubaldo havia sofrido muito com a indiferença do pai, só atenuada em uma ocasião, que ficou impressa em sua memória: quando, em criança, correra o risco de morrer de pneumonia e o conde Stefano permanecera ao lado de sua cama até que ele se curasse. Ao morrer, o pai o nomeara herdeiro de todos os seus bens, definindo-o, para sua grande surpresa, como: "Meu filhinho muito amado, que nunca me decepcionou".

Mas, com a ajuda de Ines, Ubaldo havia conseguido estabelecer uma boa relação com o filho. Agora que se preparava para deixar a vida, percebia que sempre amara muitíssimo o seu rapaz.

O fascismo e a guerra o tinham desgostado, mas o que verdadeiramente o fazia sofrer naqueles anos era a aflição de sabê-lo na frente de batalha. Agora, sentia-se angustiado ao pensar na Rússia, naquela grande terra que conhecia pelas obras dos seus autores mais famosos, de Gogol a Tolstoi, de Tchecov a Turgueniev. Tinha diante dos olhos a infinita extensão dos campos de girassóis sob o céu de julho, os quais a neve, durante o inverno, cobria de uma camada branca. Quando estudante, em Paris, tivera uma relação com uma princesa russa, esperta e ingênua, despreconceituosa e pudica, ávida e generosa. Ele a amara apaixonadamente.

Agora se perguntava se lá longe, no Don ou no Cáucaso, Stefano encontraria uma mulher para amar, ou a morte.

Disse à esposa:

— Chame Vienna.

— Você terá de se contentar comigo ou com Vespino, porque hoje ela foi à montanha para trazer queijo, e Stefano, que queria esticar as pernas, subiu junto.

O conde esboçou um sorriso. Já havia flagrado o olhar do filho sobre a jovem montanhesa, e o anúncio daquela excursão lhe alimentou a esperança de que Stefano partisse para a batalha com uma doce lembrança no coração.

No final da tarde, chegou o doutor Bertola. Como sempre, examinou-o meticulosamente e depois disse:

— Vai tudo bem.

— Quando é que você vai me deixar em paz? — perguntou Ubaldo.

— Atormentar os pacientes é o meu ofício, senhor conde.

— Não me falte com o respeito, porque eu tenho idade para ser seu avô, e não me trate por senhor. Esqueceu que esses espanholismos são malvistos pelo regime? Você tem de me tratar por vós, ou eu banco o espião e o acuso de derrotismo — brincou o conde.

Riram juntos. Depois Ubaldo ficou sério e disse:

— Estou falando de homem para homem. Quando chegar o momento, quero me extinguir em paz, sem remédios e sem torturas inúteis. Tenho o direito de manter minha dignidade.

— Caro conde, quando me diplomei em medicina eu jurei salvar a vida dos pacientes ou, se não for possível, aliviar o sofrimento deles, mas sem a obstinação de tentar inutilmente deter o curso da natureza.

— É uma promessa? — inquiriu Ubaldo.

— Os condes Bertola sempre honram sua palavra.

— Que eu saiba, seus antepassados foram capitães de milícias mercenárias, canalhas e mentirosos.

— Enquanto os Ceppi Bruno?

— Sempre foram uns inúteis, como eu.

— Prefiro dizer que foram sempre um exemplo de correção diante dos humildes e dos poderosos.

— Mas ainda é possível ser correto em um mundo onde só existe prepotência?

— Caro conde, vale a pena continuar sendo como somos, creio eu.

Vienna retornou a tempo de servir o jantar ao conde, e ele teve a impressão de que ela trazia uma nova luz no olhar. Estava insolitamente silenciosa.

Depois que Vespino arrumou o doente para a noite, Vienna aproximou da cama uma cadeira e perguntou:

— Leio alguma coisa, senhor conde?

— Antes, me fale de você. Foi à igreja?

— Para rezar a Nossa Senhora — respondeu ela, sentando-se.

Era o mês de maio, e as mulheres da aldeia iam à igreja, no fim do dia, para recitar o rosário. Levavam flores, sobretudo rosas cujas pétalas, depois de murchas, eram recolhidas em uma grande bacia. Na última noite do mês, o padre as benzia e distribuía aos fiéis, que as guardavam em um saquinho a ser pendurado no pescoço dos enfermos. Os fiéis afirmavam que aquelas pétalas bentas os ajudavam a sarar.

— Encontrei Agostina — acrescentou Vienna.

No lugarejo dizia-se que Agostina sabia prever o futuro. Suas predições e as pétalas bentas faziam parte de uma série infinita de crenças que ajudavam os habitantes do vale a enfrentar as dificuldades da vida.

— Ela me disse que viu um berço no meu quarto. Isso significa que meu marido voltará logo para casa — murmurou Vienna, sem entusiasmo.

17

NAQUELA MANHÃ, a condessa lhe dera dinheiro, dizendo:

— Vá comprar queijo na casa dos seus pais.

Vienna desejava visitar sua família, e logo se pusera a caminho.

Assim que saiu da aldeia e enveredou pela trilha que subia por entre as faias, escutou um som de passos atrás de si. Virou-se e viu o conde Stefano.

Ele usava calções em estilo zuavo, botinas com sola de borracha e um suéter azul-celeste, como seus olhos.

— Vou com você — disse o jovem. — Faz muito tempo que não ando por aqui.

— Não perdeu nada. Há muito pouco o que ver — respondeu ela, retomando o trajeto.

— Pode ser. Mas eu cresci no Vale Seriana e tenho muitas recordações bonitas de quando era criança.

O caminho se encarapitava rumo aos cumes Calvera e os dois subiam lado a lado, em passo lento. Passaram diante de uma mina abandonada.

— Sabia que se fabricavam armas em Clusone, na época romana? O Vale Seriana era rico em ferro.

— Onde fica a Cirenaica? — perguntou Vienna de repente.

— Na Africa, junto à Líbia. Por que você quer saber?

— Porque o senhor veio de lá.

— Os italianos estão viajando muito, às custas do governo. Da Espanha à África, da Grécia à Rússia. Mussolini nos faz conhecer o mundo — ironizou Stefano, amargamente.

Pararam para beber água numa pequena nascente.

— Em agosto, aqui crescem violetas-dos-alpes. Eu venho colhê-las, porque gosto do perfume — disse Vienna.

— Você é uma moça muito doce — observou ele, com ternura.

Ela corou, encabulada. Percebia o olhar de Stefano como uma carícia e se lembrou dos versos de uma antiga balada que as mulheres do vale cantavam fiando a lã. A letra falava de uma pastorinha que cuidava dos seus cordeirinhos. Um dia, encontrou um fidalgo por quem se deixou seduzir, e depois se viu sozinha, com um filho no ventre.

— Não diga bobagens, conde. O senhor não me conhece — reagiu bruscamente, retomando o percurso em passos rápidos.

Stefano a alcançou e disse:

— Você é inteligente, Vienna, e sabe que eu não queria ofendê-la ao lhe fazer um elogio.

— Por favor, me deixe andar pela minha estrada — replicou a moça, sem se deter.

Quando chegaram ao abrigo alpino, Stefano se deitou no prado para descansar, enquanto Vienna entrava em casa. Encontrou somente a mãe: os irmãos e o pai estavam nas pastagens. Mal respondeu às perguntas da mãe. Depois retomou o caminho e subiu até a igrejinha onde se casara três meses antes. Aquele tinha sido um dia feliz, porque ela havia desposado um homem bom, honesto, atencioso e sem vícios. Jamais imaginaria que pouco tempo depois, naquele mesmo lugar, iria se sentir tão inquieta e infeliz.

"A inteligência é inimiga da serenidade. Seria melhor não pensar", disse em voz alta, falando com o vento.

A avó vinha descendo por uma trilha que margeava o prado. Era miúda, magrinha, vestida de preto, com a saia arregaçada lhe aflorando a ponta dos tamancos. O rosto coberto de rugas estava emoldurado por um lenço branco que lhe cobria a cabeça.

Vienna foi ao seu encontro e as duas se abraçaram.

— Fui levar comida para os rapazes, na pastagem — explicou a avó. — Estou ficando velha, e todo esse sobe e desce me faz mal aos joelhos.

Depois, quis saber se Vienna tinha vindo buscar queijo para a condessa.

— Reservei uma barra de manteiga fresca só para você — confidenciou.

As duas se encaminharam juntas para a cabana.

— Os patrões a tratam bem? Você se entende com sua sogra? As cunhadas e os cunhados a respeitam? — informou-se a avó.

— Talvez eu tenha me casado cedo demais — sussurrou Vienna.

— Mas o que está dizendo? Eu me casei com seu avô aos 16 anos. Você completa 19 daqui a pouco.

— Talvez eu não devesse ter me casado — repetiu a jovem.

A avó a encarou, escandalizada.

— Faça imediatamente o sinal da cruz e peça perdão ao Senhor pela blasfêmia que disse! — explodiu.

— Mas é o que eu penso — afirmou Vienna.

— Então, não venha mais me ver, porque na minha idade eu não preciso de desprazeres. A desgraça é que você se casou com um homem da aldeia, e não com um dos nossos. Mas o que está feito está feito.

Quando chegaram à cabana, Stefano estava sentado na grama fronteira, com as costas apoiadas no tronco de um pinheiro, lendo um livro.

A mãe de Vienna estava muito nervosa com aquela visita inesperada.

— Os patrões nunca vieram aqui e eu não sei como me arranjar — confessou à filha, assim que esta entrou com a avó. — Ele diz que quer ficar para dormir esta noite. Mas onde eu o instalo? Diz que na sua caserna, na África, havia percevejos e piolhos, mas aqui é tudo limpo e ele precisa respirar ar puro. O que eu faço? — perguntou, desorientada.

Vienna saiu da cozinha, foi ao encontro de Stefano e, de pé, sobranceira a ele, perguntou:

— O que está querendo, senhor conde? — E, como ele lhe sorria, sem responder, acrescentou: — Não vê a grande confusão que está criando na minha vida e na da minha família?

Stefano pousou sobre a grama o livro que estava lendo e se levantou. Fitou Vienna com expressão séria.

— Eu apenas pedi hospitalidade, porque não tenho vontade de retornar a Vértova esta tarde.

— O senhor tem o mundo inteiro para si. Por que justamente aqui?

— Porque sinto o perfume do feno e estou mais próximo do céu. Sinto-me sereno como quando estou com você.

Vienna desceu à aldeia com dois sacos de pano cheios de queijos Foi até a igreja e depois encontrou Agostina. Estava tão transtornada que lhe perguntou:

— Preciso saber o que o futuro me reserva.

— Um berço. Dentro em pouco, bem pouco — repetiu a velha.

18

— Ainda não vi nosso filho — disse Ubaldo.

— Talvez tenha decidido ficar mais um dia na montanha — ponderou a condessa, considerando que o filho havia aprendido a amar os montes Oróbios desde menino, quando passava períodos mais ou menos longos nos acampamentos ou nos chalés com os grupos da paróquia.

— Ele se isola muito — comentou o conde.

— Quem sabe a quem terá puxado? — brincou Ines.

— Vira e mexe, a culpa é sempre minha — resmungou o enfermo.

Ines o beijou na testa e replicou:

— Você virou um urso. Agora sossegue, porque eu tenho o que fazer.

Saiu do quarto, deixando o marido em companhia de Vienna, que estava arrumando em uma jarra as rosas recém-colhidas no jardim. Nesse momento Stefano apareceu e colocou sobre a cama do pai um filhote de cão pastor, anunciando:

— Veja só o que eu lhe trouxe. Vai lhe fazer companhia quando eu partir.

A moça reconheceu logo o animalzinho, nascido do casal de pastores bergamascos dos seus pais, mas não disse nada.

— Como se chama? — perguntou o conde, acariciando aquele pompom sedoso.

— É uma senhorita. Batize-a você — respondeu Stefano, ignorando a presença de Vienna.

— Por enquanto, foi ela que me batizou — lamentou-se Ubaldo, apontando o lençol molhado.

— Não se preocupe — interveio Vienna —, vou chamar Vespino para trocar a roupa de cama.

Enquanto isso, perguntava-se sobre a razão daquele presente: Stefano o fizera para alegrar o pai ou para se apoderar de alguma coisa que pertencia a ela?

— Vou levar lá para fora esta moleca — disse, pegando no colo a cachorrinha.

— Pronto. Viu? Vienna já achou um nome para ela: vai se chamar Moleca — decidiu o conde. Depois, virou-se para a moça e acrescentou: — Cuidado para os meus setters não a machucarem.

O céu se cobrira de nuvens, o ar estava mais fresco.

Não demoraria a cair um temporal.

Tilde havia arrumado a mesa com cuidado especial, porque Ines tinha convidado para o almoço o doutor Pietro Bertola e sua jovem esposa, grávida do primeiro filho. Vienna se sentou ao lado do doente para lhe dar a comida na boca. Ines e o doutor dominavam a conversa, a qual, obviamente, girava em torno dos rumos da guerra. A senhora Bertola escutava e anuía, o conde ruminava seus pensamentos, Stefano beliscava o prato com ar ausente, Vienna mantinha os olhos baixos.

— Até a base inglesa de Tobruk caiu nas mãos dos alemães. Quem vai conseguir deter esses monstros? — disse o doutor.

— Eu espero que meu filho que está para nascer não seja homem, porque não me agrada a ideia de destiná-lo à causa de Mussolini — afirmou a senhora Bertola.

— Eu mantenho a esperança de que esta guerra esteja para acabar — suspirou Ines, que estava muito preocupada pelo filho.

— E você, Stefano, o que diz? — perguntou o doutor Bertola.

— Eu sou um militar e, portanto, não deveria escutar o que vocês estão falando. Dito isso, sempre pensei que o ódio é um feio sentimento, ao qual me considerava imune. Mas não é assim. Odeio profundamente o *Duce* e todos os seus acólitos, e esse ódio é tanto maior quanto o fascismo e a guerra nos ensinaram a odiar — declarou o jovem.

Para Vienna, aquele almoço era um suplício, porque sentia sobre si os olhares de Stefano e isso a embaraçava a ponto de lhe tirar o fôlego.

Um trovão sacudiu o ar, um relâmpago feriu o céu e Stefano se levantou da mesa, desculpando-se com os comensais.

— Vou buscar a pequena Moleca, que deixei no jardim.

— Leve-a para o meu quarto — pediu o conde ao filho. Depois, dirigiu-se a Vienna: — Vá forrar o chão com uns jornais, por favor.

— Primeiro, me ajude a procurá-la — propôs Stefano à moça.

Do céu choveram grossas gotas sobre a cabeça dos dois jovens, que circulavam pelas trilhas do jardim, chamando a cachorrinha. Vienna encontrou Moleca, trêmula, embaixo de uma sebe de mirto. Estava para pegá-la, mas Stefano a impediu.

— Deixe que eu pego. — Segurou a cadelinha e apertou-a contra o peito. — Viu? Está se acalmando — sussurrou, olhando Vienna intensamente, enquanto a chuva se adensava, acompanhada de rajadas de vento gelado.

Pouco depois, Vienna apanhou no vestíbulo uma pilha de jornais velhos e seguiu Stefano até o quarto do conde. Vespino estava acendendo a lareira.

— Pode deixar, nós fazemos isso — disse Stefano, dispensando-o.

Entregou Moleca a Vienna. Ela a envolveu numa coberta e a ajeitou perto do fogo, enquanto Stefano cobria o piso com as folhas de jornal. Depois, ele se inclinou sobre Vienna, que se agachara junto da cachorrinha, e disse:

— Não sei como aconteceu, mas estou perdidamente apaixonado por você.

— Por favor, me deixe — sussurrou ela.

— Não consigo. Você não sai da minha cabeça.

Então se agachou junto dela e lhe acariciou os cabelos.

— Eu lhe imploro, fique longe de mim. Tenha piedade — murmurou ela ainda.

— Minha doce Vienna, eu amo você. Deixe-se amar — insistiu ele, e tomou-a nos braços.

Ela se livrou do amplexo de Stefano. Levantou-se e se aproximou da janela.

Viu os cimos das árvores oscilando sob o vento e pensou que, quando o temporal se aplaca, tudo resplandece como antes. Em contraposição, se cedesse ao amor de Stefano, despedaçaria para sempre seu próprio coração e o do marido.

Saiu correndo do quarto no momento em que o velho conde entrava, acompanhado por Vespino.

Ubaldo viu o filho encolhido diante da lareira, com o rosto entre as mãos, como se chorasse. Não falou nada e deixou que o camareiro o instalasse na cama. Depois liberou-o e ficou quieto, esperando que Stefano lhe dissesse alguma coisa. Mas o filho continuava mudo. Então, perguntou:

— Quer arruinar a vida dela?

— É a última coisa que eu faria — respondeu Stefano.

— Você sabe que ela é casada — disse Ubaldo.

— Estou me lixando para o marido.

— Mas ela, não. É uma moça admirável — argumentou o doente. Recordou as muitas mulheres que tivera, antes de se apaixonar por Ines. Quase todas eram casadas e viviam alegremente a infidelidade. Eram jovens senhoras, crescidas na abastança, que combatiam o tédio no leito de um amante. Vienna, ao contrário, era honesta, sensível e inteligente. Ubaldo a observara por longo tempo, desde que sua esposa a fizera sua acompanhante, e se dera conta de que ela era uma criatura especial e rara.

— Eu também me acho um rapaz admirável — disse Stefano, aproximando-se da cama de Ubaldo. O temporal havia amainado e a cachorrinha tentava se livrar da coberta em que estava embrulhada.

O jovem apertou a mão do pai entre as suas e anunciou:

— Vou me ausentar por alguns dias. Mamãe e eu fomos convidados pelos Montini para ir a Robecco. Umas feriazinhas farão bem a todos nós.

Ubaldo assentiu. A decisão lhe pareceu ótima.

Stefano e a condessa partiram, e Vienna procurou recuperar um pouco de tranquilidade. Recebeu uma carta de Arturo, que lamentava não poder retornar a Vértova nem mesmo naquele mês, porque estava atolado em trabalho. Ela acolheu com alívio o novo adiamento e tentou aplacar Ermellina, que ficou indignada quando soube.

— Você merecia um marido melhor, pobre menina! — exclamou a sogra, furibunda.

— Não diga isso! Muitas esposas têm o marido longe. Seria bem pior se Arturo estivesse na guerra.

— É o que veremos! — replicou Ermellina, que desde algum tempo antes alimentava a suspeita de que o filho tinha outra mulher em Turim.

Passaram-se alguns dias, durante os quais Vienna se aninhou na lembrança de Stefano, temendo o retorno dele.

Voltou a tê-lo diante de si em uma tarde calma, quando estava na cozinha preparando o chá. Ubaldo dormia e Vespino cochilava na poltrona de sempre, à cabeceira do conde. A cadelinha Moleca perseguia os passarinhos no jardim, onde Tilde e Ermellina trabalhavam na horta.

O jovem abraçou-a sem dizer uma palavra. Depois, tomou-a pela mão e murmurou:

— Venha comigo.

Subiram ao primeiro andar e entraram no quarto de Stefano. Ele fechou a porta, abraçou Vienna de novo e a beijou. Depois, deitando-a delicadamente na cama, disse:

— Deixei minha mãe em Robecco. Não consigo ficar longe de você, meu amor. Não sei o que será de nós, não sei se voltarei da guerra e se você ainda vai me querer, não sei o que acontecerá neste mundo onde já não existe nenhuma certeza. Mas sei que a amo mais do que à minha própria vida.

19

A PRIMAVERA VINHA ao encontro do verão em uma festa de cores e de perfumes. Havia sempre uma grande azáfama para cuidar da *villa*, da horta, do jardim e do conde Ubaldo, que a cada dia ficava mais fraco e necessitado de assistência.

— Está indo embora — anunciou tristemente o doutor Bertola, uma noite, depois da visita costumeira. Comunicou isso a Stefano e a Ines no salão verde, ao lado do quarto do enfermo.

Stefano apertou a mão da mãe e perguntou ao médico:

— Ele sofre?

— Está se apagando suavemente — respondeu o doutor, comovido.

Ines começou a chorar em silêncio.

— Enxugue as lágrimas, condessa, e vá vê-lo com Stefano. Fiquem perto dele.

Ubaldo se extinguiu serenamente naquela noite, tendo ao lado Ines e seu filho, as pessoas a quem mais amara em sua vida.

Foi sepultado no jazigo da família no Cemitério Monumental de Milão.

Ines estava dilacerada pela dor de perder um homem a quem aprendera trabalhosamente a amar. Agora só lhe restava Stefano, que ia retornar à guerra dentro em pouco.

O jovem partiu ao amanhecer, poucos dias depois. Tinha passado com Vienna sua última noite na mansão. Os dois haviam feito um esforço para brincar, a fim de tornar mais leve a separação.

— Eu vou à Rússia, derroto o inimigo e volto — disse ele.

— Não seja muito apressado, veja lá — retrucou ela.

— Podemos nos rever no fim do verão?

— Tudo bem. Vamos marcar encontro para o feriado de 15 de agosto, lá na cabana da montanha.

— Cuide bem de Moleca — recomendou Stefano, abandonando o tom brincalhão.

— Vou sentir saudade de você — sussurrou Vienna.

— Eu lhe escreverei todos os dias.

— Não poderá fazer isso, você bem sabe que iriam descobrir e haveria um escândalo.

— Escrevo do mesmo jeito, e lhe entrego todas as minhas cartas quando voltar. Enquanto isso, você receberá notícias pela minha mãe, porque não está pretendendo ir embora, não é?

— É desnecessário que eu fique, agora que o conde não existe mais. Já conversei sobre isso com a condessa e, mesmo que ela me pedisse para permanecer ao seu serviço, eu recusaria. Para mim, é muito doloroso estar nesta casa sem você. Não quero sofrer mais do que o inevitável.

Pouco antes do alvorecer, Vienna escapuliu do quarto de Stefano e desceu para o dela, como fizera todas as noites. Sabia que a linda história de amor entre os dois acabava ali. Ao voltar da guerra, Stefano encontraria uma noiva do seu próprio nível. Ela era a esposa de Arturo e como tal continuaria por toda a vida.

Mais tarde, despediu-se da condessa e foi para a casa dos Agrestis. Chegou no momento em que a família estava fazendo o desjejum.

Ermellina a recebeu com um abraço, e depois disse:

— Pobre moça. Assistiu o conde até o último dia de vida dele.

Vienna lhe sorriu tristemente. Tinha o coração explodindo de dor e de amor. Dirigiu-se lentamente à escada, para subir ao quarto dela e de Arturo. Pensou que Deus, privando-a do homem a quem amava, já a punira pelos seus pecados.

Retomou a vida de sempre. Tinha levado consigo a cadela Moleca e, à noite, arrumava para ela uma caminha ao lado da sua. Antes de dormir, lia os romances que Stefano lhe presenteara, detendo-se nas frases que o jovem havia sublinhado. Mantinha esses livros escondidos em uma mala embaixo da cama.

Os dias passavam e as filhas de Ermellina diziam: "Vienna é de fato uma boa cunhada. Não grita nunca, não se enfurece nunca, tem sempre uma palavra boa para todos".

Os filhos homens, que trabalhavam com o pai na marcenaria, comentavam: "Nosso irmão é um idiota, por não desfrutar de uma mulher como essa".

A condessa Ines tinha fechado a mansão e dispensado o pessoal, inclusive Ermellina. Transferiu-se para Robecco, instalando-se na casa de sua velha amiga, a condessa Adelaide Montini. Os camponeses, ao passarem diante da Villa Ceppi, que os proprietários haviam feito reviver, trazendo uma onda de novidades a Vértova, olhavam com pesar aquela mansão com as janelas fechadas, imersa no silêncio.

Vienna já não tinha grandes afinidades com os Agrestis, que no entanto a amavam e a consideravam como um membro da família. Às vezes, sentia-se tentada a retornar à montanha.

Ermellina a observava, balançava a cabeça e dizia: "Pobre filha! Tem uma paciência de Jó".

Um dia, Vienna desceu até o rio para lavar roupa. Esfregava, batia sobre uma pedra grande os lençóis ensaboados, e chorava pensando em Stefano, no amor entre os dois, impossível e maravilhoso.

Uma mão pousou em seu ombro. Ela se levantou de chofre. Seu marido ali estava, à sua frente, e lhe sorria:

— Disseram que você estava aqui.

Vienna ficou sem ar. Olhou para Arturo, entre as lágrimas.

— Não chore. Não vou mais deixar você sozinha — prometeu ele, acariciando-lhe a face.

Vienna baixou os olhos e confessou:

— Estou grávida.

20

O SOL MANDAVA revérberos de luz que se refletiam à flor d'água. O zumbido insistente dos insetos enchia o ar.

Arturo deu um passo para trás e encarou Vienna, transtornado.

— Por quê? — sussurrou.

Ela não respondeu.

Então ele a segurou pelos ombros e sacudiu-a com violência, berrando:

— Por quê?

Vienna permaneceu calada. Fitou tristemente aquele homem forte e bom, que não merecia o sofrimento e a humilhação que ela lia em seu olhar. Sentiu uma profunda pena dele, porque se deu conta de que nem mesmo naquele momento desejaria que o filho que crescia dentro dela fosse de Arturo.

— Quem mais sabe, além de mim? — murmurou ele, deixando caírem os braços ao longo dos flancos.

— Ninguém — respondeu ela, baixinho.

— A história acabou, ou continua? — perguntou Arturo, com uma calma que a deixou gelada.

— Durou apenas um mês. E só recentemente eu percebi que estou grávida — disse Vienna.

Arturo pensou que sua mulher era honesta demais para abandonar-se a um homem somente por capricho. E essa consciência o feriu ainda mais.

Afundou as mãos nos bolsos da calça, deu-lhe as costas e ficou ali, de pé, contemplando o rio. Vienna o desposara porque lhe queria bem e o amor certamente teria durado, se ele não tivesse sido estúpido a ponto de deixá-la sozinha por tão longo período.

Conteve um soluço, porque sua mulher era bonita, honesta e inteligente. E ele a amava e a perdera.

Depois de um momento que a Vienna pareceu uma eternidade, Arturo se aproximou, fez-lhe uma carícia e sussurrou:

— Que Nossa Senhora a proteja, e proteja também esta criança.

Em seguida tomou-a pela mão e, juntos, encaminharam-se para casa. Já era hora do almoço e os Agrestis estavam sentados ao redor da mesa, diante das tigelas de minestrone fumegante. Viram os olhos brilhantes dos dois jovens e imaginaram que eles estivessem comovidos por terem se reencontrado após tanto tempo.

Comeram em silêncio. Depois Arturo disse:

— Estou exausto. Vou descansar. — E, dirigindo-se a Vienna: — Você vem comigo?

Ela o seguiu.

Ele se deitou na cama e virou-se de lado para não a encarar.

— Amanhã, volto para Turim. A esta altura, não sei se retornarei a Vértova, nem quando. Todos os meses lhe mandarei o dinheiro, como sempre.

— Não é necessário. Eu posso ir trabalhar na fábrica, como suas irmãs. Ou então voltar para minha família, na montanha, se você preferir — respondeu ela.

— Quando eu cheguei, minha mãe me perguntou se eu tinha uma mulher em Turim. Imagine até que ponto fui estúpido. Mas eu só pensava em você. Trabalhava para nós dois, para construir nossa casa.

Vienna permanecia sentada na beira da cama, sem ousar deitar-se ao lado do marido.

— Escute — prosseguiu ele. — A criança nascerá de sete meses e será minha. Você continuará a viver nesta família que lhe quer bem. Não há mais nada a discutir.

Vienna sentia uma pena profunda de seu marido, mas também de Stefano, que ignorava ser pai do filho que ela esperava. Martina nasceu em janeiro de 1943, enquanto os alemães capitulavam em Stalingrado e os russos aprisionavam milhares de homens, muitos dos quais gravemente feridos. O tenente Stefano Ceppi Bruno estava entre estes últimos.

21

A CONDESSA INES VOLTOU para Vértova em 1946, após o fim da guerra. Dentro em pouco os italianos escolheriam entre república e monarquia. A economia se transformava de agrícola em industrial, mas em muitos vales, como o Seriana, as mudanças aconteciam devagar.

Depois de quatro anos de abandono, a Villa Ceppi mostrava evidentes sinais de deterioração, e seu belíssimo jardim se tornara um matagal.

Ines, que havia passado os momentos mais difíceis da guerra em Robecco, na casa de Lillina, tinha retornado a Milão depois do armistício. Não mais para o aristocrático palacete da *via* Cusani, arrasado pelas bombas, mas para o apartamento no primeiro andar de um prédio à *via* Serbelloni, também de propriedade da família. As residências históricas dos Ceppi, disseminadas pela *campagna* lombarda, tinham sido ocupadas pelos alemães e reduzidas a péssimas condições. Os nazistas haviam roubado ou incendiado móveis, utensílios, tudo.

Ines decidiu dedicar-se à reconstrução do patrimônio da família, que ela queria transmitir ao filho.

Recordava quando, ao término da Primeira Guerra Mundial, conseguira reerguer a tipografia do marido. Quase trinta anos tinham-se passado, ela ultrapassara os 50, mas ainda estava cheia de energia. Pensava em seu Stefano e isso bastava para lhe dar coragem. As últimas cartas recebidas dele vinham de uma aldeia às margens do Don, na Rússia. Em 43, Stefano fora dado como desaparecido. Investigações mais atentas revelaram que ele havia sido capturado pelos russos.

"Então está vivo", comentou ela, agarrando-se à esperança, já que todos os dias os trens repatriavam milhares de homens provenientes dos campos de prisioneiros.

Voltou portanto a Vértova, levando consigo Vespino, cada vez mais velho, Tilde, promovida à função de governanta, duas jovens domésticas e um motorista.

Mandou chamar Ermellina.

— A senhora condessa vai morar aqui de novo? — perguntou esta.

Ines era ainda uma senhora muito atraente e Ermellina, olhando-a, achou que, depois de duas viuvezes, não se espantaria se ela se casasse pela terceira vez. Quase como se intuísse seus pensamentos, Ines disse:

— Nunca mais vou me casar. Quero apenas reabrir e arrumar os aposentos, desmatar o jardim e tornar apresentável o conjunto, para o caso de decidir alugar o imóvel.

— Já tem alguém em mente? — ousou perguntar Ermellina.

— Talvez. Ainda não sei. Veremos — cortou a senhora.

Na realidade, esperava alugar a *villa* ao engenheiro Giovanni Biffi, proprietário das fábricas de papel do Vale Seriana. As duas mulheres estavam na cozinha, sentadas à mesa, uma diante da outra.

— Eu soube do seu filho — disse Ines, após um instante de silêncio.

Arturo se unira aos *partigiani* da Repubblica delle Langhe e fora morto pelos alemães durante uma emboscada. Isso acontecera em 44, após a libertação de Roma pelos Aliados. Arturo havia fugido de Turim, depois de ser recrutado pelos alemães para a construção dos bunkers, e se unira a um movimento clandestino de libertação.

— Se tivesse continuado aqui como marceneiro, ainda estaria vivo — disse Ermellina à condessa, que redarguiu:

— Você devia se orgulhar de ter tido um filho que deu a vida pela liberdade. E a pobre Vienna, como está? — perguntou.

— Minha nora é uma pérola rara. Teve uma filhinha. Agora vive para sua menina e me ajuda a governar a casa — explicou Ermellina.

— Diga-lhe que venha me ver. Conservo dela uma boa lembrança. Peça também que me traga a menina, assim lhe dou um belo presente.

Em previsão dessa visita, a condessa foi a Bérgamo para comprar uma correntinha de ouro com a medalha da Virgem e, no verso, mandou gravar o nome da garota: Martina.

A restauração da *villa* exigiu muito tempo. Enquanto isso, Ines já convidara duas vezes, para um café, o engenheiro Biffi, que enviuvara aos 50 anos e tinha um filho que frequentava a escola primária.

Os reiterados convites da condessa haviam-no induzido a crer que aquela senhora tinha intenções matrimoniais, e essa ideia não o desagradava.

Ines, porém, tinha em mente algo totalmente diverso. Já consumara toda a sua passionalidade entre os braços de Ubaldo, e agora só desejava passar uma velhice serena ao lado de Stefano. Fantasiava sobre o dia em que o abraçaria de novo, porque o coração lhe dizia que o filho ia retornar. Elaborava fantasias também sobre a mulher que Stefano desposaria e sobre os netinhos que os dois lhe dariam. Mas por nada no mundo queria ter um terceiro marido. Sobre isso, costumava dizer: "O amor entre dois jovens é maravilhoso, entre dois velhos é patético".

O objetivo de Ines era induzir o industrial a alugar a *villa* e a encarregar-se dos numerosos consertos já indispensáveis. Ele esperava conquistar o coração da condessa, e ela, a carteira de dinheiro dele. Até lá, mantinha-o na expectativa e lhe decantava as vantagens de morar naquela *villa* que era uma autêntica joia *liberty*.

— O senhor não pode continuar a viver em Clusone, engenheiro. Até porque sua casa atual não é de representação. Um belo brasão sobre o portão de entrada sempre influi positivamente nas relações de negócios. Além do mais, a Villa Ceppi fica pertíssimo de Bérgamo. Eu, se tivesse todas as atividades que o senhor tem neste vale, iria escolhê-la de olhos fechados.

Ines estava certa de que, mais dia menos dia, o industrial morderia a isca. Usando a mesma técnica, ela já alugara outras propriedades da família.

Antes do que seria de esperar, estipulou um contrato de aluguel, segundo o qual o engenheiro Biffi assumia por inteiro os ônus da reforma da casa e do jardim, com prévia aprovação dela.

E só depois da assinatura do contrato, quando Biffi esperava que ela o levasse em consideração como cortejador, Ines o conduziu até um espelho e disse:

— Veja estes dois velhotes. Entre nós sempre haverá uma grande e profunda amizade. Nada mais.

Ines arrumou a bagagem e se preparou para voltar a Milão com os empregados. No domingo de manhã, antes de deixar Vértova, foi à missa e, ao sair da igreja, cruzou com Vienna, que trazia a filha pela mão.

A jovem, notavelmente emagrecida, estava ainda mais bonita do que na lembrança de Ines. Então esta se lembrou da medalhinha de ouro que havia comprado em Bérgamo.

— Por que você não veio me visitar? Eu estava à sua espera, sua sogra não lhe disse? — perguntou.

Vienna anuiu e enrubesceu.

— Tímida e discreta como sempre — comentou a condessa. Depois, baixou o olhar para a menina.

— É a sua filha?

— É a minha Martina — assentiu Vienna, com o coração cheio de emoção. Não tivera coragem de retornar à Villa Ceppi, onde vivera sua linda história de amor com Stefano e concebera a filha dos dois. Agora, diante da condessa Ceppi, não conseguiu conter as lágrimas.

— Pobre moça — sussurrou Ines, envolvendo-a num olhar de compaixão. — Bem sei que você perdeu seu marido. Mas é jovem, e o bom Deus lhe dará um novo companheiro. Quanto a mim, estou velha, sozinha, e não sei se reverei meu filho — disse, comovida.

Depois se inclinou para a garotinha, que tinha os olhos azuis como o céu e os cabelos negros como a asa de um corvo.

Observou-a longamente, com ternura, e depois comentou:

— Que estranho... esta menininha não se parece com você. O narizinho, talvez. Mas não tem nada dos Agrestis.

Vienna conteve a respiração. Ines abriu a bolsa e tirou a caixinha do joalheiro, na qual estava guardada a corrente de ouro.

— Tome, querida. Coloque-a no pescoço da sua Martina, e que a Virgem a proteja sempre — disse. Virou-se e se afastou.

22

INES ESTAVA NO APARTAMENTO da *via* Serbelloni, em Milão, quando recebeu uma comunicação do Ministério das Forças Armadas que lhe anunciava o "decesso do tenente de infantaria Stefano Ceppi Bruno di Calvera, ocorrido em agosto de 1944 em um campo de prisioneiros, na Rússia".

Com a carta, chegou também um baú que continha os objetos pessoais do seu filho.

Ines abriu o cadeado e levantou a tampa, enquanto repetia desesperada: "Não é verdade. Não acredito. Não pode ser verdade".

Viu o quepe do uniforme e o gabão militar de Stefano. Acariciou-os com a mão. Depois se ajoelhou e afundou o rosto no capote do filho, sem um grito nem uma lágrima, petrificada pela dor.

Quando Tilde entrou no aposento, Ines lhe ordenou:

— Mande levar este baú para o meu quarto e coloque-o ao pé da cama.

Fechou a tampa e pendurou a chave do cadeado na correntinha que levava ao pescoço.

Durante dois dias não saiu do quarto, o coração triturado por uma dor que não lhe dava paz. Proibiu qualquer um de entrar e de servir-lhe comida. De vez em quando, destrancava a porta e pegava uma fruta ou uma chávena de caldo, na bandeja que Tilde depositava sobre o console, no corredor. Passava as horas chorando, deitada na cama ou ajoelhada junto ao baú.

No terceiro dia, alguém bateu devagarinho à porta, dizendo:

— Ines, sou eu, deixe-me entrar.

A condessa reconheceu a voz da amiga Lillina e abriu.

A condessa Adelaide era agora uma velha senhora afligida por muitos achaques, mas mantinha as mesmas vitalidade e iniciativa. Abraçou Ines e estreitou-a demoradamente junto de si. Depois sussurrou:

— Deixe-se ajudar por quem lhe quer bem. E eu, minha Ines, lhe quero muito bem, você sabe.

Virou-se e ordenou a Tilde e à camareira, que, da soleira, observavam atônitas o quarto da condessa, o qual ficara fechado por dois longos dias:

— Arejem este túmulo e preparem um banho quente e uma jarra de chocolate.

Havia sido Tilde a lhe telefonar, para pedir que ela viesse à *via* Serbelloni.

Ines e Adelaide Montini passaram o dia conversando, chorando, recordando. Por fim a condessa Adelaide convenceu Ines a deixar Milão. Na manhã seguinte, partiram juntas para a mansão de Robecco. Lillina obrigou a amiga a ocupar-se com ela do empreendimento agrícola e das muitas obras assistenciais às quais se dedicava. Aos poucos, o trabalho, a amizade e o afeto de Lillina ajudaram Ines a superar a dor pela perda de Stefano.

A primavera acabou. Passou também o verão. Veio o outono.

— Eu queria voltar para minha casa — disse Ines à sua hospedeira. Era uma tarde brumosa. As duas mulheres tricotavam diante da lareira acesa.

— Já? — exclamou Lillina.

— Não sei se você percebe que se passaram seis meses desde que cheguei.

— Perfeitamente. Mas e daí?

— Devo recomeçar a viver.

— Parece-me um excelente propósito.

A lenha crepitava na lareira e as fagulhas dançavam entre as chamas. O antigo relógio de pêndulo escandiu a hora com um som solene.

Lillina estava confeccionando um pulôver azul para um dos seus muitos netinhos. Parou de tricotar, ergueu o olhar para a amiga e perguntou:

— Lembra-se de quando veio pela primeira vez a esta casa?

— Eu tinha quase 25 anos, era viúva e você me considerava sua *protégée*. Você nasceu com o instinto da Cruz Vermelha.

— Você estava tensa como uma corda de violino. Sentia-se atraída e apavorada por mim, pelo mundo que eu representava. Era uma flor, um vulcão de vitalidade. Ubaldo se apaixonara por você, que pegou a oportunidade no ar e, se não me engano, acabou por amá-lo profundamente — disse Lillina.

— Quantos anos, e quantas coisas aconteceram... — suspirou Ines. E acrescentou: — Aceitei a morte de Ubaldo e, agora, a de Stefano. Mas me resta o pesar por não ter um netinho, em quem eu poderia vê-los reviver. Paciência! Assim foram as coisas.

— Há todo um mundo, lá fora, que precisa de você — confortou-a Lillina, olhando pela janela da sala a longa alameda de choupos que o feitor estava percorrendo com os filhos para retornar à sua casa. Durante o verão, Ines tinha ajudado aqueles meninos a fazer os deveres escolares das férias.

— Pode ser. Mas a verdade é que eu preciso do mundo, lá fora — garantiu Ines.

Assim que retornou ao apartamento de Milão, mandou transferir o baú de Stefano para o quarto que havia sido o do seu filho. Devia ainda esperar algum tempo antes de achar forças para abri-lo.

Jogou-se de cabeça, porém, nas atividades beneficentes, dedicou-se à administração de seu patrimônio e, nas noites de quinta-feira, reabriu seu salão para receber os amigos.

Quando se sentava à escrivaninha, observava longamente uma fotografia de Stefano em trajes militares que havia colocado junto ao tinteiro de prata. Percorria o oval do rosto, os lábios perfeitos, o nariz reto e um pouco imperioso, os olhos azuis daquele filho tão amado.

Um dia, aflorou-a de repente uma sensação curiosa. Aos traços de Stefano se superpuseram outros, meio confusos, de um rosto infantil. Onde, como, quando havia visto uma criança que se parecia com seu filho? Por muito tempo tentou recordar, mas a memória não veio em sua ajuda. Talvez porque não houvesse nada a recordar. Mas teria sido consolador descobrir que seu rapaz continuava a viver em alguém que era parte dele.

23

VIENNA SE TORNARA O EIXO em torno do qual girava a família Agrestis. Os filhos de Ermellina, agora adultos, haviam se casado um após o outro e trabalhavam na marcenaria, que se tornava cada vez maior e mais importante. Choviam encomendas de móveis para muitas residências recém-construídas em Vértova e nas aldeias vizinhas. Os próprios Agrestis ampliaram sua casa com o acréscimo de novos aposentos e banheiros. Instalaram inclusive um sistema de aquecimento central.

"Não é um palacete", dizia Ermellina às amigas do lugarejo, "mas agora temos todos os confortos, inclusive lavadora de roupas. Acabou-se a trabalheira de lavar os lençóis no rio."

Ela, porém, continuava a ocupar-se da família com a ajuda de Vienna, que cuidava de tudo e de todos.

Quando Arturo morrera, a jovem havia expressado o desejo de regressar à sua família, na montanha. Os Agrestis, que lhe queriam bem e não desejavam perdê-la, haviam-na convencido apelando para o seu bom senso.

"Não pensa no futuro de Martina? Em Vértova, temos jardim e escola. Se você a levar para a montanha, que vida ela terá?"

Na realidade, Vienna era atormentada pela consciência de ter uma filha que usurpava o sobrenome deles. Ficava pasmada ao ver que ninguém percebia o quanto Martina era diferente do resto da família. E ao mesmo tempo temia essa eventualidade, porque sua história com Stefano devia manter-se em segredo. Assim havia decidido com Arturo, e assim devia ser.

Às vezes Martina observava a fotografia de Arturo e dizia: "Me conte sobre meu pai". E a mãe respondia: "Seu pai era o melhor e o mais belo homem do mundo".

Enquanto a pequena olhava o retrato de Arturo, Vienna pensava em Stefano. O que aconteceria, quando ele visse a filha? Não se passava um dia sem que Vienna recordasse os poucos mas preciosos momentos passados com ele.

Nesse ínterim, Ermellina recomeçara a trabalhar por algumas horas na Villa Ceppi, onde moravam o engenheiro Biffi e seu filho Bruno.

À noite, quando voltava para casa, comentava com a família: "É mesmo verdade que a pessoa nasce para senhor, não se torna senhor. Quando tínhamos os condes Ceppi, a vida era totalmente outra. O engenheiro é um mal-educado e o filho é igual a ele".

"Quem a manda ir trabalhar? Você não precisa disso", dizia o marido, apoiado pelos filhos. Mas Ermellina considerava o trabalho como uma distração à qual não pretendia renunciar, ao menos por enquanto.

Uma noite, voltou para casa com uma notícia terrível. Contou-a quando a família estava reunida à mesa para o jantar.

— O filho dos condes Ceppi morreu — anunciou. — A condessa Ines recebeu a comunicação oficial do ministério. O engenheiro Biffi me contou.

Vienna empalideceu e levantou-se da mesa.

— Estou um pouco tonta — justificou-se, encaminhando-se para fora da cozinha. Uma cunhada tentou segui-la, mas ela disse: — Não é nada. Vou sair para tomar um pouco de ar.

Desceu ao rio e sentou-se em cima de uma rocha.

Tomou o rosto entre as mãos e chorou, desesperada. Havia tempo o coração lhe dizia que o pai de sua filha não retornaria, mas ela se obstinava em acreditar no que se falava no vilarejo: que o jovem conde Ceppi estava prisioneiro na Rússia.

E ela se agarrara à esperança de revê-lo. Mas Stefano havia morrido, sem saber que tinha uma filha. Vienna disse a si mesma que ninguém poderia confortá-la, e mais: devia esconder sua dor. Afundou uma das mãos na água e lavou os olhos. Recompôs-se e voltou à cozinha.

A família havia acabado de jantar e se dispersara. Restava somente Ermellina, ainda sentada à mesa.

— Deixei a minestra aquecida. Como você está?

— Estou bem — respondeu Vienna, sorrindo.

— Sempre tão silenciosa... Nunca sei se alguma coisa a atormenta — disse ainda a sogra, preocupada.

— O que poderia me atormentar?

— Nós mulheres temos sempre alguma dor secreta — acrescentou Ermellina.

Vienna não fez comentários. Tomou a minestra e depois anunciou:

— É hora do rosário.

Todas as noites, após o jantar, a família se reunia para recitar o rosário. Era Ermellina quem o guiava e, naquela noite, entre as almas dos defuntos pelas quais orar, ela acrescentou a de Stefano.

Pouco depois, quando colocou sua filha na cama, Vienna disse:

— Esta noite, vamos rezar para que seu pai vele sobre nós.

Martina pensou na fotografia de Arturo, Vienna no rosto solar de Stefano.

Hoje

24

— Velha como estou, ainda trago intacta no coração aquela dor, como se tudo tivesse acontecido ainda ontem — disse Vienna. — Enquanto a mãe de vocês ainda vivia, foi como se uma parte de Stefano ainda estivesse comigo. Agora que ela também me deixou, peço ao Senhor que me leve logo, porque preciso reunir-me de novo a eles. Seja como for, agora vocês sabem por que eu sempre lhes disse que sua mãe era uma grande dama — concluiu.

— Por isso ela herdou a *villa*? — perguntou Giuliana.

— A *villa* e mais alguma coisa — explicou a avó.

— Então, alguém da família Ceppi sabia, além de você? — interveio Maria.

— A certa altura, a condessa Ines ficou sabendo. Mas esta é outra longa história. Agora estou cansada e vou dormir.

Vienna abraçou Leandro e as netas, antes de seguir para seu quarto.

— Com que então, eu tenho uma parte de sangue azul — deslumbrou-se Osvalda.

— Como você é boba! — deixou escapar Maria.

Osvalda, por esta vez, não replicou.

Capturadas pela narrativa da avó, as três irmãs não haviam percebido que já era noite. E continuava a nevar.

Leandro, que, mesmo conhecendo bem toda a história, tinha escutado pacientemente as palavras de Vienna, perguntou:

— Que horas são?

— Onze — respondeu Maria, e acrescentou: — Preciso telefonar a Maura. Meus filhos estão com ela. — De repente se irritou, porque seu celular não funcionava.

— Vamos para casa? — propôs Osvalda às irmãs.

As três mulheres e Leandro se encaminharam para o vestíbulo. O médico abriu a porta da rua e viu-se impedido pela neve que se acumulara diante da entrada.

— Estamos isolados — constatou, olhando no lado oposto da rua as silhuetas dos automóveis cobertas de neve, como doces ao creme.

— Mas não podemos ficar aqui! — alarmou-se Giuliana.

— Fechem a porta, ou congelaremos — disse Maria.

Giuliana tentou transpor a soleira, mas quase ficou presa na neve até os joelhos. Entrou de volta com dificuldade e sacudiu a neve da calça.

— Jovens, eu vou dormir — anunciou Leandro, que conhecia bem aquela velha casa. Enveredou pelo corredor e entrou no quarto que ocupava com Martina quando ficavam para dormir com Vienna. Afastou o edredom de lã e deitou-se vestido. Jogou sobre si a coberta e esperou adormecer.

As três irmãs tinham voltado para a cozinha, cada uma remoendo seus próprios pensamentos.

— O telefone da vovó também não está funcionando. Não posso falar com meus filhos — disse Maria, preocupada.

— Seus filhos devem estar muito bem — tentou tranquilizá-la Giuliana.

— Hoje de manhã, deixei as janelas do térreo só encostadas. Sabe lá que desastre vou encontrar! — lamentou-se Osvalda.

Estavam de novo sentadas em torno da mesa, mordiscando biscoitos.

— Estou morta de cansada. Emoções demais de uma só vez. Não sei se choro ou se tento dormir, mas sei que não quero passar a noite na cozinha, em cima desta cadeira — afirmou Giuliana, levantando-se.

— Aonde você vai? — perguntou Osvalda.

— Para o quarto dos tios.

Era um aposento com uma grande cama de casal, sobre a qual Giuliana deixou-se cair. As irmãs, que a tinham seguido, deitaram-se junto dela.

— Faz frio aqui dentro — observou Maria.

— Você bem sabe que a vovó faz economia e desliga os termossifões onde não são necessários — observou Osvalda.

Encontraram uma colcha de lã com a qual se cobriram até os olhos.

— Estou quase contente por ter ficado bloqueada. Não queria dormir sozinha na *villa*, esta noite — afirmou ainda Osvalda, sufocando um bocejo.

— E a vovó, hem? Quem diria que ela guardava um segredo tão penoso? — perguntou-se Maria.

— Nosso avô não era o vovô Arturo, mas Stefano Ceppi. Já vimos alguma foto dele? — perguntou Giuliana. — Será verdade que era tão bonito assim?

— Todas nós nos chamamos Agrestis e não temos nem um pingo desse sangue! Além disso, temos três pais diferentes — considerou Maria. E precisou: — Eu, pelo menos, me casei, e meus filhos são legítimos.

— Belo negócio você fez — depreciou Osvalda.

— Uma vez, a mamãe me disse que havia passado metade de sua vida com problemas, e a outra metade tentando superá-los — recordou Giuliana.

— Ela viveu como quis, desafiando todos os preconceitos, e, no fim, desposou o homem a quem amava desde sempre. Um homem como Leandro, nós três podemos desistir, porque nunca o encontraremos — afirmou Maria. Nesse momento, entre a vigília e o sono, aflorou à sua mente a figura de Raul Draghi, o farmacêutico. Viu-o com o jaleco branco, a face severa e doce, o trato de cavalheiro de antanho. E, pensando nele, adormeceu. Despertou-a o raspar das pás na rua, do outro lado da janela de onde provinha uma claridade leitosa.

Deslizou para fora da cama onde Osvalda e Giuliana ainda dormiam. Saiu do quarto na ponta dos pés e entrou no banheiro.

Em uma haste de madeira estavam penduradas as toalhas de linho branco com uma longa franja e as orlas bordadas em vermelho. Abriu o armariozinho ao lado do espelho e encontrou uma série de escovas de dente descartáveis. Nos invólucros liam-se os nomes dos hotéis dos quais haviam sido surrupiadas. "Giuliana", sussurrou. A irmã as trazia para Vienna ao retornar de suas viagens e a avó as conservava "para qualquer eventualidade", como costumava dizer. Eis a eventualidade, pensou Maria.

Na cozinha encontrou Leandro, que mergulhava biscoitos numa xícara de café com leite. Tinha os olhos fundos e as faces escurecidas pela barba por fazer. A avó estava acendendo o fogo sob a cafeteira. Naquela grande cozinha havia um calor envolvente e íntimo. Maria beijou a avó na face e sorriu para Leandro.

— Já consertaram as linhas telefônicas e lá fora estão removendo a neve — informou-a o médico.

— Que pena — sussurrou Maria, sentando-se à mesa. Pensou que seria ótimo esquecer-se de tudo e deter o tempo naquele aposento quente e silencioso.

— Pena? — perguntou Leandro.

— Eu me senti bem aqui, ontem no serão e à noite. Estou bem com vocês e com minhas irmãs. Estou bem na companhia de um passado que não conhecia. É como quando eu era menina e descobria uma coisa nova. Tinha uma sensação de maravilhamento que me fazia cócegas aqui, no meio do peito. Quero bem a vocês — declarou Maria, com seu sorriso límpido.

— Ainda são muitas as coisas que vocês não sabem — disse a avó, enquanto lhe servia o café na xícara.

— Mais cedo ou mais tarde, você nos contará essas coisas — replicou Maria, acrescentando ao café o leite fervente.

— Mais cedo ou mais tarde — repetiu Vienna, erguendo o olhar para Osvalda e Giuliana, que vinham entrando na cozinha. — Mais cedo ou mais tarde, também deverei ler o testamento de Martina. Faz anos que o guardo na gaveta da cômoda e nunca pensei que o leria, porque uma mãe nunca deve ter de enterrar uma filha. Depois de me levar Stefano, o Senhor podia me poupar de uma desgraça tão grande.

25

Maria demorou mais que de costume sob o quente cascatear do chuveiro, enquanto, em cima de sua cama, os filhos brincavam de guerra de travesseiros. As risadas das crianças animavam-na, porque eram a síntese da alegria de viver, que era também a sua, não obstante a dor pela perda da mãe.

Pensou também que havia chegado o momento de refazer sua vida, porque era isso que Martina iria esperar dela.

A mãe surgia o tempo todo em seus pensamentos. Fizera-lhe companhia enquanto ela voltava de Vértova para Milão, enquanto respondia às perguntas dos filhos e até mesmo agora, enquanto tomava banho. Uma mãe estranha, que brincava, ria e chorava com ela, quando ela era pequena, que a guiava na descoberta dos bosques na montanha, ensinava-lhe os nomes dos pássaros e das plantas, falava-lhe dos duendes que habitavam as velhas árvores, empolgava-se na época de suas primeiras paixonites e lhe dizia: "Que lindo, me conte tudo, porque eu sou louca por histórias de amor". Uma mãe que passava todo o tempo com ela e Osvalda, ao passo que as outras mães trabalhavam o dia inteiro.

Às vezes, de repente, partia e retornava um dia ou um mês depois, carregada de presentes e de felicidade, enquanto a vovó balançava a cabeça e dizia: "Assim é minha Martina. É pegar ou largar". E Maria pensava: eu a adoro.

Ouviu-se um estrondo ensurdecedor, seguido de um silêncio irreal. Maria saiu do chuveiro e, envolvendo-se em uma toalha felpuda, precipitou-se para o quarto de Pietro, que havia derrubado no chão o precioso *settimanile** do século XIX, presente de núpcias de Giuliana. Pietro olhou para ela, atônito.

— É a Vigília de Natal. Esta noite, Jesus Menino não vai querer saber de você — ameaçou-o, enquanto se apressava a reerguer o móvel para constatar o tamanho do dano.

— Você quer dizer que não vai nos dar os presentes que escondeu em cima do armário? — perguntou Pietro.

Do quarto vizinho veio uma espécie de assovio.

— Meu Deus! Elisabetta está mal. A bombinha, rápido. Onde está a bombinha? — gritou Maria, correndo com Pietro para perto da filha, que se assustara com o barulho e, como sempre, reagira com uma crise de asma.

— Na minha próxima encarnação, vou largar vocês no orfanato — ameaçou, enquanto vaporizava o fármaco na garganta da filha.

Elisabetta, que se envergonhava de suas crises, conseguiu tomar ar, relaxou, readquiriu um pouco de cor e sorriu. Maria abraçou-a, dizendo:

— Agora preciso me vestir para ir trabalhar.

Voltou ao banheiro, enxugou os cabelos com o secador e pegou no armariozinho um precioso creme pós-banho que sua mãe lhe dera. Nunca o tinha usado. Abriu o frasco e friccionou o corpo. Havia decidido que era hora de recomeçar a cuidar de si. Reavivou com ruge o colorido das

---

*Cômoda com sete gavetas, uma para cada dia da semana. (*N. da T.*)

faces e a ponta do nariz, sublinhou os cílios com rímel e desenhou os lábios com batom. Depois se vestiu, beijou os filhos e disse:

— Mais algumas horas e, esta noite, faremos festa!

Sorria, olhando os rostos espertos e deliciosos de seus dois filhos. Não lhe importava que a preciosa peça de antiquariato se tivesse despedaçado.

— Passou perfume? — perguntou Elisabetta, espantada, abraçando-a.

— Sim, fiz mal?

— Você me lembra a vovó Martina — sussurrou a garota. A mãe não a escutou. Já estava descendo a escada às pressas.

— Eu nunca vi um Natal assim — disse Maura, quando Maria foi ao seu encontro no quiosque. Vendemos quase tudo — acrescentou, indicando com um gesto as prateleiras vazias. Restavam poucas plantas em vasos, as rosas vermelhas mais caras e uns dez arranjos de flores secas e frescas. O marido de Maura, que se esforçava para atender aos clientes, suspirou de alívio quando viu Maria. O frio e a neve molhada não detinham o fluxo de clientes ansiosos pelas últimas compras.

— A partir deste momento, está tudo pela metade do preço — anunciou Maria às pessoas que aguardavam para ser atendidas. Depois virou-se para Maura e disse: — Obrigada por tudo.

— Está usando perfume? — perguntou a amiga, baixinho.

— Mais uma! É tão estranho que uma mulher se perfume?

— Sim, tratando-se de você — murmurou Maura, enquanto confeccionava um buquê de rosas recém-vendidas.

— Vou lhe dizer a verdade: foi minha mãe quem me deu — explicou Maria, com um suspiro.

Quando os últimos clientes saíram, Maura lhe anunciou:

— Preparei uma ceia magra lá em casa. Não me pergunte como consegui. Espero você mais tarde, com seus filhos.

Eram quase 20 horas quando elas fecharam o quiosque.

— Vou buscar as crianças em casa — disse Maria, apressando-se. Mas logo se deteve e perguntou: — É verdade que o farmacêutico fez as entregas?

— Trabalhou como um louco. A propósito, também o convidei para esta noite — respondeu a amiga, com um sorriso malicioso.

26

O AVIÃO VOAVA AO SOL, acima de uma extensão infinita de macias nuvens brancas. Giuliana abaixou a cortina, porque a luz que entrava pela janelinha lhe feria os olhos. Conseguira encontrar um assento livre no voo que a levava de volta para Roma. Ela, tão segura, forte, vital, agora se encolhia na poltrona do avião e se sentia frágil, sozinha, indefesa.

Sempre havia considerado Martina uma mãe inatingível e incompreensível. Somente agora, que ela não existia mais, dava-se conta de quanto a mãe tinha sido importante em cada momento de sua vida. A perda de Martina lhe dava uma espécie de vertigem, como quando era menina e a mãe a pegava pelos pulsos e a fazia girar em torno de si velozmente, cada vez mais velozmente, até que ela se destacava do chão. Então Martina parava, as duas se abraçavam e a mãe dizia: "Fiquei tonta. Não vamos mais fazer esta brincadeira". Mas a repetiam logo em seguida.

Às vezes, depois de um dia de vadiagens e gargalhadas, Giuliana dizia: "Mamãe, estou com fome". Martina arregalava sobre ela seus olhos azuis como o céu. "É mesmo?", exclamava. "Juro", assegurava ela. "Oh, como sou desleixada! E agora, o que vou lhe dar para comer?", lamentava-se. Abria a geladeira e, olhando o conteúdo, interrogava-se com ar perdido:

"O que posso preparar para você?" "Mamãe, você nunca sente fome?", perguntava Giuliana. "Claro! Sobretudo quando penso numa bela xícara de chocolate quente", respondia Martina. O chocolate era o único alimento que Martina sabia preparar. Afora, naturalmente, as saladas de atum com azeite, ou então as torradas com queijos de vários tipos.

Quando Giuliana completou 10 anos, sua mãe tinha 25 e, juntas, pareciam duas garotinhas. Cantavam as canções do festival de Sanremo, aprendiam as novas danças, encrespavam os cabelos brincando de cabeleireiras. Muitas vezes Martina a tomava pela mão e dizia: "Vamos à igreja para conversar um pouquinho com o Senhor".

A vovó Vienna se enfurecia com o modo pelo qual Martina educava sua filha. "Vai fazer dela uma nômade como você", dizia.

E Giuliana, crescendo, escolhera um ofício que lhe possibilitava viver como uma nômade. Tinha um apartamento em Roma mas usava-o pouquíssimo porque, dizia, sua casa era o mundo. Como todas as atrizes de teatro, passava de uma cidade a outra, de um hotel a outro, com a ligeireza de uma borboleta. E com a mesma ligeireza se enredara em histórias de amor breves e exaltantes, entre as quais aquela atual, com um homem tão mais moço do que ela. Sabia que a relação com Stefano era absurda, mas podia permitir-se essa aventura porque em sua vida existia um ponto firme: a mãe. Que agora a deixara, de repente. "Que falta você me faz", sussurrou, enquanto o avião iniciava a descida sobre a capital.

Reativou o celular quando descia a escadinha e logo depois chamou sua filha.

— Onde você está? — perguntou esta.

— Acabo de desembarcar — respondeu Giuliana.

— Eu já estou em casa — anunciou Camilla, que lhe telefonara horas antes para informar que a encontraria em Roma, evitando-lhe a viagem a Londres.

— A gente se vê daqui a pouco.

Dora abriu a porta de casa dizendo a Giuliana:

— Meus pêsames, senhora.

A notícia da morte de Martina, mãe da grande atriz teatral que o público venerava, difundira-se rapidamente e o telefone não parava de tocar.

— Estão todos ligando — relatou a doméstica, tirando-lhe o casaco.

— Não atenda — ordenou Giuliana, enquanto se dirigia ao quarto da filha.

Camilla foi ao seu encontro e se refugiou em seus braços.

— Eu gostava muito da vovó Martina — disse, contendo as lágrimas.

— Eu sei. Também estou muito triste — respondeu sua mãe. Tomou-a pela mão e foram sentar-se no sofá, na sala.

— Quero ir ver a vovó-bis — anunciou Camilla, aludindo a Vienna.

— Vamos vê-la juntas, assim que for possível — tranquilizou-a Giuliana, pensando que, nessa ocasião, contaria à filha a história de Martina.

Camilla quis saber sobre aquela morte repentina.

— Um infarto. Sempre nos preocupamos com as dores de cabeça dela, mas o verdadeiro problema era o coração — explicou Giuliana. E lhe ocorreu que as enxaquecas tinham sido o fio condutor da existência de Martina.

Quando ela era pequena, às vezes sua mãe lhe dizia: "Agora me deixe sossegada um pouquinho". Tomava uma aspirina e se trancava no quarto, no escuro. Se Giuliana fizesse ruído, intervinha a avó. "Vá brincar lá fora e não incomode a mamãe", recomendava. E Giuliana perguntava: "Por que a mamãe vive com dor de cabeça? Eu também vou ser assim, quando crescer?" "Não, isso é só com ela, porque é um pouco especial", respondia Vienna. "Porque nasceu de sete meses, não é?", perguntava Giuliana.

Em Vértova todos sabiam que Martina nascera de sete meses, e, quando ela herdara uma fortuna, haviam comentado: "Pois é, os setemesinhos nascem com camisola de seda". Agora Giuliana sabia que não era verdade, mas manteve só para si essas considerações e disse à filha:

— Não teremos um Natal alegre.

— E também eu não estou atravessando um período cintilante — confessou Camilla.

— O que aconteceu? — perguntou Giuliana, preocupada com a afirmação da filha.

— Terminei com meu namorado. Ele estava ficando muito possessivo, sabe? E não entendia que eu preciso dos meus espaços — explicou. Desde um ano antes, Camilla mantinha uma relação com um jovem cabeleireiro romano que se transferira para Londres a fim de aprender inglês e familiarizar-se com os cortes de além-Mancha. Giuliana se alarmou.

— Será que você não está...?

— Grávida?

Giuliana assentiu. Fugir de um homem levando um filho no ventre seria alinhar-se com a tradição da família.

— Não sei — disse Camilla, deixando-a sem fôlego.

27

OSVALDA PASSOU UMAS duas horas enxugando o pavimento do salão no térreo onde, ao retornar, havia encontrado acúmulos de neve entrados pelas portas-balcão encostadas. Limpava, chorava e recapitulava a história de sua família. Talvez tivesse sido melhor não saber. Se a mamãe havia calado, tivera certamente boas razões para tal, e era melhor nunca mais falar do assunto.

Agora se dava conta de que o pavimento que ela estava enxugando era o da sala adaptada para quarto do seu bisavô Ubaldo Ceppi Bruno di Calvera.

Martina tinha herdado o caráter extravagante do bisavô e a beleza do vovô Stefano, pensou Osvalda. O dinamismo da bisavó Ines, porém, fora herdado por Maria. E ela? Que traços de caráter havia herdado dos Ceppi? Não se reconhecia em nenhum deles. Não gostava de admiti-lo, mas talvez só corresse nela o sangue da vovó Vienna.

Enquanto isso, o telefone continuava a tocar. Ligavam os Agrestis que viviam em Bérgamo, as pessoas do vilarejo e os amigos, seus alunos e as mães deles. Osvalda devia explicar a todos a discrição do funeral: "Apenas decidimos respeitar a vontade da mamãe", repetia, continuando a não compartilhar o que considerava unicamente uma decisão arbitrária da avó, apoiada por aquelas duas bobalhonas de suas irmãs.

Depois telefonou Galeazzo Bigoni, seu assíduo cortejador.

— Sinto muito, por você e pela sua família — disse ele simplesmente.

Osvalda recomeçou a chorar.

— No vilarejo, agora dizem que sua mãe havia desposado o professor Bertola — revelou o rapaz.

— Infringindo a regra que ela mesma se impôs de não ter marido — explicou ela, entre as lágrimas.

— Vou até aí — decidiu Galeazzo.

— Não! — respondeu Osvalda. Mas o jovem não escutou sua recusa, porque já tinha desligado.

O piso demorava a secar. Ela aumentou o aquecimento ao máximo, enquanto começava a espirrar. Exausta como estou, só me falta um resfriado, pensou.

Subiu ao primeiro andar, entrou no banheiro, encheu de água quente a banheira e meteu-se ali dentro até o pescoço.

Entre seus alunos, no decorrer dos anos, tinha tido alguns órfãos de mãe. Ela os paparicava mais do que aos outros. Mas só agora compreendia o que significava não mais ter mãe. Sem Martina, sua vida desmoronava como um velho muro atingido por um golpe de picareta. Havia construído seu futuro sobre a convivência com ela, justificando seu apego doentio à mãe como uma necessidade para ajudar aquela mulher tão amalucada. Agora, porém, sabia que Martina não tinha necessidade alguma de ser tutelada. Ao passo que ela, Osvalda, era uma pessoa frágil, insegura, perenemente apavorada.

Recordou quando era menina e no pomar havia encontrado a mãe, que se encarapitara em uma figueira. Martina colhia dos ramos os frutos suculentos e arrumava-os delicadamente na cestinha que levava pendurada no braço.

— Mãezinha, também quero colher os figos — disse Osvalda, olhando-a de baixo para cima.

— Suba aqui — propôs Martina.

— Tenho medo de me machucar — respondeu Osvalda.

— Se você não subir, não poderá saber e continuará com medo — admoestou-a a mãe. Pendurou a cesta na protuberância de um ramo e desceu da árvore. Tomou a filha pela mão e incitou-a:

— Venha, suba. Segure-se em mim.

Osvalda confiava na mãe e deixou que esta a ajudasse a escalar o tronco. Mas, quando se viu a meio metro do chão, apavorou-se e começou a gritar:

— Socorro, socorro! Quero voltar lá para baixo! — E se pôs a soluçar.

Então Martina a fez descer e abraçou-a, sussurrando-lhe:

— Você é uma molenga como seu pai, minha pobre menininha.

— Por que meu pai é medroso? — perguntou ela, curiosa.

— Porque é como todos os homens. Eles se comportam como se fossem portos seguros onde a gente pode se refugiar, e depois se revelam como realmente são: apenas uns meninos assustados — explicou Martina, sorrindo.

No entanto, no fim, Martina se casara. Talvez Leandro fosse diferente dos outros homens. Mas sua mãe tomara o cuidado de evitar dizer-lhe que havia desposado um homem. Por quê? Por medo de que ela se enciumasse? Quando mais se adentrava na vida de Martina, mais sua figura lhe parecia misteriosa. E se não houvesse nada a entender?, perguntou-se, enquanto saía da banheira e a campainha da casa tocava com insistência.

Vestiu o roupão de felpo, saiu para o corredor e apertou o botão que abria a porta de entrada. Depois debruçou-se do alto da escada e viu Galeazzo encapotado num impermeável, com uma echarpe de lã em torno do pescoço.

— Estou aqui — disse Osvalda.

Ele ergueu o olhar.

— Eu também estou aqui — respondeu.

— Suba — convidou ela.

Ele tirou echarpe e casaco e começou a subir a escada, enquanto ela se refugiava em seu quarto. Meteu-se embaixo do edredom.

Galeazzo apareceu na soleira.

— O que você está fazendo?

— Passei de um banho quente para o calor da cama. Espero com isso debelar o início de um resfriado. É uma receita da minha mãe — explicou Osvalda, cobrindo-se até o queixo.

Galeazzo ficou ali, estacado ao pé da cama, perguntando-se se devia sorrir ou mostrar-se contrito pelo luto recente. Prevaleceu o sorriso por aquela situação inesperada.

— Você é engraçada — disse com doçura.

— Estou um trapo — confessou ela, baixando os olhos velados de lágrimas.

Sentiu o leve toque de uma carícia na cabeça. Galeazzo se sentara na beira da cama e lhe sorria ternamente.

— Vou me deitar ao seu lado, se você me der espaço — sussurrou ele.

Osvalda se afastou e ele se esgueirou para junto dela.

Já era noite quando Osvalda pousou os pés sobre o tapete e sentiu um calafrio, porque estava nua. Sorriu, pensando no que havia acontecido, embaixo daquele edredom fofinho e quente, abraçada ao primeiro homem de sua vida.

— Precisei chegar aos 30 anos para descobrir o amor — disse a Galeazzo, enquanto vestia um robe de flanela.

— Temos a vida inteira para recuperar o tempo perdido — ele a tranquilizou, da cama.

— Incrível! Ninguém nos incomodou.

— É claro. Eu tinha desligado o telefone — confessou ele candidamente, convidando-a com a mão para retornar à cama.

Ao atendê-lo, Osvalda pensou: É isto o que a mamãe iria querer. E tinha razão.

28

SOMENTE AO ENTRAR NA COZINHA, Vienna se dera conta de que suas três netas e Leandro haviam passado a noite em sua casa. Tinha gostado de fazer o desjejum com eles.

Agora que já tinham ido embora, arrumou os quartos, ignorando o telefone que continuava a tocar. Depois se preparou um café duplo, forte e bem açucarado, como gostava. Aproximou-se da janela, apertando na mão a xícara quente e cheirosa, e começou a sorvê-lo, olhando através das vidraças a paisagem coberta de neve que clareava o céu opaco e coloria de chumbo a água impetuosa do rio. Da calha de sua casa desciam pequenas estalactites de gelo. Decidiu esperar que a temperatura subisse, antes de sair para fazer umas compras no minimercado, para não se arriscar a escorregar. Bebeu o café até a última gota. Foi até o quarto, abriu o armário e pousou sobre a cama a caixa que Martina lhe trouxera no dia de seu aniversário. Abriu-a e ficou ali, admirando a beleza daquela lingerie preciosa.

Recordou o dia em que, cinco anos antes, sua filha se apresentara em casa com Leandro e dissera: "Mamãe, nos nos casamos".

"Uma maçã cortada ao meio", havia pensado então, olhando-a, porque Martina se parecia muito com o pai. A mesma figura longilínea, a mesma graça na postura e a mesma beleza.

Martina usava um tailleur branco-creme de macia caxemira, que destacava seu porte delgado. Os sapatos de duas cores, creme e bege, de salto alto, sublinhavam as pernas esbeltas, longas como as de um cervo. O sorriso radioso, solar. Vienna havia pensado: Meu Deus, como é preciosa e fina a minha Martina.

Leandro, ao lado dela, era a imagem da felicidade. Estendeu a Vienna um grande ramalhete de peônias brancas, dizendo:

— Trouxemos as flores de que você tanto gosta.

— Casaram-se às escondidas? — havia perguntado a mãe.

— Claro, e continuará sendo segredo — gorjeara Martina.

— Por quê?

— Sabe, mamãe, se tivéssemos 20 anos... mas, na nossa idade...

— E você concordou? — perguntara Vienna a Leandro.

— Eu sempre concordo com Martina — respondera ele, com ar seráfico. — Sua filha tem de ser aceita como é. De resto, você a conhece.

— Não quero fofocas e, sobretudo, prefiro evitar que a pobre Osvalda faça disso uma tragédia — explicara Martina.

— Mais cedo ou mais tarde, ela vai saber — argumentara Vienna.

— Aquela moça é a minha cruz. Giuliana e Maria têm sua própria vida. Ela, porém, só tem a mim. Portanto, é melhor que não saiba, ao menos por enquanto. E, se ninguém souber, ela também não saberá — concluíra Martina.

— Eu me pergunto por que vocês não se casaram quando tinham 20 anos. Sei muito bem que se amavam desde jovens — dissera Vienna, concluindo: — Que Deus os abençoe e lhes conceda muitos anos de vida em comum.

Mas Deus havia concedido poucos, pouquíssimos.

"Para uma mãe, é terrível enterrar a própria filha", disse agora Vienna de si para si, acariciando o presente de aniversário que Osvalda havia criticado asperamente. E sorriu, afirmando, como se falasse com a filha: "Osvalda tem razão. Eu sou uma montanhesa, você devia ter me comprado um robe de lã. Mas estou feliz com que não o tenha feito".

O telefone continuava a tocar e Vienna não atendia. Quando soou a campainha da porta, foi obrigada a abrir.

Entraram Lilly e Giusy, filhas de seus dois cunhados, que moravam em Bérgamo, em um prédio de época, restaurado por arquitetos da moda.

Vienna se resignou a fazê-las entrar.

— É Vigília de Natal, temos um monte de coisas a fazer, e fomos obrigadas a largar tudo e correr até aqui, porque você não atende ao telefone — começou Lilly.

— Você sabe que eu sou um pouco surda. Está claro que não escutei — mentiu Vienna.

As duas mulheres se empenharam em explicar sua dor pela morte de Martina e a ansiedade que as trouxera até ali, por causa do silêncio de Vienna e suas três netas.

Vienna conhecia as sutis maledicências da família Agrestis em relação a ela e a Martina.

Os Agrestis eram trabalhadores encarniçados e haviam obtido duramente o atual bem-estar. Mas não perdoavam a Vienna aquela filha que, sem a menor dificuldade, ganhara a *villa* mais bonita do lugar e possuía uma alentada conta em banco, sem que ninguém jamais soubesse de quem e de onde tinha vindo tanta riqueza. E, sobretudo, não perdoavam a Martina por ter sido sempre tão diferente deles, tanto nos traços quanto no comportamento. Martina era um mistério que nenhum deles conseguira jamais penetrar.

Vienna se desculpou e disse:

— Agradeço por terem ficado preocupadas comigo. Mas agora, por favor, me deixem sozinha. Minha filha se foi e eu preciso chorá-la em paz.

Lilly e Giusy foram obrigadas a render-se, ainda que preferissem a coletividade do luto, como era costume no vilarejo. Pensaram também que a tia Vienna sempre fora uma original, uma intelectual que lia romances e poemas.

— Tia, amanhã é Natal e viremos todos a Vértova. Vamos juntas ao cemitério para visitar Martina, e depois levaremos você para Bérgamo, porque queremos que participe do almoço em família — propôs Giusy.

— Agradeço muito, mas prefiro ficar em casa sozinha, e passar o Natal com a minha Martina. Assim como respeitei a vontade de minha filha, que não quis em seu funeral mais ninguém, além de mim, das moças e do marido, peço que vocês respeitem este meu desejo. — Percebeu demasiado tarde que havia dito uma palavra a mais.

— Então, é verdade que Martina havia desposado o professor Bertola! — exclamou Lilly.

Agora estava feito. Um esclarecimento poderia ao menos calar as outras fofocas.

— Martina e Leandro estavam casados há anos, mas ninguém sabia, afora eu mesma. Como vocês sempre disseram, minha filha era um planeta misterioso. Agora, por favor, vão tranquilizar a família. Eu estou bem e lhes desejo um bom Natal.

As duas não hesitaram em escapulir. Tinham muito de que falar entre si e com todos os outros Agrestis.

Vienna sorriu ao pensar naquele mar de parentes que, reunidos para o almoço de Natal, em vez de criticar o recheio dos raviólis ou do capão, prefeririam como assunto os segredos de Vienna, de sua filha, de suas netas e até os da família Bertola, um sobrenome que, só por ser pronunciado, suscitava respeito.

Finalmente saiu para fazer as compras de casa. Quando voltou, estendeu sobre a mesa uma bela toalha de renda, colocou em cima um jarro com as flores frescas, recém-compradas, e uma fotografia de sua filha, tirada no dia da primeira comunhão. Depois abriu o álbum de fotos que retratavam Martina desde quando usava fraldas até o último instantâneo, feito por Leandro no dia em que lhe havia declarado seu amor. Começou a folheá-lo e recordou o encontro com a condessa Ines, numa manhã de verão.

Ontem

29

A CONDESSA INES CHEGOU a Vértova e entrou no ruidoso pátio dos Agrestis. Apresentou-se no final da manhã, quando as mulheres da família estavam na fábrica ou fazendo as compras de casa, e os homens trabalhavam na oficina de marcenaria. O ruído das serras elétricas, das amoladeiras, das plainas, dos pregos batidos com martelo, misturava-se aos gritos das crianças, todas pequenas, que rolavam sobre um feixe de feno, colocado ali especialmente para elas. Enquanto isso Vienna, o anjo do lar, preparava o almoço para todos.

Os meninos viram aquela estranha de aspecto austero, o vestido de seda mais negro do que azul, o chapéu de ráfia de aba larga, e calaram-se. Ela os observou um a um, com curiosidade. E identificou Martina. Então lhe sorriu. Vienna, desconfiada do silêncio repentino dos pirralhos, filhos dos cunhados e das cunhadas, confiados aos seus cuidados, olhou pela porta da cozinha. Reconheceu a condessa e foi ao encontro dela, enquanto seu coração disparava.

— Bom dia, senhora condessa — cumprimentou-a.
— Bom dia, querida — replicou a outra, continuando a fitar Martina.
— Não esperávamos sua visita — disse ainda Vienna.

— Eu ia passando por acaso e pensei em entrar para saudá-la — explicou Ines. — Quantas crianças bonitas! — acrescentou, estendendo o sorriso a todos.

Vienna chamou sua pequenina para perto de si e lhe disse:

— Esta é a senhora que lhe presenteou a medalhinha da Virgem que você traz ao pescoço.

Martina circundou com braços ternos as pernas da mãe e escondeu o rosto entre as dobras da saia dela.

— Não seja encabulada. Agradeça à senhora condessa.

— Obrigada — sussurrou Martina, erguendo para a visitante um olhar de curiosidade.

Os outros meninos, nesse ínterim, haviam retomado as brincadeiras.

— Vejo que você está com boa saúde — disse Ines a Vienna.

— Graças ao Senhor — respondeu a jovem, e acrescentou: — Posso lhe ser útil em alguma coisa?

— Como já lhe disse, eu ia passando por acaso — repetiu a condessa, hesitante, o olhar fixado em Martina, que continuava agarrada à mãe. — Sua filha é linda — aduziu.

— Também é ótima na escola — afirmou Vienna, com orgulho.

— Eu gostaria que você viesse à *villa*, hoje à noitinha — disse Ines.

Os Biffi haviam alugado a Villa Ceppi, mas não a ocupavam por inteiro. Ines tinha mantido para si alguns aposentos, nos quais conservava os quadros, a prataria, os tapetes, a roupa-branca e alguns móveis antigos de grande valor. De vez em quando, vinha a Vértova para buscar ou deixar alguma coisa, e também para controlar como os Biffi mantinham sua casa. Mas nunca acontecera que ela chegasse em pleno verão, quando os Biffi fechavam a *villa* e saíam de férias.

— Pode dizer à sua sogra que eu lhe pedi ajuda para arrumar umas coisas — sugeriu a condessa.

Vienna preferiu não se fazer muitas perguntas sobre aquele estranho convite e foi até lá depois do pôr do sol, quando a família já havia jantado e as crianças tinham sido postas na cama.

— Mamãe, o que aquela senhora quer de você? — perguntara Martina, depois de recitar as preces.

— Quer que eu a ajude a organizar um pouco as coisas dela — explicara Vienna.

— Por que logo você?

— Houve uma época, antes do seu nascimento, em que eu trabalhei lá. Isso eu já lhe contei. Conheço a casa melhor do que a condessa Ines.

— A vovó Ermellina também conhece.

— Mas a condessa recorreu a mim.

Martina não parecia convencida desse compromisso que lhe subtraía a mãe.

— Eu volto logo — garantira-lhe Vienna.

Ines lhe abriu o portão da *villa* e acompanhou-a pela alameda de acesso até a varanda dos fundos, onde ficavam os sofazinhos e as poltronas de bambu. Sobre uma mesinha, estavam prontos dois copos e uma jarra de limonada fresca.

— Sente-se, Vienna — convidou-a a senhora.

Usava um vestidinho sem mangas. Vienna notou-lhe os braços agora frágeis. As rugas haviam escavado sulcos profundos em seu rosto.

— Semanas atrás, eu abri um baú que deixei confinado num quarto há anos. Contém os objetos pessoais do meu Stefano, que o ministério me mandou quando me comunicou sua morte. Precisei deixar passar algum tempo até ter coragem de olhar as coisas dele. Há roupas, objetos de toalete, os livros dos quais ele não se separava nunca, o binóculo que havia ganhado do pai, a máquina fotográfica e um pacote de cartas endereçadas a você e nunca expedidas — explicou a condessa, com um fio de voz.

Vienna apertou as mãos em torno dos braços da poltrona, esforçando-se por não chorar.

— Foi uma nesga de luz na escuridão. Logo me lembrei do dia em que nos encontramos no adro da igreja e eu vi sua filha. Fiquei impressionada com aqueles olhos azuis, idênticos aos do meu filho. — Ines fez uma pausa e depois perguntou: — Por que eu nunca soube?

Vienna não respondeu. Um nó de pranto lhe apertava a garganta, impedindo-a de falar.

— Outra mulher talvez tivesse aventado pretensões. Você, porém, calou-se. Imagino o quanto sofreu quando soube que Stefano morrera na guerra. Enquanto eu podia mostrar minha dor a todos e ser confortada, você padeceu em silêncio. Por que escondeu tudo até de mim?

— Eu era uma mulher casada. Meu marido, quando soube da gravidez, assumiu a paternidade da criança. Para todos, inclusive a família Agrestis, Martina nasceu de sete meses e é filha de Arturo. Meu marido quis que fosse assim, e assim foi — explicou Vienna, com voz embargada pelo pranto, enquanto pensava nas cartas de que a condessa havia falado e que ela tanto gostaria de ler.

— Nunca lhe ocorreu que sua filha é também minha neta? Que ela é sangue do meu sangue? — perguntou Ines, docemente.

— Condessa, se Stefano tivesse voltado da guerra e a senhora descobrisse que ele e eu tínhamos uma filha, será que a acolheria de braços abertos? Não teria esperado, em vez disso, que a mãe da menina não criasse complicações, porque seu filho estava destinado a um casamento com uma mulher do nível dele?

— Agora entendo por que meu filho se apaixonou por você. Você é uma mulher especial, Vienna.

— Então nos deixe em paz, inclusive por respeito à família Agrestis, que me acolheu como filha e continua a me tratar como tal. À minha Martina não falta nada, ela cresce entre gente honesta, tem uma infância serena. Não nos transtorne a vida — pediu Vienna com voz pacata, mas firme.

— Nestas últimas semanas eu me atormentei com mil interrogações, antes de decidir procurá-la. Considere que em Martina eu revejo meu filho, que uma parte do meu Stefano vive nela. É tão absurdo o meu desejo de vê-la crescer? Ele morreu, mas sua filha está aqui, a poucos passos de mim, e eu não posso abraçá-la.

— Condessa, eu amei Stefano mais do que a senhora pode imaginar. Sabia que nossa história não teria um futuro, mas a conservo intacta no segredo do meu coração e a revivo em Martina.

Ines chorava mansamente, a lua de agosto acariciava as sombras do jardim, um ouriço saiu a descoberto atravessando o cascalho branco da alameda, do campanário de Nossa Senhora da Assunção se propagaram os toques das horas, e da estrada, para além do muro do contorno, vieram as risadas felizes de um grupo de jovens que passavam.

— Tenho aqui as cartas que meu filho não pôde lhe enviar. São suas — disse Ines, apontando o pacote atado com uma fita, pousado sobre a mesinha.

— Guarde-as, senhora condessa. Eu faltaria com o respeito aos Agrestis e à memória de Arturo, se ficasse com elas — disse Vienna. E levantou-se, imitada por Ines.

A moça pousou a mão no ombro da condessa.

— Coragem — sussurrou. — A vida nos dá mais dores do que alegrias.

— Você pelo menos tem Martina — disse Ines, apertando-lhe a mão.

— E a senhora, suas lembranças — concluiu a jovem.

Quando voltou para casa, todos dormiam, inclusive sua filha. Vienna sentiu-se grata aos céus por aquele silêncio.

30

Os jovens de Vértova, depois do curso elementar, deviam ir a Clusone para frequentar os ciclos seguintes.

A professora dissera a Vienna: "Sua menina tem vontade de estudar. Vou prepará-la para o exame de admissão ao curso médio, se você estiver de acordo".

"Está bem", respondera Vienna, orgulhosa pelos bons resultados escolares da filha.

Martina passara brilhantemente no exame e, todas as manhãs, tomava a litorina que a levava a Clusone. Com ela seguia Leandro Bertola, o único dos seus colegas do fundamental que se matriculara no médio.

Terminada a guerra, os Bertola haviam retornado a Bérgamo, para o palacete da família. Em Vértova, na *villa* oitocentista, permaneceram os avós e o caçula do doutor Pietro, Leandro.

Em Bérgamo, no pós-guerra, havia frequentes desordens e os pais tinham decidido deixá-lo no vilarejo com os avós, até que ele fosse obrigado a ir à cidade para frequentar a escola.

Martina e Leandro, que eram da mesma turma durante todo o curso fundamental, no médio ficaram em duas turmas diferentes, mas iam à escola e voltavam juntos. No trem, sentavam-se um ao lado do outro, trocavam as figurinhas de atores e jogadores de futebol, comparavam seus deveres de casa e criticavam os professores, dividindo-os em parciais e imparciais. Ambos, nas respectivas turmas, eram os primeiros da classe e se orgulhavam dessa primazia.

No Natal e na Páscoa, Leandro entrava no automóvel com os avós e seguia para Bérgamo. No verão ia para a praia e mandava um cartão-postal a Martina, que permanecia em Vértova.

Para Martina, as férias estivais eram deprimentes, porque ela não sabia o que fazer. Livrava-se de todos os deveres em poucos dias e depois perambulava pela casa, até que Vienna se decidia a enviá-la aos avós, na montanha. Mas, pouco depois, a garota se entediava também ali e, sobretudo, sentia saudade da mãe e pedia para voltar à sua casa.

Às vezes lamentava-se: "Os outros colegas vão para a praia, e eu tenho de ficar em Vértova".

— Que outros? — perguntava Vienna.

— Leandro, por exemplo.

— Eles são patrões. Nós não podemos nos permitir isso.

— Então, me mande para a colônia de férias. Eu iria com gosto.

— Conheço você. Indisciplinada e irrequieta como é, fugiria depois de dois dias.

Martina sabia que sua mãe tinha razão. Às vezes, à noite, Vienna a levava ao cinema paroquial ao ar livre, para ver filmes em preto e branco que se interrompiam no melhor momento, porque a película se rasgava. No domingo, com frequência, pegavam o trem e iam a Bérgamo para tomar sorvete, sentadas a uma mesinha do *Bar Centrale*.

Martina dizia: "Se dependesse de mim, as férias de verão seriam canceladas".

Jamais cancelaria, porém, as férias de Natal, quando o avô e os tios fechavam a marcenaria, as máquinas silenciavam e ficavam todos juntos, em alegria. Com o Natal, vinha também o pacote da condessa.

Desde sempre, no Natal, os condes Ceppi presenteavam o panetone e o espumante aos servos.

A condessa Ines mantivera essa tradição, mesmo depois de transferir-se para Milão, e ainda que os domésticos já não estivessem a seu serviço.

Ermellina e Vienna recebiam dois pacotes diferentes que, após o fim da guerra, continham até barras de torrone e de chocolate, caixas de bombons, potinhos de mel e de creme de avelã, frutos coloridos de pasta de amêndoas, tâmaras e figos secos. Martina não era gulosa, mas toda aquela abundância a deixava alegre. Enfurecia-se com os priminhos que se lançavam sobre os doces e, como era a mais velha de todos, distribuía reprimendas e petelecos. Vez por outra a condessa metia nos pacotes algum presentinho mais pessoal: um *foulard*, um par de luvas, uma caixa de lencinhos ou de meias de náilon.

Desde o Natal em que Martina completara 7 anos, depois que Vienna conversara com a condessa, Ermellina também encontrava em seu pacote um envelope com uma boa soma e um bilhete no qual Ines explicava que aquele dinheiro se destinava às necessidades de todas as crianças Agrestis.

A família vivia agora com mais conforto, porque o trabalho da marcenaria tinha aumentado e rendia ganhos maiores. Mas, ainda assim, aquele dinheiro era bem-vindo. Ermellina o dividia igualmente entre os pais de seus netos e encarregava Vienna, que era a mais instruída da família, de escrever uma carta de agradecimento. Vienna sabia que, na realidade, aquele dinheiro se destinava sobretudo a Martina e apreciava a discrição da condessa, que não queria deixá-la embaraçada.

Com a soma que Ermellina lhe entregava, Vienna partia para Bérgamo com a filha e a vestia da cabeça aos pés, dizendo: "Quando crescer, você deverá agradecer pessoalmente à senhora condessa".

Uma vez, com esse dinheiro, Vienna lhe comprou um casaco forrado com pele de coelho. Martina o inaugurou na manhã de Natal, pavoneando-se durante a missa.

Quando, no limiar dos 14 anos, entrou no terceiro ano, no primeiro dia de aula Martina se viu no trem ao lado de Leandro, como sempre. Ele a olhou com estupor, porque a garota crescera muito durante o verão. Estava linda, e ele lhe disse isso.

— Tive uma febre cavalar. Fiquei de cama vários dias e, quando me levantei, tinha ficado mais alta — explicou ela.

— Você está mais alta do que eu — observou ele, desagradado.

— Você também vai crescer — tranquilizou-o Martina.

— Que nada, vou ficar um tampinha, como meu pai.

A mudança de Martina também se devia ao fato de que, durante o verão, ela havia menstruado pela primeira vez. Mas tomou o cuidado de não contar ao colega de escola. Soube disso, porém, o pai de Leandro, a quem Vienna a levou para uma consulta.

— Volta e meia, minha menina reclama de dor de cabeça, sobretudo perto das menstruações — disse Vienna. O doutor Pietro examinou a adolescente e sentenciou:

— Ela está saudável como um peixe. Pare de chamá-la de menina, ela agora é uma mulher. Bela como o sol, e logo você terá de usar a vassoura para espantar os cortejadores. Dê uma aspirina, quando ela tiver enxaqueca.

Agora, no trem, Leandro disse a Martina:

— Você se parece com Ava Gardner, só que é mais bonita do que ela.

E enrubesceu. Martina sorriu, comprazida, porque seu amigo lhe agradava e ela sentia que queria muito bem a ele.

Na escola, Leandro começou a procurá-la inclusive durante o recreio, quando os alunos desciam ao pátio. Os colegas, que haviam notado o entrosamento entre os dois, começaram a apelidá-los "os pombinhos". Na primeira vez em que isso aconteceu, Martina e Leandro ficaram furiosos.

No retorno a Vértova, sentados um ao lado do outro, permaneceram em silêncio. Depois Leandro parou de procurá-la e Martina não fez nada para reaproximar-se dele. O jovem gostaria de lhe dizer que não se importava com os colegas nem com os comentários que estes faziam, que lhe bastava vê-la para seu coração disparar. Ela gostaria de dizer a ele a mesma coisa, mas ambos calavam e se evitavam.

No final do ano escolar, contudo, ele a convidou para um lanche no jardim da Villa Bertola.

— Também estarão lá minhas duas irmãs e alguns amigos. Se você vier, eu vou adorar — propôs, enrubescendo.

Martina aceitou o convite. Já percorrera metade da alameda, no jardim, quando Leandro a viu e ficou sem fôlego, tão bonita ela estava. Usava um vestidinho de piquê rosa-chá com bolinhas azuis, de corpete bem justinho e saia rodada. Calçava umas sandálias cor de couro que lhe ressaltavam as pernas longas e esbeltas. Um arco de veludo azul prendia a cascata de cabelos negros e ondulados. Seu passo era medido; o porte, elegante e desenvolto. Ela parecia uma princesa. Leandro ficou tão deslumbrado que, em vez de ir ao seu encontro, enrubesceu escancaradamente, baixou o olhar e continuou a falar com um amigo, sem sequer se dar conta daquilo que estava dizendo.

Havia uma grande confusão no espaço gramado em frente à *villa*. De um gramofone saía a todo o volume a voz de Bill Haley que cantava *Rock Around the Clock*, as irmãs de Leandro dançavam com os rapazes mais velhos que Martina não conhecia. Porém reconheceu Bruno, o filho do engenheiro Biffi, que estava no segundo ano do liceu e se movia como um acrobata ao ritmo do rock.

Delia Bertola, a irmã de 18 anos de Leandro, quando viu Martina perguntou a Bruno Biffi, com quem estava dançando:

— De onde vem esta maravilha?

— Não conheço — respondeu ele, visivelmente impressionado com a recém-chegada.

Foi o doutor Bertola quem a acolheu:

— Isso, Martina! Que bom que você veio.

— Leandro me convidou — sublinhou ela, intimidada por aquele grupinho de jovens a quem não conhecia.

— Leandro, sua amiga está aqui! — gritou o doutor, para fazer-se ouvir sobre o barulho da música.

Vencendo a timidez, o rapaz decidiu se aproximar. "Colega de escola", esclareceu em voz alta, para que não houvesse equívocos quanto às relações entre os dois. E não haveria, se ele não tivesse feito essa observação. Assim, ao contrário, o doutor Bertola e sua esposa notaram o rubor de Leandro, os olhares encabulados dos dois jovens, e concluíram que devia haver uma simpatia entre eles. Para tirá-los do embaraço, a jovem senhora Bertola circundou afetuosamente os ombros de Martina e lhe pediu notícias da família.

— Estamos todos bem, obrigada — respondeu ela.

— E suas dores de cabeça? — perguntou o doutor.

— Já não são tão frequentes — disse Martina.

— Quando sentir que a dor está para chegar, tome logo uma boa aspirina com muita água e, atenção, jamais de estômago vazio. A aspirina é um remédio soberano — reforçou o médico, o qual estava convencido de que a enxaqueca da jovem era de origem psicossomática.

Pietro Bertola sempre havia pensado que Martina não era uma Agrestis. Na época em que cuidava do conde Ubaldo, não lhe escapara o caso entre Stefano Ceppi e a bela Vienna. Tinha sido ele a fazer o parto, e imediatamente percebera que a menina não era de sete meses. Além disso, Martina sempre fora diferente da família da qual usava o sobrenome, e a enxaqueca podia ser a somatização de um desconforto inconsciente.

— Leandro, apresente sua colega aos amigos — solicitou a senhora Bertola.

— Não é preciso. Todos já a notaram — balbuciou ele, mantendo-se parado junto a Martina e balançando-se atrapalhado, de um pé para o outro, pensando que havia sido um idiota ao convidá-la para aquela festinha com jovens mais velhos do que ele e que agora estavam fazendo tudo para chamar a atenção da moça.

Um desses se aproximou, a fim de tirá-la para dançar.

— Não consigo — esquivou-se ela.

— Eu lhe ensino — ofereceu-se o rapaz.

— Vou me sentir ridícula — confessou Martina, imaginando que Leandro notava sua falta de jeito.

Bruno Biffi se adiantou, perguntando a Leandro:

— Quantos anos tem sua colega?

— Por que pergunta a ele? Acha que eu não sou capaz de responder? — agrediu-o Martina.

— Era só para iniciar a conversa — disse Bruno. E arriscou: — Dezesseis? Dezessete?

— Ela tem menos do que você, que já passou dos 20 e ainda está no segundo ano do liceu — explodiu Leandro, irritado pela intromissão de Biffi.

Bruno ignorou suas palavras, deu-lhe uma cotovelada e cochichou:

— Para mim, é uma bela maçã, pronta para ser colhida.

— Então, vá em frente — acicatou-o Leandro, consciente de toda a sua inadequação de rapazelho diante de um adulto descarado e seguro de si.

Bruno foi. Para Leandro, a festa acabou naquele momento, e só por sua culpa. Deixou os convidados, entrou na *villa* e trancou-se no seu quarto, sentindo-se profundamente infeliz.

31

TODAS AS MANHÃS, ao alvorecer, Martina tomava o trem para Bérgamo. Agora cursava a quarta série ginasial no Liceo Paolo Sarpi e se sentia muito compenetrada no papel de aluna-modelo, depois que os novos professores haviam elogiado seu boletim do terceiro ano. Em Vértova eram poucas as mocinhas de sua idade que iam à escola na cidade. Com ela estavam a filha do farmacêutico, que já fazia o primeiro do liceu, Bruno Biffi, que repetia o terceiro, e Carmine Gurrado, o filho do subtenente dos *carabinieri*, que frequentava o quinto ginasial.

Às vezes, nesse trem que levava estudantes e trabalhadores à cidade, embarcavam também dom Angelo, o pároco, que ia reunir-se com o bispo, e Luigi Nalocchi, o filho do padeiro, que cursava o científico e tinha o apelido de "Luigina", porque era um tipo comprido e magricela, com nariz enorme, voz fanhosa, trejeitos femininos e um temperamento irascível. Preferia a companhia das moças, com quem sentia mais afinidade, e olhava de soslaio os rapazes, sobretudo quando eram bonitos. Bruno Biffi era sua paixão, que ele não conseguia esconder. Bruno o ridicularizava pesadamente. Luigi enrubescia e depois murmurava: "Quem desdenha quer comprar".

Luigi havia identificado em Martina, que Bruno cortejava assiduamente desde o lanche na casa dos Bertola, um motivo para espicaçá-lo e chamar a atenção dele sobre si.

Bruno reagia dizendo a Martina: "Se aquele sujeito não parar de bancar o cretino, vai levar uma surra". Acendia um cigarro e lhe falava de suas proezas sentimentais e esportivas.

Chegados a Bérgamo, os estudantes enxameavam ao longo da alameda Roma para tomar o caminho que, entre palacetes e jardins, conduzia à cidade alta, onde ficava o liceu.

Às vezes dom Angelo passava ao lado dos dois jovens, dizendo em voz alta a Martina: "Fique longe de Bruno, ele é um purgante".

O rapaz parecia orgulhoso dessa fama. "As mulheres, eu pego, estropio e jogo fora", afirmava.

Bruno Biffi era o ídolo das colegas de classe, que o adoravam e detestavam Martina, a fedelha do quarto ano ginasial que vivia junto dele. Leandro, roído de ciúme, odiava Bruno. Martina, que não esquecera o vexame passado no jardim de Vértova, depois que Leandro, tendo-a convidado, simplesmente a deixara à toa, procurava de todos os modos chamar sua atenção quando estava com Bruno e cruzava com ele no saguão ou nas escadas da escola. Leandro fazia o possível para ignorá-la e fingir indiferença, mas sofria de maneira atroz.

Um dia Martina o viu afastar-se da escola abraçado a uma colega de classe que se chamava Valentina e pertencia a uma família rica de Bérgamo. Alcançou-os e, ao passar ao lado de Leandro, disse-lhe:

— Uma pena!

— Pena, como assim? — perguntou ele.

— Que você seja um mentiroso de carteirinha — alfinetou ela, e prosseguiu seu caminho de cabeça erguida.

Leandro correu atrás, segurou-a por um braço e agrediu-a com ar furibundo.

— Então me explique por que eu seria um mentiroso.

— Das duas, uma: ou você mentia para mim, ou mente para ela — respondeu Martina, afastando-se às pressas.

Ele enrubesceu, odiou-a e decidiu que não lhe falaria mais.

Sua colega de turma, que havia visto a cena, constatou:

— Pouco faltou para vocês saírem no tapa. Parecia uma briga de namorados.

— Eu, namorado daquela lá? Você é muito boba — declarou ele, indignado.

Martina estava igualmente furiosa e, por alguns dias, tratou muito mal todos os que lhe dirigiam a palavra.

Quando sua mãe quis indagar sobre tanto mau humor, ela explodiu numa cena histérica.

— Você está me espionando. Todo mundo nesta casa me espiona! Acha que eu não percebi? Chega, estou cansada de suportá-los! — gritou, entre lágrimas.

As tias e os tios aconselharam a Vienna: "Tenha paciência. A pobre Martina cresceu sem pai".

Eram todos afetuosos com ela. Martina, ao contrário, encarava-os como inimigos.

Concentrou-se nos estudos e, quando se sentava à mesa da cozinha para fazer os deveres, sua mãe dizia às crianças menores: "Não façam barulho, Martina está estudando".

Na realidade, bastava-lhe memorizar as aulas dos professores, durante as horas de escola, para ser a aluna mais brilhante de sua classe. Em casa, livrava-se velozmente dos deveres e depois lia. Françoise Sagan, Vasco Pratolini, Tolstoi, talvez buscando respostas para sua inquietação e seu descontentamento. Vienna tampouco estava feliz, porque sua filha era muito complicada e ela não sabia como lidar com isso. Olhava quase com inveja os filhos dos seus cunhados, todos estudantes algo medíocres, mas certamente com temperamentos mais simples que o de Martina.

Naquele Natal, a jovem ignorou até mesmo o monumental pacote-presente da condessa Ines e se recusou a enviar o costumeiro bilhete de agradecimento, que agora lhe cabia redigir.

"É uma idade difícil", comentava a velha Ermellina, que fora atacada por uma artrite reumatoide e ficava quase sempre sentada numa poltrona, tricotando.

— Por que os outros não são assim? — perguntou-lhe Vienna um dia.

Ermellina deu um longo suspiro e respondeu:

— Sua filha é um cisne, os outros são uns patinhos feios.

Vienna calou-se, absorta em seus pensamentos.

Em uma manhã de janeiro, após as festas, apresentou-se na casa dos Agrestis a condessa Ceppi.

Ermellina estava sentada na poltrona, na sala, e desculpou-se por não conseguir se levantar. Vienna instalou Ines no sofá e sentou-se ao lado dela.

— Vendi a *villa* — anunciou a condessa.

— Ao engenheiro Biffi? — perguntou Ermellina.

— Não. A uma empresa suíça.

— E o engenheiro? — indagou Vienna.

— Ficará lá até encontrar novas instalações. Até porque ainda dispõe de tempo, alguns meses.

Depois falou de Vespino, que morrera em casa, e de Tilde, que, coitadinha, tinha um câncer e estava no hospital.

— É duro envelhecer, senhora condessa — suspirou Ermellina, desfiando a lista de todos os seus males.

— O problema é que ninguém quer morrer saudável — tentou brincar Ines. Depois virou-se para Vienna e disse: — Você viria comigo até a *villa*, para me ajudar a embalar uns pratos?

Vienna achou que ela queria falar de Martina e preparou-se para acompanhá-la.

Saíram juntas e o motorista, que esperava lá fora, levou-as de carro até a Villa Ceppi.

Ines conduziu Vienna pelos aposentos que não tinha alugado, introduziu-a numa saleta e, depois que se acomodaram em duas poltroninhas de veludo, disse:

— A empresa suíça é minha. Criei-a para que sua filha receba de modo anônimo o meu patrimônio, quando eu me for. Você continua decidida a manter secreta a paternidade de minha neta?

— Martina já me dá problemas suficientes. Imagine se descobrisse que é filha de Stefano Ceppi. Não se fala mais nisso — replicou Vienna, decidida.

— Que problemas ela lhe dá? É bela como o sol, e competentíssima na escola — interrompeu-a Ines.

— Como é que a senhora sabe? — inquiriu Vienna.

— Tenho meus canais de informação. E, também, vou a Bérgamo quase todas as semanas, para espiá-la, quando sai da escola. Ela é idêntica ao meu filho. E eu sou uma avó que não pode sequer abraçá-la — lamentou-se Ines. E acrescentou: — Ela nunca pergunta pelo pai?

— Perguntava quando era menina, e eu lhe mostrava a fotografia de Arturo. Quando ela ultrapassar esta idade complicada, então lhe direi a verdade.

— Você é mais teimosa do que uma mula, e está fazendo Martina perder a oportunidade de viver em um ambiente mais estimulante, mais adequado a ela.

— A senhora não me fará mudar de opinião. De qualquer modo, agradeço-lhe pelo dinheiro que nos manda todo ano. Quanto à herança, eu preferiria que minha filha não a recebesse.

— Isso é assunto meu, não cabe a você. Agora, ajude-me a encher umas caixas. Tenho muito pouco a levar daqui, e precisei fazer esta pantomima por causa de sua mania de segredos — gracejou Ines.

Empacotaram um aparelho de louça, tagarelando sobre banalidades.

Antes de chamar o motorista para levar Vienna de volta para casa, Ines disse a ela:

— Dê um jeito de Martina ficar longe do filho dos Biffi.

— Por quê? — alarmou-se Vienna.

— É um cabeça oca, e não haveria problema nenhum, porque o mundo está cheio de cabeças ocas. Mas, além disso, aquele rapaz não me convence — advertiu Ines.

Vienna foi embora com uma preocupação a mais.

32

MARTINA BATEU ENERGICAMENTE à porta da residência paroquial e acordou dom Angelo, que dava seu cochilo vespertino. Ele se debruçou à janela, reconheceu a moça e perguntou:

— O que você quer?

— Eu queria ir à igreja para rezar, mas está fechada — disse ela, e acrescentou: — Por favor, dom Angelo, abra para mim.

Pouco depois o padre abriu a porta lateral e a fez entrar.

— Você sabe que a igreja não abre antes das 16 horas — repreendeu-a, em tom bonachão. Tinha a batina desabotoada, o colarinho de través e os poucos cabelos, grisalhos, formavam uma auréola sobre o crânio luzidio.

Martina lhe sorriu e disse, enquanto se afastava ao longo da nave central da igreja:

— Desculpe, mas preciso falar com o Senhor, e logo.

O padre juntou as mãos, ergueu os olhos para o céu e pediu: "Tem paciência, meu Deus, para escutá-la e ajudá-la".

Percorreu por sua vez a nave, inclinou-se diante do altar-mor e depois desapareceu na sacristia. Martina se ajoelhou diante da imagem de Jesus e parou um pouco para admirá-la, tão bonita era. Depois sentou-se no banco, tomou o rosto entre as mãos e sussurrou: "Querido Senhor, fiz uma bobagem muito grande. E tu sabes, porque sabes tudo. E agora, o que é que eu faço?"

Calou-se, como se esperasse uma resposta. Levantou os olhos para o rosto de Jesus e prosseguiu: "Por que me abandonaste? Certamente não estavas no carro de Bruno, com os Platters cantando *Only you*, enquanto nós fazíamos amor. E agora estou grávida".

O belíssimo Jesus de gesso a olhava, benévolo, e lhe sorria. Martina baixou a cabeça e começou a chorar. Dom Angelo, depois de ajeitar-se um pouco, retornara à igreja e se preocupou ao ver Martina tão desesperada.

Lembrou-se de quando, com palavras veladas, havia alertado Vienna quanto aos mexericos que havia escutado sobre Martina e Bruno Biffi.

Ela o interrogara:

— O que eu deveria fazer? Trancá-la em casa?

— Eu não disse isso.

— Segui-la, como se eu fosse um *carabiniere*?

— Por falar em *carabinieri*, no seu lugar eu iria trocar umas palavrinhas com o subtenente Gurrado — sugerira o pároco.

Agora dom Angelo se aproximou de Martina e lhe acariciou a cabeça, para confortá-la.

— Eu poderia desposá-lo — murmurou Martina, olhando-o.

Alarmado, dom Angelo perguntou:

— Você quer dizer que poderia se casar ou que deve se casar?

Ela hesitou, sussurrou: "Deveria me casar", e saiu correndo da igreja, aos prantos.

Chegou à sua casa, refugiou-se nos braços de Vienna e lhe contou tudo. Vienna a escutou e disse:

— As culpas das mães recaem sempre sobre os filhos.

— O que você tem a ver com isso tudo?

— É uma história longa e difícil. Quando você for maior, eu lhe contarei. Agora, é apenas uma menina, embora pareça uma mulher.

— Acha que eu devo me casar com Bruno? — perguntou a filha, com voz hesitante.

— Não sei, minha criança — respondeu a mãe, baixinho.

Depois que dom Angelo lhe havia falado, Vienna, recordando também as palavras da condessa Ceppi, de fato fora procurar o subtenente dos *carabinieri* e, em grande segredo, expusera-lhe suas aflições quanto à relação entre sua filha e o jovem Biffi. O subtenente Gurrado havia dito:

— Senhora Agrestis, se fosse comigo, eu não me preocuparia. O jovem Biffi é um pouco... um pouco... — Abriu os dedos em leque e girou-os ao redor da orelha.

— É um pouco... — repetiu Vienna, estupefata, tendo compreendido o significado do gesto.

— Justamente. Banca o fanfarrão com as mulheres, mas... vive de conchavo com um jovem conterrâneo.

— "Luigina"? O filho do padeiro?

— Eu não disse nada, senhora Agrestis. Mas, para bom entendedor...

Todo aquele diz-mas-não-diz a tranquilizara.

Agora, perguntava-se se não teria interpretado mal as insinuações do subtenente. Então disse a Martina: "Vá para seu quarto e me espere. Preciso sair", e foi ver o subtenente Gurrado.

— Se eu lhe dissesse que o jovem Biffi bancou o fanfarrão além do lícito com minha filha, o senhor ainda me abanaria os dedos em torno da orelha? — perguntou, num só fôlego.

— Se a senhora me dissesse isso, eu lamentaria muitíssimo. Mas, sempre hipoteticamente, o que me diria a senhora, se uma patrulha minha, altas horas da noite, tivesse surpreendido o jovem supracitado em, digamos assim, íntimo colóquio com aquela pessoa? — replicou o subtenente.

— Eu diria que ele é um pervertido — exclamou Vienna.

— Pois é, justamente. Ele fica um pouco para lá e um pouco para cá.

— Isso, prezado subtenente, o senhor não me havia dito.

— Isso, senhora Agrestis, eu não sabia. Sabia o de lá, mas não o de cá. Sinto muito.

Vienna voltou para casa com o coração cheio de dor. Agora, pensou que sua filha era menor de idade e o jovem Biffi teria a obrigação de desposá-la. Mas com que coragem ela entregaria Martina a um pervertido?

A gravidez de Martina logo estaria na boca de todos e não só ela, mas também os Agrestis, iriam sofrer. Poderia levá-la para a cidade, a alguma parteira que interrompesse a gravidez. Mais de uma moça, no vilarejo, tinha recorrido a esse remédio. Mas o pensamento lhe pareceu aterrorizante. O aborto, pensou, é o pior dos crimes, porque cometido contra uma criatura que não tem nenhuma possibilidade de defender-se. Então agarrou-se a uma esperança: talvez Martina não estivesse grávida. Encontrou-a chorando, deitada na cama.

Vienna começou a lhe acariciar os ombros.

— Tem certeza desta gravidez? — perguntou.

— Faz dois meses que a menstruação não vem.

— Pode ser um distúrbio passageiro.

— E a náusea também? As tias sempre vomitam quando estão grávidas — disse Martina, entre lágrimas.

— E isso elimina a dúvida — concluiu Vienna. Depois acrescentou: — Bruno sabe?

— Ainda não.

— Seja sincera: quer se casar com ele?

A essa pergunta, Martina explodiu em soluços:

— Não estou apaixonada por Bruno, não gosto dele nem um pouco. Fiquei com ele só uma vez e nunca mais vou repetir — confessou, desesperada.

— Então, por que fez isso? — perguntou Vienna, duramente.

— Não sei, não sei lhe explicar. Fiz porque estava terrivelmente infeliz e já não me importava com coisa alguma — explicou Martina, soluçando.

— A gente faz amor com o homem por quem está apaixonada, sabendo que deverá arcar com as consequências. Porque um filho é o maior presente que uma mulher pode dar a si mesma — afirmou Vienna, em tom enxuto. E acrescentou: — Dê um jeito de Bruno jamais vir a saber.

— Ele vai me ver com um barrigão — disse Martina, ainda entre lágrimas.

— Não vai, porque você não irá mais à escola e ele não morará mais em Vértova. Não lhe contou que está de mudança? A condessa Ceppi vendeu a *villa*. — E, nesse momento, Vienna teve uma ideia.

33

NA FAMÍLIA DE QUE VIENNA e sua filha faziam parte, sabia-se e discutia-se de tudo e de todos. O problema de cada um tornava-se o problema geral. A gravidez de Martina não podia ser mantida oculta. Vienna sentiu que precisava de um conselho respeitável e iluminado, antes de falar com os Agrestis.

— Devemos recorrer à condessa Ceppi. Ela saberá nos dizer o que é melhor fazer — anunciou a Martina.

— O que a condessa tem a ver com tudo isto? — perguntou a moça.

— Eu confio nela. E você, confie em mim — respondeu Vienna. Em seguida, telefonou a Ines para lhe pedir um encontro.

A condessa estava à beira-mar, na Ligúria, hospedada com sua velha amiga Adelaide Montini.

— Martina está com problemas. Talvez a senhora possa nos ajudar — disse Vienna, simplesmente.

— Vou mandar imediatamente meu motorista a Vértova. Vocês virão para cá, em San Michele, e conversaremos — propôs Ines, sem hesitação.

Vienna se alarmou.

— Um motorista, aqui? Não quero mexericos, até porque haverá muitos, depois.

Assim, o motorista foi buscá-las na estação de Milão e conduziu-as ao palacete de San Michele, encarapitado em um esporão rochoso a pique sobre o mar.

Ines as aguardava e foi ao encontro delas, ao longo da alameda margeada por sebes de espirradeiras em flor.

Viu sua neta, abraçou-a com uma alegria que lhe explodia o coração e disse:

— Martina, você é uma maravilha!

— A senhora logo mudará de opinião, condessa — disse a jovem.

— Não creio — insistiu Ines, dando-lhe tapinhas afetuosos no ombro. Nada podia turvar a felicidade de ver-se ao lado da filha de seu Stefano.

Tomou Vienna pelo braço e entrou na casa com as duas hóspedes, dizendo:

— Vocês devem estar cansadas. Repousem um pouco e não pensem em mais nada, porque para tudo há um remédio.

Tais palavras foram um bálsamo para a inquietação de Vienna, que se convenceu de ter tomado a decisão certa, ao recorrer à condessa.

— Vão se refrescar. Depois conversaremos — insistiu Ines, que exultava, porque, depois de tanto esperar, finalmente lhe era reconhecido um papel na vida de sua neta.

Pouco depois, Ines e Vienna viram-se sozinhas, numa sala com vista para o mar, e Vienna contou tudo à condessa.

— Será um escândalo! Minha filha será apontada em todo o vilarejo. Ela já não tem futuro. Está arruinada — concluiu, entre lágrimas.

— O que as pessoas pensam ou dizem não nos interessa — começou Ines, que a escutara sem interromper. — Como o aborto está fora de questão e o casamento com aquele Biffi não é desejável, só nos resta enfrentar a situação de cabeça erguida. Lembre-se de que sua filha é uma Ceppi, e os Ceppi nunca se condoem de si mesmos — sentenciou. Depois, elaborou um plano com Vienna.

Enquanto as duas mulheres permaneciam trancadas na sala, Martina circulava pelos aposentos daquela residência antiga que revelava, sem ostentação, o poder e a solidez de quem a habitava. Ocorreu-lhe que, na realidade, não sabia onde colocar-se, sentindo-se pouco à vontade tanto com os Agrestis quanto com as famílias importantes.

Quando era menina, não considerava sua diferença social em relação a Leandro. Agora, porém, dava-se conta de que existia um muro que a separava do mundo dos patrões. Nesse muro, ela havia aberto algumas brechas: primeiro com Leandro, depois com Bruno Biffi, agora com a condessa Ceppi. Leandro se afastara dela, Bruno se revelara um pilantra, e com a condessa as coisas não seriam melhores.

Adentrou-se pelo jardim, entre as grandes touceiras de agaves floridos, caramanchões de buganvílias, moitas de alfazemas e hortênsias. De uma balaustrada de pedra, olhou o mar e ofereceu-se à carícia do vento. O padre e sua mãe afirmavam que ela estava com problemas por causa do bebê que lhe crescia no ventre. Mas era realmente um problema, esse bebê? Sim, certamente, porque ela não tinha marido. "Mas ele, coitadinho, que culpa tem? A mamãe tem razão, ele é um presente maravilhoso", sussurrou, acariciando docemente a barriga. Pela primeira vez, pensava concretamente no seu filho e sentia que o amava muitíssimo.

Esse sentimento a fez sentir-se importante. Ela pertencia ao seu bebê e o bebê lhe pertencia, todo o resto não tinha o menor significado.

Subiu de volta os degraus da *villa*, entrou no vestíbulo e cruzou com uma anciã que caminhava lentamente com a ajuda de uma bengala.

— Você é Martina — saudou-a a senhora, perscrutando-a com atenção. E acrescentou, presenteando-a com um sorriso afetuoso: — Claro, só pode ser você.

A moça não soube o que dizer e limitou-se a apertar a mão da velhinha, com ar encabulado.

— Eu sou Lillina, a amiga de Ines — apresentou-se a anciã. Quase disse "A amiga de sua avó", porque aquela jovem era realmente o retrato de Stefano.

— Sua casa é linda, e eu lhe agradeço pela hospitalidade — disse Martina.

Nesse momento Ines apareceu à porta da sala e a chamou.

— Pode me dar licença? — despediu-se Martina.

Adelaide Montini prosseguiu rumo ao jardim, enquanto a porta da sala voltava a fechar-se.

— Sente-se e escute — disse a condessa Ines à sua neta.

Martina não estava muito curiosa por saber o que sua mãe e Ines Ceppi tinham conversado. Sentia no peito uma comichão agradável, o desejo de sorrir à vida. Inexplicavelmente, após dias de pranto, de repente estava feliz. Mesmo assim, esforçou-se por adotar uma atitude séria.

— A condessa se ofereceu para acolher você na casa dela, assisti-la durante a gravidez e possibilitar até que você estude, para não perder o ano escolar — explicou Vienna, sucintamente.

— É uma proposta muito generosa — disse Martina. Depois virou-se para Vienna: — E você, mamãe? Está de acordo?

— Mais que de acordo — respondeu Vienna.

Naquele momento, o coração de Ines exultou de felicidade.

Tinha sido necessária uma grande confusão para que finalmente ela tivesse consigo o sangue do seu sangue.

Martina pensou que a sorte, com as feições daquela senhora tão rica e tão sozinha, havia decidido que ela se movesse na esfera social oposta à dos Agrestis. Porém, iria sentir-se bem naquele mundo a que aspirava, mas ao qual não pertencia?

Perguntou isso à condessa, que garantiu:

— A gente se habitua imediatamente às facilidades, acredite.

Enquanto falavam, Martina observava uma fotografia emoldurada, colocada em grande destaque sobre o tampo de uma secretária. Mostrava a condessa num elegante tailleur claro, olhos levemente ocultos pelo véu de um chapeuzinho, de braço dado com um esplêndido rapaz, um palmo mais alto do que ela. A imagem havia sido captada quando os dois caminhavam por uma rua de Milão, porque ao fundo via-se o Duomo.

— Este é seu filho? — perguntou Marina, de chofre.

Vienna prendeu a respiração e os olhos de Ines se encheram de lágrimas. Ela gostaria de abraçar Martina e gritar-lhe, finalmente, a verdade. *Ele é seu pai, minha menina. É seu belíssimo papai, que uma guerra feroz e insensata roubou de mim e de você.* Em vez disso, pegou um lencinho no bolso do vestido, enxugou os olhos e assentiu.

— É muito bonito! — comentou Martina, algo confusa, porque também Vienna tinha os olhos vermelhos de pranto.

— Era — confirmou Ines, esperando que sua neta reconhecesse a si mesma nos traços do pai.

— Creio que saberei enfrentar meus problemas continuando a viver em Vértova, com a mamãe e todos os parentes. É melhor que eu pare de frequentar a escola. Perderei um ano, mas ganharei um filho. Sinto-me feliz ao pensamento de um bebê só meu. E, se isso me agrada, agradará todo mundo. Eu sou Martina Agrestis, uma pessoa que não quer se esconder — disse a jovem, com uma altivez de que nem sequer tinha consciência.

Depois que Vienna e Martina entraram no carro a fim de voltar para casa, Ines contou tudo à amiga Lillina, que comentou:

— *Chapeau!* É uma autêntica Ceppi Bruno di Calvera. Que importância tem, se lhe deram outro sobrenome? Ela é realmente a filha de Stefano.

34

ERA FIM DE JUNHO. Leandro acabava de chegar de Bérgamo. Dada a proximidade das provas finais do ensino médio, decidira refugiar-se na Villa Bertola, com os avós, para estudar em santa paz. Tinha depositado sobre a mesa do jardim uma pilha de livros e dito à avó: "Vou até o rio para esticar as pernas".

Na verdade, queria passar perto da casa dos Agrestis, na esperança de rever Martina.

Três anos haviam-se passado desde quando Martina fizera todo o vilarejo falar dela.

Na escola, os professores tinham recomendado aos alunos que evitassem comentários sobre o caso tão difícil de uma aluna tão promissora.

O doutor Pietro Bertola e sua mulher haviam dito a Leandro: "Martina merece respeito por sua coragem. Não quis livrar-se de um filho incômodo e não exigiu um casamento reparador. Deu provas de uma dignidade que muitos não possuem".

O doutor Pietro fora a Vértova para ajudar Martina no momento do parto. Depois voltara a Bérgamo dizendo: "Martina teve uma linda menininha, forte e saudável como um peixe".

Murmurava-se que o pai era Bruno Biffi. Mas eram apenas murmúrios, porque dos Agrestis não viera nenhum comentário. De resto, o engenheiro Biffi e seu filho tinham deixado o Vale Seriana, transferindo-se para a região das Marcas, antes que se soubesse da gravidez. Suas fábricas de papel haviam sido assumidas por uma família de industriais veronenses e, passado algum tempo, ninguém falou mais dos Biffi.

Depois que seu pai lhe anunciara aquele nascimento, Leandro se refugiara em seu quarto para chorar. Nem mesmo sabia por quê, mas tinha o peito sacudido pelos soluços. Por fim, compreendeu que desejaria ser ele o pai daquela menina.

Mais de uma vez estivera a ponto de voltar a Vértova para procurar Martina e, a cada vez, faltara-lhe a coragem. Agora, haviam-se passado três anos e, como Martina continuava a insinuar-se em seus pensamentos, Leandro queria revê-la.

Estava com 19 anos, já era um homem, no outono iria para a universidade e tinha até uma espécie de namorada que vivia na Inglaterra. Tinham-se conhecido em Londres, durante umas férias, escreveram-se durante meses, reviram-se entre o Natal e o Ano-Novo e agora continuavam a se escrever. Ela chegaria à Itália depois das provas, e os dois passariam as férias na Espanha, com um grupo de amigos.

Leandro fechou atrás de si a cancela da *villa* dos avós, tomou o rumo da igreja e dali prosseguiu para descer até o rio.

Vértova estava mudando. A periferia tinha sido invadida por prédios horríveis e pequenas fábricas, e outras estavam surgindo. Os avós Bertola diziam a Leandro: "Quando nós morrermos, venda a casa, porque Vértova deixou de ser uma ilha de tranquilidade".

À diferença de quando era criança e conhecia todo mundo, agora ele cruzava com gente nova, a quem jamais tinha visto.

Naquele dia, Martina descera ao rio com a pequena Giuliana. Sua filha era como um brinquedo que não a cansava nunca. Dormiam, jogavam, comiam sempre juntas. Martina morria de ciúmes e não a deixava com ninguém, exceto com a mãe, e, mesmo assim, só quando era obrigada a fazê-lo.

Havia amamentado Giuliana até quando a menina completou 1 ano e o doutor Pedro ordenou: "Agora chega! É hora de você começar a dar-lhe umas papinhas".

Agachadas à beira de uma enseada, onde a água do rio repousava tranquila, mãe e filha colhiam flores de dente-de-leão, enquanto Martina respondia às incessantes perguntas de Giuliana.

— Quando é que a gente vai para o mar?
— Na próxima semana.
— Quando é a próxima semana?
— Daqui a sete dias.
— Por quê?
— Por que o quê?
— Por que a gente vai para o mar?
— Para aprender a nadar.
— O que é nadar?
— É deixar-se embalar pela água.
— Esta aqui também é água.
— Sim, também é água, mas é um rio, não é o mar, e não me pergunte por quê.

Giuliana riu, divertida. Martina a abraçou e a cobriu de beijos.

— Você é a maravilha das maravilhas. Não existe no mundo uma menina mais maravilhosa do que você.

— Por quê?

— Porque é minha filha, e não me pergunte por quê — riu Martina. Pegou-a pela mãozinha, levantaram-se e encaminharam-se para a estrada.

— Aonde a gente vai?
— À igreja, para conversar um pouquinho com Nosso Senhor.
— Nosso Senhor também fala?

— Claro que fala.

— Por que eu não escuto ele?

— Porque a voz dele não chega aos ouvidos, vai direto ao coração. Ponha a mãozinha aqui, no peito, e sentirá um bum-bum-bum. Essa é a voz de Jesus.

Entraram na igreja e passaram ao lado de dom Angelo, que estava esvaziando a caixinha das ofertas.

— Sempre sem véu, e de braços nus — recriminou-a o padre em tom bonachão, sorrindo para a garotinha.

Depois, observou-as enquanto as duas se aproximavam da capela onde se destacava a bela estátua de Jesus. Martina fez a menina sentar-se no banco e depois voltou até o pároco.

— Estou sem dinheiro. O senhor me empresta uma vela? No domingo, eu lhe pago — disse.

Dom Angelo sorriu e deu-lhe o círio mais bonito. A despeito das aparências, aquela desmiolada da Martina era uma alma pura, e muitas vezes ele desejara apontá-la como exemplo a certas jovens paroquianas que, por trás de uma aparente integridade, eram mais falsas do que uma serpente.

Giuliana sabia que quando sua mamãe falava baixinho, fitando Jesus nos olhos, ela devia ficar quietinha e em silêncio. Assim, esperou pacientemente que Martina concluísse o longo solilóquio.

Quando saíram da igreja, já era meio-dia. Encaminharam-se para casa. A estrada estava inundada de sol.

— Estou com fome — disse Giuliana.

— Então vamos comer.

— Quero massa e batatas fritas — anunciou a menina.

— A erva "quero" não cresce nem no jardim do rei — respondeu Martina. Nesse momento, viu-se diante de Leandro. Ele apertava os olhos feridos pelo sol. Ela, na contraluz, encarou-o por um longo instante e seu coração deu uma cambalhota.

— Olá — saudou-a Leandro. E enrubesceu, enquanto o fôlego lhe faltava, porque Martina estava ainda mais bonita do que a imagem que ele recordava dela. Os cabelos negros que lhe acariciavam os ombros soltavam reflexos azuis. Trajava um vestidinho florido, tão justo que pareceria impudico se quem o usasse fosse uma mulher de formas exuberantes. Ela, porém, tinha uma figura delgada, o seio apenas esboçado, o ventre liso e as pernas longas, esbeltas, perfeitas.

— Olá — respondeu Martina.

— Como vai você? — perguntou ele. Havia metido as mãos nos bolsos da calça, porque estava terrivelmente emocionado.

— Vou bem, obrigada. Esta é minha Giuliana.

Leandro sorriu para a menina, que perguntou:

— Quem é você?

— Eu era um amigo de sua mãe — respondeu ele.

— Pois é. O tempo passa, as coisas mudam... — disse Martina.

— Mamãe, vamos comer? — interrompeu-a Giuliana.

Martina e Leandro se despediram com um simples "tchau".

Ele refez o caminho pensando que Martina era a mulher da sua vida, e não lhe importava que ela tivesse feito amor com outro nem que tivesse uma filha. Ele a queria do jeito como era ela, seu único amor. Ela, porém, vivia em outro planeta. Preciso tirá-la da cabeça, disse a si mesmo, desesperado.

— Mamãe, por que você está calada? — perguntou Giuliana, quando se aproximavam de casa.

— Porque, por esta manhã, já conversamos o suficiente — disse Martina, pensando que amava Leandro com todo o seu coração, ao passo que ele lhe lançara um "tchau" seco, seco, e mais nada.

Disse a si mesma: sou uma bobalhona. Quando é que vou deixar de amá-lo? Nunca: esta é a minha atribulação.

35

MÃE E FILHA ENTRARAM em casa quando Vienna trazia à mesa um talharim com ragu. As crianças já se encontravam sentadas com os garfos na mão, esperando ser servidas. Os homens iam chegando da marcenaria aos poucos, as mulheres estavam instaladas em torno da mesa com os filhos. Ermellina não existia mais. Falecera um ano antes, poucos meses após a morte do marido, e Vienna assumira oficialmente o papel de "regedora" da casa.

Viu Martina entrar com passos rápidos e compreendeu que havia atmosfera de borrasca. De fato, sua filha lhe disse:

— Cuide de Giuliana.

Tomou uma aspirina e dirigiu-se ao primeiro andar.

— Crianças, não façam barulho porque a titia está com dor de cabeça — recomendou Vienna, dispondo-se a ir vê-la depois do almoço.

Quando ela entrou no quarto, Martina estava deitada na cama, a cabeça escondida sob um travesseiro.

— Dói tanto assim? — perguntou Vienna.

— Um pouco.

— O que aconteceu hoje de manhã?

Vienna conhecia bem sua filha e sabia que a costumeira dor de cabeça não justificava o olhar ensombrecido.

— Encontrei Leandro — confessou a jovem.

Vienna deu um longo suspiro. Sabia que Martina era apaixonada pelo jovem Bertola desde criança, mas também era evidente que ele jamais a levara em consideração. Muito menos o faria agora que ela era a mãe solteira do vilarejo. Ainda que, a despeito de sua situação, era evidente que Martina não estava em busca de aventuras, e nenhum cortejador ousava aproximar-se. Todos se sentiam inferiores a ela.

— Veio para cá a fim de preparar os exames finais. Hoje cedo, na farmácia, o velho conde Bertola estava contando — explicou Vienna.

— E o que me importa? — resmungou sua filha.

— Melhor assim.

— Por favor, me deixe dormir.

— Deixei o talharim no calor, para você.

— Eu como hoje à noite.

Mentia, e sua mãe sabia. Qualquer pretexto lhe servia para não comer. Agora, porém, estava de partida para o mar. Em San Michele, na *villa* da condessa Montini, Ines esperava por ela e pela pequena Giuliana. Era o segundo ano em que se hospedavam lá e, no verão anterior, retornara em excelente forma. Evidentemente, longe de casa ficava mais serena.

Vienna saiu silenciosamente do quarto e desceu à cozinha para cuidar das crianças.

Ines telefonou justamente nesse momento, para combinar detalhes da viagem.

— Por que você não vem com elas? — perguntou.

— A senhora bem sabe, condessa, que aqui eles precisam de mim. Agradeço pelo convite — esquivou-se Vienna.

Sabia que Ines continuava desejando contar toda a verdade a Martina, mas, para fazê-lo, queria sua autorização.

Fazia tempo que Vienna se questionava sobre a própria obstinação em não revelar a Martina as raízes dela. No início, fizera isso por respeito à família Agrestis. Mas, quando Martina engravidara e acabara na boca de todos, pensara que aquela era a ocasião certa para escancarar tudo. Mesmo assim, mantivera seu silêncio, e agora sabia a razão: morria de ciúmes de Ines, porque temia que esta pudesse subtrair-lhe o amor de sua filha.

Enquanto Martina considerasse a condessa Ceppi como uma pessoa generosa que, por gratidão pelos serviços prestados por Vienna na assistência ao conde enfermo, e até mesmo para preencher o vazio de sua existência, era pródiga com ela, Vienna se sentia segura. Mas, no dia em que Martina viesse a saber que Ines era sua avó, como reagiria? Se, por acaso, descoberto seu parentesco com os Ceppi, Martina lhe dissesse: "Chegou o momento de aceitar o convite da condessa, que eu recusei na época. Vou morar em Milão com minha filha", ela se sentiria abandonada.

Como era uma mulher inteligente, sabia também que esses temores eram ditados pela sua insegurança.

De resto, interrogava-se frequentemente sobre o futuro dessa filha tão amada que não tinha concluído os estudos, não tinha uma profissão, não tinha um trabalho. Por enquanto, brincava de ser mãe, mas Giuliana estava crescendo e, quando se tornasse mais autônoma, o que faria Martina?

— Tente descobrir o que quer fazer da vida esta bendita moça, que perambula pela casa sem um projeto para o futuro — pediu a Ines agora, ao telefone.

Da outra ponta do fio chegou-lhe uma risada.

— Ela mal completou 19 anos. Que projetos você espera que tenha? — respondeu a condessa.

— Então, nós é que teremos de lhe sugerir algum.

— Alguém a está rondando, por acaso? — alarmou-se a interlocutora.

— Não, ninguém. Creio que, a esta altura, Martina foge dos homens como da peste. E isso também não é justo, porque, na idade dela, uma mulher não pode ficar sem homem.

— Você ficou.

— Eu tinha uma família para cuidar e, como a senhora bem sabe, a lembrança de um grande amor. Martina, porém, não teve esse grande amor.

— Vienna, você está fazendo uma grande confusão. Quer que sua filha tenha um trabalho ou um marido? — impacientou-se Ines.

— Quero apenas que ela seja feliz. Agora, não o é — afirmou Vienna, sabendo que Martina era apaixonada por um rapaz que a ignorava.

— Vienna, chegou o momento de sua filha saber quem é realmente. Você não percebe que a obriga a viver na ambiguidade?

Quando Martina partiu para o mar com a filha, Vienna lhe disse:

— É possível que a senhora condessa lhe conte uma certa história de família. Por favor, não me julgue com muita severidade.

Estavam na plataforma da estação de Vértova, esperando o trem.

— Você quer dizer que ela me contará quem era meu pai? — perguntou Martina, acariciando-lhe a face.

Vienna sentiu o chão faltar sob seus pés.

— Você sabe? — sussurrou.

— Creio que sei.

— Desde quando?

— Desde quando era criança e você quase nunca me falava do meu pai. Quando o fazia, suas palavras não coincidiam nunca com as descrições da família. Enquanto isso, à medida que eu crescia, havia sempre a condessa Ines me rondando. Vinha até a Bérgamo para me espiar, quando eu saía da escola. Depois, quando eu estava grávida e nós fomos a San Michele, vi a fotografia de Stefano Ceppi. Imediatamente me reconheci nele e compreendi.

— Por que não disse nada?

— Porque você não queria me falar disso.

Chegou o trem. Martina abraçou a mãe e manteve-a bem junto de si.

— Talvez eu tenha errado — murmurou Vienna, prestes a ser dominada pelo pranto.

— Você quis agir da melhor maneira. Está tudo certo, acredite. Você é uma mãe maravilhosa e eu lhe quero muito bem — disse Martina.

Depois entrou no vagão da primeira classe levando nos braços a pequena Giuliana. Quando se debruçaram à janela, Martina jogou um beijo para a mãe com a ponta dos dedos.

O trem se afastou e Vienna explodiu num pranto convulsivo.

O chefe da estação, que a conhecia, interpretou a seu modo a razão daqueles soluços e disse:

— Coragem. Suas meninas não partiram para a América!

Ela estava cheia de dor, de remorso, de vergonha, por não ter tido jamais a coragem de falar de si com sua filha, que, no entanto, havia descoberto a verdade e não a julgara. Martina era uma criatura realmente especial, e Vienna se achou indigna de ser mãe dela. Pensou que, enquanto permanecera uma montanhesa rústica, sua filha era de fato uma Ceppi e tinha no sangue a dignidade de sua classe.

Quando chegou de volta em casa, telefonou a Ines e informou tudo.

36

NAQUELE VERÃO, EM SAN MICHELE, aconteceram dois fatos importantes para Martina: ela se familiarizou com a figura de seu pai, Stefano Ceppi, e ficou quase de cabeça virada por Sandro Montini, que entrou em sua vida como um ciclone.

Ines entregou a Martina as cartas escritas por Stefano a Vienna quando estava na guerra, assim como algumas fotografias que ela animou de uma luz viva com suas narrativas, tanto que Martina teve a impressão de ver o pai diante de si. Ines lhe falou do temperamento misantropo e às vezes indecifrável de Stefano, das coisas que ele amava e das que detestava, das pequenas manias e de seu senso da ordem, de sua predileção pela vida de província e de sua aversão à vida mundana.

— Tal e qual meu marido — decretou. — Assim como ele, teria feito feliz a mulher que o desposasse. Se tivesse podido conhecê-la, tomá-la nos braços, vê-la crescer, você se tornaria a luz dos seus olhos. — E concluiu: — Naturalmente, teria dado a você o sobrenome que lhe cabe.

Martina fingiu não captar esta última consideração e olhou outras velhas fotografias em preto e branco. Havia uma, tirada por Tilde, diante da estufa de limoeiros de Vértova. Mostrava Stefano e Vienna brincando com um filhotinho de cão pastor.

— É Moleca — disse Martina de imediato. E prosseguiu: — Crescemos juntas. Ela me seguia aonde eu fosse. Servia-me de travesseiro quando eu ia dormir. Você não imagina os berros da mamãe, sempre que encontrava Moleca embaixo das minhas cobertas. Devo dizer que, por mais que ela se esforçasse por mantê-la limpa, Moleca recolhia um monte de sujeira, com todo aquele pelo. Mas nós duas éramos inseparáveis. A mamãe nunca me disse que a cadela havia nascido na montanha, na casa dos meus avós. Moleca viveu muito, morreu após o nascimento de Giuliana.

Estavam no terraço, a pique sobre o mar, e viam Giuliana brincando na praia ali embaixo. Com ela estavam Lillina e uma babá que Ines havia trazido de Milão. Volta e meia, Martina lançava olhares ansiosos para a filha.

— Vou descer para buscá-la — anunciou, levantando-se.

Ines segurou-a pelo braço.

— Não transmita suas ansiedades à sua filha. Ela está bem vigiada. Mas, sobretudo, não minta a si mesma, fazendo de Giuliana o objetivo de sua vida — disse.

— Ela é o objetivo da minha vida — retrucou Martina, segura.

— Isso é uma fábula que você se conta, porque não sabe o que fazer de si mesma.

— Não é bem assim, mas chegou perto — admitiu a moça, quase a contragosto.

— Repito a proposta que lhe fiz três anos atrás. Venha morar em Milão, retome os estudos interrompidos e faça amigos. Puxa, se eu tivesse sua idade, subverteria o mundo.

— Está me recriminando?

— Apenas tentando sacudi-la.

— Em outubro, recomeçarei os estudos. Há uma escola particular, em Bérgamo, que prepara os repetentes. Já me informei e inclusive pedi o programa. Acho que poderei fazer os exames finais do ensino médio daqui a dois anos.

— Por que não me contou?

— Estava esperando um empurrão.

Uma lancha se aproximou do ancoradouro privado da *villa*, na praia. Desceram dois rapazes e uma moça.

— Finalmente chegaram os netos de Lillina — exclamou Ines, vendo-os do alto.

Martina se alarmou.

— Não faça essa cara e não vá se esconder. Eles são Nicoletta e Alessandro Montini, e o terceiro, Giovanni Paganessi, é o noivo de Nicoletta. Estão chegando de Lerici, onde passaram o dia na *villa* de Giovanni — explicou a condessa.

Os três jovens se detiveram na praia, ao passo que Lillina, a babá e Giuliana voltaram para casa.

Antes do jantar, Martina passeava no jardim levando a filha pela mão quando Alessandro Montini lhe surgiu à frente, quase de chofre. Era um rapaz de 29 anos com corpo de atleta, rosto curtido pelo sol e uma auréola de cabelos louros despenteados.

Olhou para ela e para a pequena Giuliana por um longo instante e depois disse:

— É este o anjinho que tanto diverte minha avó? — Em seguida apontou para Martina e perguntou: — Ou é você, que parece um anjo das trevas?

Giuliana havia abraçado uma perna da mãe e encarava o desconhecido de baixo para cima, em silêncio.

— Eu sou Martina e ela é minha filha Giuliana — explicou a moça.

Ele levantou do chão a garotinha.

— Eu sei. A vovó já me informou.

Com um braço segurava Giuliana, com o outro circundou os ombros de Martina e disse:

— Anime-se, vamos jantar. Hoje, minha irmã e eu pescamos umas percas lindíssimas.

Martina afastou de si o braço de Alessandro e disse:

— Não entendi seu nome.

— Eu não o disse. Sou presunçoso a ponto de achar que todos me conhecem.

Sempre mantendo Giuliana nos ombros, levou o outro braço à altura do peito e se exibiu numa inclinação de mosqueteiro do rei, enquanto dizia:

— Se posso me apresentar a Vossa Alteza, sou Sandro Montini, tabelião em Milão, com um número considerável de clientes. Solteiro irredutível, além de palhaço da família. Minha mãe me chama de sua "dor de cabeça" e a vovó já decretou que para mim não há esperança.

— Esperança de quê? — perguntou Martina, divertida.

— Não sei, e nunca me preocupei em saber.

A pequena Giuliana não ouviu argumentos, quando sua mãe tentou retomá-la. Mantinha os braços enroscados ao pescoço de Sandro e permaneceu agarrada a ele até a hora em que foram para a mesa. Antes de soltá-lo, perguntou baixinho:

— Você é o meu papai?

Sandro sorriu e respondeu:

— Eu gostaria de poder lhe dizer que sim.

Martina pensou que, para Giuliana, havia começado a idade das perguntas difíceis.

Após o jantar, foi ao encontro da menina, que ressonava tranquila em uma caminha no seu quarto.

Adormeceu de imediato, ao lado dela.

Acordou-a um tique-taque de seixos na sacada. Pareciam lascas de cascalho que ricocheteavam diante da porta-balcão escancarada sobre a noite de agosto. Levantou-se e foi ver o que estava acontecendo.

— Finalmente! — disse o lançador de pedrinhas, do jardim.

— Sandro! O que foi? — perguntou Martina.

— Ande rápido, vamos a Santa Margherita.

— Agora? — espantou-se a moça. Eram 23 horas, mas, para ela, já era noite alta, habituada como estava a ir dormir cedo e levantar-se ao alvorecer, quando Giuliana acordava.

— Se você não se apressar, eu escalo essa sua sacada, como Romeu, e se quebrar o pescoço a culpa será sua.

— Você vai me acordar a menina — reclamou ela.

— Martina, não se faça de rogada — interveio Nicoletta, surgindo ao lado do irmão. — Vista-se e desça.

Martina não sabia o que queriam dela os netos de Lillina, recém-conhecidos e já velhos amigos, a julgar pela abordagem. Era presumível que a dona da casa tinha elaborado um plano para desentocá-la do seu isolamento. Como poderia explicar que não se sentia nem um pouco isolada? Em Santa Margherita havia as casas noturnas, o *Covo*, onde cantava Pino Donaggio, e todo um mundo que se animava durante a noite. Ela jamais tivera a curiosidade de conhecê-lo.

Do escuro também brotou Giovanni Paganessi, que anunciou:

— A babá está vindo substituí-la. Eu lhe dou cinco minutos para descer.

Martina se considerou uma refém nas mãos de três raptores, enquanto se dirigiam a Santa Margherita no conversível de Sandro.

O que mais a espantava era a espontaneidade dos três jovens, que pareciam considerá-la uma irmã caçula a acudir. Ela, porém, não estava assim tão confiante para se enfiar sob as asas deles.

Sentaram-se a uma mesinha do *Covo*, bebendo Coca-Cola e tagarelando alegremente. Martina pensava em sua Giuliana, fazendo votos de que a babá fizesse boa guarda, e em si mesma, catapultada a um mundo que lhe era estranho.

— Vamos, venha dançar — propôs-lhe Sandro.

— Eu não sei dançar — disse ela.

— Eu também não. Ou seja, se não fosse para estreitar entre os braços uma moça bonita, não me dirigiria à pista. Portanto, vamos lá.

Martina o seguiu, comentando:

— E se a moça bonita não quisesse se deixar abraçar?

— Sabia que a dança se inclui entre as necessidades primordiais do homem? É como a necessidade de crer em Deus. Para os povos primitivos, era o prelúdio ao amor. E ainda é, nos nossos dias.

— Eis por que não me interessa.

— Não lhe interessa o quê?

— Muitas vezes o prelúdio ao amor é só hipocrisia — disse ela, quando já estavam na pista de dança e tentavam desajeitadamente acompanhar o ritmo.

— Tem razão. Vamos embora — concordou ele, tomando-a pela mão.

— Ei, belezura, você escolheu um dançarino de quinta categoria — disse um rapaz, pegando-a pelo braço para empurrá-la de novo rumo à pista.

Martina tentou soltar-se.

— Talvez você devesse primeiro perguntar à senhorita se ela quer dançar — interveio Sandro, dirigindo um olhar feroz ao rapazola que tinha todo o jeito de valentão de província, despencado ali por engano.

— E quem é você? Quem o conhece? — enfrentou-o o valentão, com ar agressivo.

— Peça desculpas à moça — ordenou Sandro. — E solte-a imediatamente — acrescentou.

— Qual é a sua? — explodiu o arruaceiro, reforçando a pressão em torno do braço de Martina, para obrigá-la a segui-lo. Um gancho de direita, desfechado por Sandro com incrível rapidez, jogou-o direto no chão.

A orquestra parou de tocar e os dançarinos estacaram, abrindo espaço em torno dos três. O valentão balançou várias vezes a cabeça, levantou-se e com igual rapidez golpeou Sandro no estômago. Martina ouviu uma espécie de estalo de costelas quebradas e a respiração sibilante de Sandro, que tentava tomar ar, enquanto a dor o fazia dobrar-se para a frente.

— E então, aqui não se dança mais? — disse o arruaceiro, virando-se para a orquestra.

Foi então que o jovem Montini o golpeou entre o pescoço e o ombro com um soco tão forte quanto uma marretada. O valentão despencou pesadamente no chão e dois seguranças vieram arrastar Sandro lá para fora, enquanto alguns dos que dançavam se inclinavam sobre o corpo inanimado do provocador. "Acabou com ele", disse uma jovem.

Martina permaneceu ali, de pé, incapaz de assimilar o que havia acontecido em poucos segundos.

O arruaceiro não estava morto, mas só desmaiado. E também foi parar no quartel dos *carabinieri*, com Martina, Nicoletta, Giovanni e duas testemunhas, amigas do jovem Montini.

— Ele lutou por você — disse Nicoletta à jovem.

Quando voltaram a San Michele, Sandro foi colocado na cama com duas costelas quebradas, enquanto sua avó dizia:

— Para ele não há esperança.

37

Depois soube-se que o garotão era reincidente, já condenado por briga.

Sandro ficou acamado por alguns dias, moído e dolorido. Mas a imobilidade à qual o sujeitava a fratura de duas costelas não alterou seu bom humor.

— Ele tem o senso lúdico da vida — explicou Nicoletta a Martina. — Não existe acontecimento, até o mais dramático, que ele não consiga transformar em riso. Se eu lhe contasse o que ele apronta no trabalho, mesmo no caso de situações graves... Ainda assim, os clientes o adoram, e papai desistiu de se escandalizar. Sandro é o irmão mais adorável que a sorte podia me dar. E, por mais estranho que possa parecer, é uma pessoa muito confiável. — Estava claro que a irmã o amava e o admirava.

Martina fazia companhia ao rapaz, ao passo que Nicoletta e o noivo muitas vezes desapareciam.

Giuliana pedia para ir vê-lo junto com a mãe. Subia na cama, deitava-se ao lado de Sandro e ali ficava, imóvel e silenciosa.

Um dia, ele disse a Martina:

— Naquela noite, antes do tal incidente, eu queria levá-la à praia.

— Por quê?

— Tenho certeza de que você nunca esteve na praia à noite.

— É verdade.

— É o momento mais belo para apreciar o mar.

— À noite, quem vai são os casaizinhos.

— Eu também. Quase sempre, sozinho. Entro num barco, qualquer um, deito-me no fundo e olho as estrelas, enquanto a água me embala. É uma sensação indescritível.

— E quando não vai sozinho?

— Vou com uma moça.

— E naquela noite havia me escolhido?

— Dito assim, eu fico muito mal — lamentou-se ele. Depois se refez e disse: — Você não é uma moça. É a mãe deste anjinho. É diferente, entende?

— Veja bem, eu não confundo alhos com bugalhos.

O anjinho escutava atentamente aquele diálogo, sem perder uma só palavra.

— Tenho uma certa impressão de que alguém a feriu — disse Sandro.

— Refere-se à minha condição de mãe? Escute, as experiências, mesmo as que parecem negativas, podem se transformar em grandes oportunidades, se você as enfrentar com um pouco de bom senso. Com minha menininha, eu cresci rapidamente. Satisfiz muitas curiosidades e agora sei que, onde não existe amor, não existe nada. Em suma, Sandro, eu não sou a pessoa adequada para se levar à noite a uma praia — concluiu Martina com um sorriso.

A brisa que vinha do mar inflava as cortinas como se fossem velas.

— A vovó tem razão, não há esperança para mim — suspirou ele.

— Esperança de quê? — perguntou Martina.

— De me tornar irresistível aos seus olhos.

— Engana-se, você o é. Do contrário eu não estaria aqui.

— Quem a entender ganha o Nobel — atordoou-se ele.

— Você descobriu que a água é molhada. Eu sei disso há algum tempo. Tenho duas certezas: minha mãe e minha filha. Agora tenho uma terceira: que você está bancando o doentinho, ao passo que explode de saúde.

Martina pegou Giuliana, que havia adormecido, e escapuliu do quarto de Sandro.

Confiou a menina à babá e foi à procura de Ines.

A condessa se encontrava na sala com Lillina, que se deitara no divã para "descansar as pernas", como dizia.

—- Preciso decidir me operar — estava dizendo Adelaide Montini, que havia dez anos se arrastava pela ruptura de um menisco e temia as complicações de uma cirurgia.

— Eu nunca aconselharei você, em nenhum sentido. Mas, se se decidir pela operação, terá em mim a mais fiel das enfermeiras — garantiu Ines.

— Sabe o que diziam os médicos de antigamente? *Quieta non movere.*

— *Et mota quietare.** Você repete isso há anos.

— Então, falemos de outra coisa.

— Por exemplo?

— Desses dois jovens. Tenho a impressão de que o meu Sandro se apaixonou.

O neto "sem esperança" era o predileto de Lillina, por muitas razões, mas sobretudo porque sabia deixá-la de bom humor.

— Eu queria poder dizer a mesma coisa de Martina — suspirou Ines.

— Mas ela vai sempre encontrá-lo.

— Está apenas bancando a boa samaritana — esclareceu Ines.

— Se você conseguisse dar-lhe o sobrenome dos Ceppi, isso resultaria em um belo casamento — conjecturou Lillina.

— Com um pequeno senão: Giuliana.

---

*"Não mova o que está quieto" ... "e aquiete o que se move". (N. da T.)

— Os Montini e os Ceppi estão acima dessas tolices. E, para falar a verdade, Martina é muito mais confiável do que tantas outras moças que vejo borboletearem ao redor dele. Sabia que Sandro rompeu com a filha dos Taverna Broggi?

— Você já me contou isso há três meses e, desde então, repetiu não sei quantas vezes.

— Estou velha mesmo e, como todos os velhos, repito ao infinito as mesmas coisas.

Martina apareceu à entrada da sala.

Ines e Lillina a fascinavam, porque aos seus olhos representavam a síntese da senhorilidade. Ines havia ultrapassado os 60 e sua amiga superara os 80 havia tempo. A elegância delas era refinada e a conversa, sempre vivaz e agradável. Martina jamais se entediava com as duas. Observava-as e, mesmo evitando a imitação, absorvia-lhes as peculiaridades.

— Estou incomodando? — perguntou.

— De maneira alguma — respondeu Lillina. E perguntou: — Como está o nosso doente?

— Creio que se aproveita da dor nas costelas. Ele está ótimo — disse a jovem, sentando-se num pufe ao lado de Ines.

— Qualquer homem se aproveitaria, tendo ao alcance da mão uma enfermeira como você — observou a dona da casa.

— Esta enfermeira decidiu ir embora — anunciou Martina.

— Já quer voltar para Vértova? — alarmou-se Ines.

— Sim, e espero que você não se aborreça muito.

— Alguma coisa não correu bem? — perguntou Ines.

Nesse momento, imaginou haver subestimado a inteligência da jovem, que talvez estivesse adotando uma estratégia tão antiga quanto o mundo: em amor, vence quem foge.

— Para qualquer um, seria difícil acreditar que nesta casa alguma coisa possa não correr bem. Tudo é deliciosamente perfeito. Mas tenho saudade do meu vilarejo e de minha mãe. Digam-me, as duas, que posso partir sem me sentir muito culpada.

— Meu neto a acompanhará — propôs Lillina.

— Não.

Foi um não pronunciado quase com medo e, então, as duas senhoras compreenderam que Martina estava fugindo de Sandro.

E era isto mesmo. A jovem se dera conta de que aquele rapaz a atraía, de que realmente gostaria de ir com ele à beira-mar. Mas não estava apaixonada. Sandro havia entrado em sua vida como um turbilhão, e ela temia deixar-se arrebatar.

— Não percebeu que Sandro está apaixonado por você? Lillina, que o conhece bem, acha que ele poderia pedi-la em casamento — disse Ines.

Martina abraçou-a e, docemente, sussurrou:

— Ainda não estou pronta para me casar. Mas lhe quero muito bem, vovó.

Aquela era a primeira vez em que a chamava de vovó, e Ines se comoveu. Mas Martina era bem a filha do seu Stefano: teimosa como uma mula.

Sandro acompanhou a moça e Giuliana até o carro. Abraçou a menina e depois abraçou-a.

— Me diga onde foi que eu errei — perguntou.

— Você não errou em nada, juro.

— Queria muito ficar com você. Não por um dia, mas pela vida toda. Posso pelo menos saber se você ama outro?

— Desde quando era criança. Para ele eu não existo, mas sou mais obstinada do que uma mula e, um dia, conseguirei tê-lo.

38

VIENNA ESMAGOU VELOZMENTE com os dedos a massa podre na forma. Pegou na despensa uma geleia de damasco feita com os frutos que Martina colhia no pomar da Villa Ceppi, fechada havia muitos anos, e espalhou-a sobre a massa com a ajuda de uma colher.

Sua filha e sua neta estavam sentadas à mesa da cozinha. Martina acompanhava, passo a passo, a tradução de um discurso de Cícero que Giuliana estava preparando para a escola.

— Acho que está bom. Apenas, tente não ser tão literal — aconselhou a Giuliana.

— Também tenho dever de matemática — anunciou sua filha.

— Para esse, espere seu tio Lucio — disse Martina, que jamais se entendera bem com os números.

— O titio só chega à tardinha. Agora posso sair? — perguntou a menina.

— Aonde você vai?

— À paróquia, para os ensaios — disse Giuliana, enquanto arrumava os livros e os cadernos.

O velho cura, que tanta participação tivera na vida dos camponeses, não existia mais. Para seu lugar viera dom Luigi, um padre jovem e dinâmico. Entre as novidades que trouxera à condução da paróquia, incluía-se a de um grupo teatral. Ele mesmo escrevia os textos, alinhavando histórias moralizantes de final feliz, com os maus sendo castigados e os bons, premiados. Giuliana ganhava sempre o papel da protagonista.

"Sua filha é uma atriz nata", dizia dom Luigi a Martina, que ia às apresentações com todos os outros progenitores pelo prazer de admirar a destreza de sua linda menina. Assim a definia, "menina", embora Giuliana já tivesse quase 14 anos e fosse uma brilhante aluna do terceiro ginasial.

Os textos eram muito ingênuos e Giuliana os salvava com sua habilidade.

Instintivamente, sabia modular o timbre da voz segundo as exigências do diálogo. Quando o texto o exigia, ela conseguia até chorar. O público se perguntava: "Mas como pode?" Martina também perguntava, e Giuliana respondia: "Não sei, mamãe. Às vezes nem compreendo o que estou recitando, mas, quando é necessário chorar, comprimo meu estômago, aperto os olhos com força e as lágrimas vêm." E acrescentava: "Sempre que devo entrar em cena, me tremem as pernas. Bem sei que não é o público do teatro de Bérgamo, mas me apavora do mesmo jeito. Então, imagino estar diante de uma plateia de pessoas só com roupa de baixo, ao passo que eu estou vestida. E o medo passa".

Quando Giuliana saiu, Vienna disse:

— Leandro vai se casar.

Martina, que manuseava uma blusa necessitada de conserto, espetou-se com a agulha. E aguardou a continuação.

— Eu tinha ido à Prefeitura para renovar a carteira de identidade. Lá estava a professora Ghisolfi, que conversava com o senhor Locatelli sobre Leandro. Ele vai se casar com a filha do professor Boriani, o melhor anestesista de Bérgamo — prosseguiu Vienna. Martina continuava calada.

— Você não diz nada? — perguntou sua mãe.

— Não digo nada — respondeu Martina, com voz incolor.

— Se admitisse que isso a desagrada, seria preferível.

— Seria mentira, porque não é que me desagrade. Na verdade, me dilacera.

Vienna suspirou.

— Martina, você tem quase 30 anos. Quer envelhecer com essa fixação em Leandro?

A notícia trazida pela mãe a magoara profundamente. Leandro poderia pelo menos ter-lhe participado seu iminente casamento quando os dois se haviam encontrado casualmente em Milão, pouco tempo antes.

Largou a costura, saiu para o pátio e foi diretamente ao galinheiro para buscar ovos. Depois entrou no chiqueiro a fim de preparar a lavagem para o porco. Os Agrestis continuavam a criar seu próprio porco, a ser abatido pelo "*masadur**", que o dividiria em pedaços. Era um ritual que durava alguns dias e que Martina abominava.

Enquanto amassava batatas cozidas e milho, relembrou sua recente viagem a Milão para encontrar os administradores de seu patrimônio.

A vovó Ines morrera dois anos antes, deixando-a como herdeira de grande parte de seus haveres, testados oficialmente a uma empresa suíça. Martina havia deixado as coisas como estavam, continuando a confiar nos administradores nomeados por Ines. Até o apartamento da *via* Serbelloni, assim como a mansão de Vértova, faziam parte da herança. Ela poderia ter escolhido transferir-se para Milão, ou ainda para a Villa Ceppi. Mas continuava morando na casa dos Agrestis com a mãe.

No escritório dos contadores, à *via* Montenapoleone, havia tomado nota dos dividendos, depois fora ao banco para fazer um saque e, por fim, concedera-se uma parada no café *Cova*.

---

*Literalmente, "macerador", no dialeto da região. (*N. da T.*)

Diante do balcão do bar, estavam Leandro e dois amigos.

Viram-se e trocaram um sorriso. Ele enrubesceu, enquanto lhe apresentava os dois colegas, igualmente cardiologistas. Porque Leandro, como o pai e o avô, diplomara-se em medicina, especializara-se em cardiologia e um dia se tornaria titular de equipe.

— São todas tão bonitas assim, as moças de Bérgamo? — comentou um dos dois médicos, revelando uma medíocre disposição para a galantaria.

— Nem todas. Martina é a exceção — replicou Leandro, enrubescendo até as orelhas.

— Eu venho de um vilarejo do Vale Seriana e creio que se deve apreciar a inteligência de uma mulher, mais do que sua beleza — rebateu Martina, depois de pedir ao garçom um chocolate quente.

O outono estava avançado e já fazia frio. Algumas senhoras exibiam as primeiras peliças e outras, capotes quentinhos de caxemira. Martina, alta e magra como era, tinha jogado sobre os ombros uma pelerine de lã cinza-pérola que cobria em parte seu terninho. Fazia tempo que havia cortado os cabelos. Agora usava-os curtos, cheios, penteados para trás. Não se maquilava, pois sabia não precisar disso para destacar os olhos, de um azul desconcertante, e os lábios grandes e carnudos. Com frequência, alguém a supunha uma modelo.

— Esqueci de dizer que, além de bonita, Martina é de uma inteligência prodigiosa. Diplomou-se em letras aos 25 anos, e isso tendo interrompido por três anos o liceu — especificou Leandro.

— Não me agrada que se fale de mim — disse ela, antes de levar aos lábios a xícara de chocolate.

Os dois médicos se eclipsaram. Tinham compreendido que Leandro e aquela linda mulher encontrada casualmente eram algo mais do que simples conhecidos.

— Você manteve intacta a capacidade de constranger as pessoas — recriminou-a Leandro.

— É mesmo? — perguntou ela, com fingida candura.

— Seu gelo me penetrou nos ossos.

Martina o observava no espelho do bar. Era o rapaz de sempre, não bonito, mas muito agradável, deliciosamente encabulado, fidalgo, com o complexo da estatura: havia alguns centímetros de diferença entre eles.

— Tome um chocolate também, assim você se aquece — aconselhou.

— Quando menina, você era mais simpática — provocou Leandro. Morria de amor por ela, mas preferiria ser degolado a dizer-lhe isso, porque ela seria capaz de rir na sua cara e ele não o suportaria.

— Você também. Seja como for, foi um prazer revê-lo. Passe bem, Leandro.

E, literalmente, fugira, para não lhe dar a satisfação de ver seus olhos cheios de lágrimas. Era loucamente apaixonada por ele e não suportava aquela frieza.

Leandro, sabe-se lá por quê, havia erguido entre os dois um muro tão alto que nem sequer contou a ela que estava noivo e prestes a casar-se.

Agora, Martina derramou ardentes lágrimas na lavagem do porco. Pensou que devia fazer alguma coisa, qualquer coisa, para distrair-se. Voltou à cozinha. Envolveram-na a tepidez do fogo e o aroma de baunilha da torta que estava assando no forno.

— Quando é que vão matar o porco? — perguntou.

— Amanhã — respondeu Vienna.

— Então eu vou embora. Estou de partida — anunciou. — Você sabe que esses ritos bárbaros me fazem mal.

— Para onde você vai?

— Para Milão. Vou desfrutar das luzes de Natal de uma grande cidade.

39

MARTINA HAVIA HERDADO de Ines Ceppi também o grande apartamento da *via* Serbelloni que ocupava um andar inteiro de um prédio. Embora os administradores tivessem sugerido que o alugasse, ela não se decidia a fazê-lo, até porque, quando ia a Milão, gostava de ficar naquela moradia grande, hospitaleira, cheia de lembranças, cuidada por uma doméstica fixa. Volta e meia ficava ali por alguns dias, para encontrar seus amigos milaneses.

Ines, fiel até o fim ao desejo de Martina de respeitar a família Agrestis, sempre a apresentara a todos como sua protegida, mesmo depois da morte de Antonio e Ermellina.

Ao longo dos anos, Martina havia ampliado seu círculo de relações e consolidado sua amizade com a família Montini. O amigo mais querido era Sandro, que aos 40 anos continuava a vida de solteiro. A amiga predileta era a irmã dele, Nicoletta, que desposara Giovanni Paganessi e já era mãe de três filhos.

Como Nicoletta a convidara repetidamente para passar a Vigília de Natal com a família Montini, Martina decidiu que aquele era o momento certo para afastar-se de seu vilarejo e dos mexericos sobre o casamento de Leandro com a bela filha do professor Boriani.

Na noite da Vigília recebeu um telefonema de sua mãe:

— Você já perdeu a récita de Giuliana, que foi um sucesso. Amanhã é Natal. Não me diga que não virá, porque sua filha a espera. Toda a família estará aqui, e, se você está de ovo virado por causa de Leandro, não é justo que a menina pague o pato — agrediu-a Vienna, furibunda.

Quando queria, sua mãe sabia como feri-la. E Martina não fazia por menos. Reagiu.

— Não venha me ensinar como ser mãe, depois de você mesma ter me deixado crescer na ambiguidade.

Vienna acusou o golpe e desligou o telefone. Por muitos anos havia escondido de sua filha a verdadeira paternidade dela, entrincheirando-se atrás da promessa feita ao marido, até porque, assim, também satisfazia seu próprio desejo de respeitabilidade. Sempre gostara de ser considerada uma mulher irrepreensível, e o papel de nume tutelar da família a gratificava.

Desde quando haviam feito fortuna com seus móveis, os Agrestis tinham-se transferido para Bérgamo e moravam em prédios luxuosos no centro histórico da cidade. Da velha casa rural da família, em Vértova, não sabiam o que fazer. Assim, deixaram-na para Vienna, que vivia ali com a filha, a neta e o cunhado Lucio, que logo se casaria e se transferiria para a cidade. Nenhum deles sabia que Martina tinha herdado uma fortuna de Ines Ceppi. Até porque ela levava a vida de sempre. Mas, pelo modo como gastava, era evidente que dispunha de muito dinheiro, e então, na família e no vilarejo, nascera a convicção de que, de longe, os Biffi a sustentavam. Esse também era um equívoco que Vienna jamais esclarecera.

De fato havia muitos lados ocultos na história de sua vida e na de sua filha. Mais de uma vez, diante da família reunida, Vienna estivera prestes a contar toda a verdade e libertar-se de um peso, mas a coragem lhe faltara e ela continuara a silenciar.

— Vovó, por que está chorando? — perguntou Giuliana, entrando na cozinha com uma cestinha cheia de ovos recolhidos no galinheiro.

— Briguei com sua mãe — explicou ela, enxugando os olhos

— Grande novidade — bufou Giuliana.

— Não creio que ela venha passar o Natal conosco.

— E você não saberá como justificá-la diante dos tios, que estarão todos aqui. Por que você deve sempre justificá-la, em vez de aceitá-la como é? — disse a adolescente, deixando-a embatucada.

Giuliana tinha longas antenas e intuía muito além do que sua mãe e sua avó davam a entender. Quando estava na escola fundamental, havia batido pé para saber quem era seu pai, e Martina decidira lhe contar a verdade: "Você nasceu por um erro da minha primeira e única relação amorosa, totalmente casual. Eu era uma mocinha de 15 anos, tão ignorante que não conhecia os riscos que corria. Ele era alguns anos mais velho do que eu, e totalmente irresponsável. Nunca soube que eu tinha engravidado e eu nunca senti necessidade de contar, porque não nos amávamos".

Giuliana aceitara a explicação da mãe, sem fazer comentários. Mas não tinha muita certeza de compartilhar seu ponto de vista, até porque sempre desejara um pai e sofrera por não tê-lo tido. Agora, que estava com 14 anos, considerava sua mãe uma amiga preciosa, que nunca a decepcionava. Por isso defendeu-a perante a avó. Além do mais, sabia que, no dia seguinte, Martina estaria ali, festejando o Natal com ela, enchendo-a de presentes, acompanhando-a à igreja para a missa.

A avó começou a resmungar baixinho, enquanto preparava a massa para fazer os raviólis. Giuliana colocou os ovos no parapeito da janela e depois se eclipsou, porque o cheiro de comida a enfastiava.

Àquela hora, em Milão, Martina se preparava para ir à casa dos Paganessi a fim de festejar a Vigília. Vestiu um tubinho preto de mangas curtas, em malha de caxemira, sublinhando a cintura com uma correntinha dourada. Calçou umas sapatilhas pretas acamurçadas. Colocou nas orelhas uns pingentes de ouro e ajeitou os cabelos com dois golpes de escova. Ines lhe deixara todas as suas joias. Ela as guardara no banco, em um cofre-forte, mantendo ao alcance da mão somente algumas peças, que raramente usava.

Imaginou que, após a ceia, iriam à missa no Duomo, e, como fazia muito frio, escolheu um casaco preto forrado com pele de nútria.

Saiu de casa e, a pé, chegou à residência dos Paganessi, à *via* Bigli. Levava uma grande bolsa com os presentes para os amigos e os filhos deles, os quais, quando ela chegou, já tinham sido postos na cama. Nicoletta arrumou os presentes da "tia Martina" sob a árvore.

— Somos só nós quatro — disse Nicoletta. E explicou que alguns primos Montini festejavam o Natal em Cortina, onde tinham casa, e outros haviam viajado de férias para o exterior. Desde quando a avó Lillina falecera, a família se dispersara um pouco. Nicoletta e Giovanni haviam optado por um Natal tranquilo na cidade. Sandro, o solteirão inveterado, fazia-se adotar um pouco por todo mundo.

Agora, estava na sala com o cunhado, bebericando um aperitivo, e acolheu Martina com um abraço.

— Quase não acreditei que você se decidisse a passar a Vigília conosco. Por que não trouxe sua filha?

— Giuliana está se apresentando numa récita paroquial. Quanto a mim, minha mãe chamou o magarefe para matar o porco, um rito bárbaro, que eu detesto. Então fugi, e volto a Vértova amanhã de manhã — explicou ela.

Depois da ceia e da troca de presentes, foram ao Duomo. Terminada a missa, Sandro a levou em seu carro à *via* Serbelloni.

— Não me convida para subir e tomar a saideira? — perguntou.

Beberam champanhe na quietude acolchoada do apartamento, diante da lareira acesa.

— Muitos anos atrás, eu a pedi em casamento. Você bem sabe que minha proposta continua válida — declarou Sandro.

Martina assentiu, pensativa, e acariciou-lhe a mão.

— Não me parece que você conseguiu ter aquele outro, a quem amava desde menina — acrescentou ele.

— De fato.

— Quer ficar sozinha pelo resto da vida, e me matar de desgosto?

Ela riu para esconder o embaraço, ao constatar que continuava nutrindo por ele um sentimento diferente da amizade.

— Você não morrerá de desgosto — prometeu.

— Não, se puder tê-la. — Sandro tomou-a nos braços e a beijou.

Nessa noite dormiram juntos, e Martina não pensou em Leandro. Sandro a despertou com um beijo:

— Feliz Natal.

— Feliz Natal para você também — sorriu ela.

— Quer se casar comigo?

— Não me apresse — disse Martina, levantando-se da cama.

— Estou falando de sentimentos, não de tempo — precisou ele.

— Vou à cozinha preparar o desjejum — anunciou Martina.

Ele foi ao seu encontro vestindo um roupão. Ela havia disposto leite, café e panetone sobre a mesa.

— Você não me respondeu — insistiu Sandro, enchendo sua xícara.

— Por favor, preciso de tempo — sussurrou ela. Deu-lhe um beijo na ponta do nariz e depois sentou-se diante dele.

— Mais cem Natais como este! — declarou ele, erguendo a xícara para brindar com o café.

— E outros cem — respondeu Martina, acrescentando: — Não se pode dizer que tenha sido amor à primeira vista, mas lhe garanto que esta manhã me sinto muito feliz.

Sandro gostaria de ouvi-la dizer que o amava loucamente.

Fosse como fosse, ela havia pedido tempo, e ele o daria.

Martina se aproximou da janela, olhou o céu e disse:

— Está com jeito de neve.

— Como é que você sabe?

— Nasci no campo. O céu nos conta muitas coisas, se aprendermos a conhecê-lo. Agora, ele diz que virá neve, e isso me alegra.

— Quero acompanhá-la a Vértova — decidiu Sandro.

— Meu carro está aí embaixo.

— Deixe-o onde está. Quero ter você ao meu lado mais um pouco.

Começou a nevar quando eles estavam na autoestrada.

Martina reclinou a cabeça no ombro de Sandro, fechou os olhos e murmurou:

— Agora é mesmo Natal, e eu acho que amo você.

40

VIENNA DESPERTARA havia pouco. Desceu à cozinha e tomou seu desjejum. Vestiu o casaco, pegou a bolsa e saiu para ir fazer as compras de casa. A um metro da porta, diante de si, viu um gigantesco boneco de pelúcia, coloridíssimo, com as feições do cachorro Pluto, o famoso personagem nascido da fantasia de Walt Disney.

Estava vestido como um pajem do Renascimento e trazia ao pescoço um cartaz com a frase: MARTINA, QUER PASSAR O ANO-NOVO COMIGO?

Ela se apressou a levá-lo para dentro, antes que alguém o visse.

Depois chamou aos berros sua filha, que ainda dormia.

— Mas que novidade é esta? — agrediu-a, assim que ela apareceu.

— O jogral! — exclamou Martina, com um sorriso comprazido.

— Pode-se saber que raça de palhaçada é esta? — perguntou Vienna.

— É simplesmente um convite de Sandro Montini. Ele sempre quer brincar, e, como você mesma pode ver, suas brincadeiras são deliciosas.

— E sobretudo muito discretas — ironizou Vienna.

— Sandro é um homem muito doce e muito, muito divertido. Você não precisa se enfurecer.

— Ao contrário, claro que sim, porque você resolveu alinhavar uma história com ele só por desforra.

— Não alinhavei nada.

— Não minta. Seu querido Leandro vai se casar e você, de uma hora para outra, decidiu equilibrar as contas. Pois saiba que não é nessas bases que se alicerça uma relação — reprovou-a sua mãe.

— Por que não vai cuidar da sua vida? — explodiu Martina, sabendo que Vienna tinha razão, pelo menos em parte.

Sandro a atraía muito e ela estava apaixonada, talvez.

Relembrava com prazer a noite passada com ele, poucos dias antes, no apartamento de Milão. Tudo havia sido absolutamente perfeito entre os dois. Ela esperara 15 anos para entregar-se de novo a um homem, e agora sabia ter escolhido o melhor. Sandro era terno e confiável, descontraído e doce. Os dois tinham os mesmos gostos, amavam os mesmos livros e a mesma música. Ele era bonito, saudável, e tinha um perfume delicioso. Em suma, um homem perfeito.

E ela era uma mulher consciente e responsável, que reclamava sua cota de amor.

— Ah, devo ir cuidar da minha vida? Muito bem, mas depois não venha choramingar, quando quebrar a cara. Enquanto isso, tire daqui este boneco, que me deixa horrorizada — ordenou Vienna, apontando o motivo da discussão. Depois dirigiu-se para a porta, em passo marcial. Martina levou Pluto para seu quarto, vestiu-se e correu à igreja. Foi direto à imagem de Jesus, sentou-se no banco e rezou por muito tempo. Quando voltou para casa, pareceu-lhe que Jesus lhe dissera o que fazer.

E ela fez. Foi à Villa Ceppi e abriu a porta da frente. Entrou e procurou o interruptor de luz, embora duvidasse de que a instalação elétrica ainda funcionasse. Mas as luzes se acenderam, e isso lhe pareceu um bom sinal. Ocorreu-lhe que, muitos anos antes, aquela casa fora habitada por Bruno Biffi. Espantou-se por não conseguir recordar aquele rapaz que a deixara grávida. A memória havia cancelado os traços dele, o som da voz, os gestos. Ela só se lembrava do casaco de camelo e de uma frase que volta e meia ele repetia: "Esteticamente, o homem é mais bonito do que a mulher". Uma vez, Martina havia retrucado: "Se assim é, por que os homens admiram as mulheres nuas?" Ele tinha respondido: "Porque não entendem nada. Os gregos souberam exaltar o nu masculino. De resto, no mundo animal também é assim. O macho é sempre mais bonito do que a fêmea".

Eis o que ela recordava do pai da sua filha. Entrou nos aposentos da *villa*, iluminando um por um, enquanto se arrepiava de frio. Os móveis e os sofás estavam cobertos por grandes panos empoeirados. Percorreu o térreo: a varanda, a sala de bilhar, o grande salão de refeições, a salinha do desjejum, a série de outras salas, o escritório, a grande cozinha. Desceu ao subsolo. Visitou a despensa, a lavanderia, os quartos dos empregados, o compartimento da caldeira e o depósito contíguo, ainda lotado de carvão bem seco. E pensou em Stefano Ceppi, seu belíssimo pai, a quem não conhecera e que havia vivido ali. "Creio que amaria você muitíssimo", disse baixinho, como se ele pudesse ouvi-la. Voltou ao térreo subindo devagar, perguntando-se por quê, durante tanto tempo, não quisera tomar posse daquela casa que lhe pertencia de direito. A história de sua vida, na realidade, estava ligada àquela linda residência *liberty*.

Pensou que, como Vienna, também ela havia preferido a concretude da família Agrestis. Agora, porém, decidira instalar-se na casa de seu pai. Para isso, precisava consertar de imediato o sistema de aquecimento.

Saiu para o jardim. Acima das montanhas branqueadas insinuava-se o sol.

Teve vontade de ir esquiar, mas antes precisava procurar Bortolo, o foguista.

Encontrou Gigliola, mulher dele, que estava arrumando o armazém.

— Bortolo saiu — disse Gigliola.

— Deixo com você as chaves da Villa Ceppi. Quero que seu marido acenda a caldeira, porque lá dentro está gelando. Preciso da casa aquecida e limpa, antes de ir morar lá — concluiu Martina.

— Conte, quero saber! — exclamou Gigliola, excitada pela novidade.

Havia sempre um preço a pagar aos conterrâneos e Martina se preparou para tal.

— Minha mãe, você a conhece, é uma mulher extraordinária, mas também muito possessiva. Como todas as mães, ela tem sempre algo a criticar e não se dá conta de que eu não sou mais uma menina. Sabia que já vou fazer 30 anos? Sinto necessidade de ser mais livre — explicou.

— Santas palavras. Você tem o direito de tocar sua vida — concordou Gigliola.

— Recentemente, surgiu-me a oportunidade de alugar a Villa Ceppi. Aceitei na mesma hora. A empresa que a possui pediu um aluguel razoável — mentiu Martina, fornecendo ainda assim uma explicação bastante plausível. Sabia que a notícia logo se tornaria de domínio público e fazia questão de sublinhar o fato de que ela era apenas uma inquilina, para calar a curiosidade dos conterrâneos.

— Fico muito contente. Toda vez em que passo por ali e vejo aquelas janelas fechadas, fico melancólica, sabe? Lembro como era a *villa* no tempo dos condes: um entra e sai de gente, e o jardim era lindo. Assim como está agora, parece uma casa mal-assombrada — comentou Gigliola. E acrescentou: — Quer beber alguma coisa? — Sem esperar resposta, chamou a sogra em voz alta e pediu-lhe que fizesse um café.

— Agostina está cada vez mais confusa e fica mais surda a cada dia — comentou.

Era a mãe oitentona de Bortolo. Continuava a predizer o futuro mas ficava quase sempre em casa, declarando-se atacada por uma perene dor de cabeça que ela aliviava atando sobre a fronte um pano embebido em vinagre.

— Você viria me ajudar a dar uma limpeza na Villa Ceppi? — pediu Martina a Gigliola.

— Ainda pergunta? Estou cansada de ficar aqui, escutando os resmungos da minha sogra. Quando começamos?

Agostina entrou no armazém trazendo uma bandeja com as xícaras de café. Vestia-se ainda como as camponesas de antigamente, com uma saia comprida até os pés. Apoiou a bandeja no balcão e depois se dirigiu à nora.

— O que esta grande dama faz aqui? — perguntou.

Gigliola levou o indicador à têmpora e cochichou a Martina:

— Está quase sempre aérea. Mesmo assim, você acredita que as mulheres ainda vêm pedir que ela preveja seu futuro?

— Eu sou Martina, a filha de Vienna.

A velha ficou ali, olhando-a por um longo instante. Depois disse:

— Você é aquela que pariu uma filha sem ter marido.

— Vejo que sua memória está boa — disse Martina, sorrindo.

— Mãe Agostina, pare de dizer bobagens — admoestou Gigliola, encabulada.

Agostina abriu os lábios num sorriso e disse:

— Os filhos são como as bêberas: um puxa o outro. — Aludia aos figos mais doces: depois de comer o primeiro, era difícil parar.

— Está maluca mesmo, coitada — comiserou-se a nora.

Quando a visita foi embora, Gigliola comentou com a sogra:

— Martina é muito reservada, como a mãe. Essa história da Villa Ceppi não me convence nem um pouco.

41

MARTINA FOI MORAR na Villa Ceppi com Giuliana.

— Finalmente, temos uma casa na qual eu me reconheço — afirmou sua filha.

— Não gostei disso que você disse — reprovou-a sua mãe, acrescentando: — Procure não fazer muita pose, porque nós devemos tudo o que temos à generosidade da condessa Ceppi. Não somos ricas e temos de administrar cuidadosamente nossa renda.

Martina tinha consciência do privilégio de poder viver sem trabalhar, até porque, se fosse obrigada a manter-se, trabalharia a contragosto. Seguramente herdara do avô Ubaldo Ceppi o prazer do ócio, e era grata à avó Ines por ter-lhe deixado um consistente patrimônio, além das casas. Contudo, preocupava-se com o futuro de Giuliana e queria que ela aprendesse a sustentar-se com suas próprias forças.

— Mas também não somos pobres — afirmou sua filha.

— Temos com que viver — precisou sua mãe. Em casa, nunca se falava de dinheiro e, quando Giuliana expressava algum desejo insólito, Martina dizia: "Não podemos nos permitir isso". Assim, a moça frequentava as amigas de Vértova sentindo-se uma delas, e também ficava à vontade com os filhos dos amigos milaneses da mãe, que frequentemente apareciam para vê-las nos fins de semana ou nos dias de festa.

Era domingo de Páscoa e Giuliana estava jogando handebol, no jardim da Villa Ceppi, com os jovens Paganessi.

A bola, lançada com força, voou além do muro que separava a propriedade dos Ceppi da dos Bertola.

— E agora, como a recuperamos? — queixou-se Giuliana.

— Vamos pegar a escada e ver onde ela foi parar — sugeriu um dos rapazes.

Do alto da escada, o filho mais velho de Nicoletta Montini varreu com o olhar o jardim confinante.

— Está ali! — gritou. — Em cima de uma touceira de folhas verdes e amarelas.

A touceira em questão era um esplêndido loureiro-do-japão, como constatou Giuliana, que também quis subir na escada para avaliar a situação. Era impossível descer do outro lado para recuperar a bola. Viu, porém, as janelas escancaradas no térreo da *villa* e deduziu que os Bertola estavam em casa.

— Tivemos sorte. Vou tocar lá no portão — anunciou, saindo do jardim.

Leandro, que havia chegado a Vértova com a mulher para passar a Páscoa no campo, veio abrir.

— Posso pegar nossa bola? — pediu Giuliana.

Ele a reconheceu e a fez entrar.

— Sinta-se como se estivesse na sua casa — disse, sorrindo.

— Estamos fazendo muito barulho? — perguntou ela, meio embaraçada.

— Sabia que é impressionante sua semelhança com Martina? — constatou Leandro.

— Todos dizem isso.

— Martina e eu fomos muito amigos quando tínhamos sua idade — acrescentou o médico.

Do outro lado do muro, os jovens Paganessi gritavam:

— Achou?

— Desculpe — disse Giuliana, e correu para a touceira de loureiro-do-japão. Pegou a bola e foi lançá-la além do muro. Depois virou-se para Leandro:

— Lamento tê-lo incomodado, doutor.

— A filha de Martina nunca incomoda.

À porta da *villa* aparecera uma jovem senhora loura, visivelmente grávida. Tinha as mãos cruzadas sobre o ventre e olhava a mocinha.

— Como vai sua mãe? — perguntou Leandro, enquanto acompanhava Giuliana até o portão.

— Muito bem, como sempre. E o senhor, como está?

— Como você vê — replicou ele, sorrindo.

Algumas vezes Giuliana escutara a avó e a mãe falando dele como de um velho amigo, e não conseguia compreender por que os três já não se frequentavam, limitando-se a trocar um cumprimento, quando se encontravam.

— Giuliana, venha logo! — Os amigos a chamavam do outro lado do muro.

Ela se deteve no portão, fitou Leandro nos olhos e disse:

— É possível que a mamãe se case.

O sorriso de Leandro se extinguiu, enquanto ele dizia:

— Transmita meus parabéns a ela.

— Eu disse que é possível, não que é certo — observou a jovem.

— Transmita mesmo assim.

Era quase meio-dia. Em casa, Martina dava os últimos retoques na mesa, ajudada por Gigliola, que agora trabalhava ali todos os dias.

Giuliana entrou correndo, encontrou a mãe saindo da sala de jantar e disse:

— O doutor Bertola lhe manda parabéns.

— Como assim, o doutor Bertola? A troco de quê? — alarmou-se Martina.

— Não Pietro. O filho, Leandro — esclareceu Giuliana.

Ela sempre havia notado algo de misterioso na vida das duas mulheres que eram seu único ponto de referência: a mãe e a avó. Algo que lhe provocava, sem que ela se desse conta, um vago desconforto. E, sempre sem perceber, às vezes espicaçava as duas. Como fazia agora com sua mãe, que a fitava com uma luz indecifrável nos olhos.

— Eu disse a ele que talvez você se case — acrescentou.

— Você é maluca! — exclamou Martina, com veemência. Era claro que Giuliana a estava provocando, assim como era evidente que adorava Sandro. Se ela o desposasse, Giuliana ficaria feliz. Ela e Sandro combinavam muito e se frequentavam assiduamente. "Daí a me casar com ele, a distância é grande", dissera à filha poucos dias antes, vendo depois, com ternura, a sombra de decepção no rosto dela.

— Afinal, todas as mães têm marido. Por que você não tem? — reagira Giuliana.

— Talvez por ser muito complicado — respondera Martina, e logo em seguida tentara explicar:

— Vou lhe dizer o que acho. As razões que impelem uma mulher ao matrimônio são muitas e variadas. Há quem se case por amor, por interesse, por necessidade de segurança, por vontade de pertencer a alguém, para não ficar atrás das amigas que já se casaram, por medo de ficar solteirona, para não incorrer no julgamento das pessoas que dizem: aquela ali, se não se casou, é porque ninguém a quis, e, se ninguém a quis, sabe-se lá o que ela esconde. Em suma, a mulher arruma marido por muitos motivos diferentes. Eu, porém, tive uma vida um tanto especial e estou convencida de que o matrimônio é sobretudo uma promessa indissolúvel de amor e de fidelidade, um sacramento importante. O matrimônio é um fato íntimo e solene que comporta uma opção de vida definitiva e inescapável. Entendeu?

— A mim, bastaria que você se casasse.

— Mas, se eu tivesse desposado seu pai, seríamos infelizes nós três. Acredite, Giuliana.

— Mas, com Sandro, você é feliz. Ele a ama muitíssimo.

— Eu também sou apaixonada por ele.

— Mas não sabe se conseguirá amá-lo por toda a vida. Não é? — perguntara a filha.

— Isto mesmo — confirmara Martina.

Agora, mudando de tom, perguntou à filha:

— Quem a autorizou a dar a Leandro uma notícia inverídica?

— Desculpe, mamãe, não farei mais isso — disse Giuliana, acrescentando: — Mas que estranho! O doutor me pareceu desapontado, quando eu disse que você ia se casar.

— Ah, é? Pareceu? — intrigou-se Martina.

Sua filha assentiu.

À noite todos os convidados, inclusive Sandro, retornaram a Milão. Antes de adormecer, Martina, com uma enxaqueca feroz, perguntou-se por que Leandro havia reagido com desapontamento à notícia de um possível casamento dela.

42

O SOM INSISTENTE DO TELEFONE rasgou o silêncio da noite. Martina, que dormia profundamente, percebeu-o no sono como o zumbido incômodo de um inseto, e acordou. Acendeu a luz e olhou a hora: 3 da manhã. Atendeu com voz sonolenta:

— Alô...

— Martina, aqui é Giovanni — disse o marido de Nicoletta.

— Por que está telefonando a esta hora? — perguntou ela, preocupada.

— Bom... quero dizer... estou no hospital de Bérgamo.

— O que aconteceu? — apavorou-se Martina.

— Sofremos um acidente, depois que saímos daí.

— E Nicoletta? E Sandro? — interrogou ela, ansiosa, sabendo que os Montini haviam partido de Vértova em dois carros: num, Giovanni com os filhos, e no outro, Sandro e a irmã.

— Pois é... trata-se justamente deles... Se você puder vir...

— Estou indo agora mesmo — disse ela, e desligou.

Giuliana apareceu à porta, sonolenta, quando Martina se vestia.

— Quem foi que telefonou numa hora destas? — perguntou.

— Era Giovanni. Eles sofreram um acidente de carro. Nada de grave — tranquilizou-a a mãe, e acrescentou: — Vou ao hospital de Bérgamo. Volte a dormir e amanhã eu lhe conto tudo. Fique sossegada.

No pronto-socorro, Martina foi encaminhada ao bloco operatório.

Diante da grande porta envidraçada do setor cirúrgico, que somente o pessoal médico podia ultrapassar, viu Giovanni Paganessi.

— E os meninos? — informou-se Martina, indo ao encontro dele.

— Passam bem. Estão na enfermaria — respondeu Giovanni. Martina o abraçou e ele explodiu num pranto dilacerante, dizendo:

— Nicoletta se foi. As crianças ainda não sabem.

— E Sandro? — perguntou Martina, com um fio de voz.

— Estão tentando operá-lo. É muito grave — explicou Giovanni, abraçando-a.

Depois, aos poucos, foi contando o acontecido. Na saída do Vale Seriana, tinham entrado na autoestrada. Havia o costumeiro tráfego indisciplinado que caracteriza o início e o término dos feriadões. Sandro ia fazendo uma ultrapassagem quando foi abalroado por um automóvel que viajava a grande velocidade. O impacto havia sido pavoroso. Giovanni, que o precedia, assistira a tudo pelo retrovisor.

— Foi um horror — disse agora. — Minha mulher morreu quando a operavam. Sandro ainda está na sala de cirurgia.

Martina e Giovanni permaneceram abraçados, um chorando no ombro da outra.

— Vá ver seus filhos — disse Martina. — Eu fico aqui, aguardando notícias.

Encolheu-se numa cadeira de plástico, especulando se não poderia ter invertido o curso do destino permitindo que Sandro passasse a noite na Villa Ceppi. E teria consentido, se não lhe tivesse sobrevindo a costumeira dor de cabeça.

Assim, dissera a ele: "Estou com enxaqueca. É melhor você ir para casa. Amanhã nos falamos".

Despedira-se dos amigos que partiam e depois subira para se deitar. Ao contrário do que afirmava Vienna, Martina queria muito bem a Sandro. Justamente naquela tarde, enquanto os jovens brincavam no jardim, os dois conversavam na sala e ela dissera a si mesma que ele talvez fosse o homem com quem gostaria de casar-se. Agora o destino decidia em seu lugar, do outro lado daquela porta de vidro, na sala cirúrgica onde os médicos estavam tentando salvar a vida de Sandro. "Querido Jesus, se tu o curares para mim, caso-me com ele", pensou, enxugando as lágrimas com um lencinho.

Uma mão pousou em seu ombro e uma voz, que ela conhecia bem, disse:

— Olá, Martina.

Ergueu os olhos e viu Leandro, que a fitava com ternura. Usava o jaleco verde da sala cirúrgica.

— Então... alguma notícia? — murmurou ela.

— Lamento muitíssimo, mas seu noivo não resistiu. Tenha coragem, Martina — disse Leandro, acrescentando: — Venha, vamos ao meu consultório. — Ajudou-a a levantar-se da cadeira, pegou-a pelo braço e a conduziu pelo corredor.

— Tina, me traga dois cafés — pediu Leandro, ao passar em frente à sala de enfermagem. Depois introduziu Martina em seu consultório e a convidou a sentar-se diante da escrivaninha.

A enfermeira entrou levando o café recém-feito, que espalhou seu aroma, neutralizando o odor asséptico do hospital.

Martina, que seguira Leandro como um *autômato*, incapaz de qualquer reação, recomeçou a chorar, escondendo o rosto entre as mãos. Leandro adoçou-lhe o café, aproximou-se dela e lhe estendeu a xícara.

— Beba — disse, acariciando-lhe os cabelos com doçura.

Na véspera, manhã de Páscoa, quando Giuliana lhe contara que sua mãe iria casar-se, havia sentido uma pontada de ciúme, como se só ele tivesse o direito de ambicionar semelhante prêmio. Naturalmente o perdera, desposando Emanuela. Continuava, porém, considerando Martina uma espécie de feudo pessoal que ninguém podia ocupar, nem mesmo Sandro Montini. Os dois homens tinham sido apresentados por Martina na noite de Natal, no adro da igreja, aonde Leandro fora assistir à missa com sua mulher. Martina estava com Sandro e Giuliana. Leandro notara, desapontado, que o companheiro de sua preciosa amiga era bonito e de grande classe, e dissera a si mesmo que, desta vez, Martina havia feito uma excelente escolha. A coisa o desagradara, e ele tinha continuado absurdamente a esperar que aquela história terminasse. Era um desejo absurdo, mas nada havia sido razoável em sua relação com Martina.

Naquela noite, quando o chamaram ao hospital para um caso gravíssimo, ele não imaginava que se tratasse de Sandro Montini. Soubera-o durante a intervenção cirúrgica, enquanto fazia o possível para que o coração do homem não parasse de bater. Alguém dissera o nome do paciente e, nesse momento, ele se empenhara ainda mais para tentar salvá-lo. Tudo havia sido inútil.

Martina bebeu um gole de café e perguntou:

— Ele sofreu?

— Não. Entrou em coma na hora do acidente e não acordou mais — garantiu Leandro. Depois repetiu: — Lamento muitíssimo.

Martina enxugou as lágrimas, Leandro se sentou atrás da escrivaninha.

— Não se pode afirmar que eu tive sorte com os homens — murmurou ela.

— Ele teve menos sorte do que você — sublinhou Leandro.

— Minha filha queria tanto que eu o desposasse... Considerava-o como um pai.

— E você se casaria com ele?

— Creio que sim. Queria dar um pai ao bebê que tenho na barriga — confessou ela, baixinho.

— Outro filho?

Martina assentiu.

43

AGNESE E ANTONIA AGRESTIS com seus maridos e Ermanno Agrestis com a mulher chegaram a Vértova, à casa de Vienna. A notícia da segunda gravidez de Martina circulara entre os parentes. Não conseguiam acreditar que a sobrinha iria trazer ao mundo mais uma criança, sem ter marido.

— O nome de sua filha está na boca de todos, de Bérgamo a Clusone — começou Ermanno, que era o segundo dos irmãos e, após a morte do pai, considerado o personagem de referência da família.

Vienna acabava de preparar um caldeirão de polenta na qual dissolvera queijo de ovelha, e pela cozinha difundira-se um perfume convidativo.

— Vocês chegaram bem a tempo de se instalar à mesa — disse, ignorando o preâmbulo do cunhado.

Imaginou a troca de telefonemas entre todos os Agrestis, que agora assumiam ares de importância, porque cada um possuía casa própria, automóvel, e as mulheres se cobriam de joias. Eram muito compenetrados no papel de industriais emergentes, de católicos praticantes, de democratas-cristãos convictos, com um nome a zelar.

Vienna sabia sobre eles muito mais coisas do que podiam imaginar, e julgava-os inadequados para falar de cadeira e bancar os moralistas. Por enquanto, porém, calou-se e pôs na mesa uma garrafa de Barolo piemontês.

Era um belo domingo de setembro, acariciado por um sol doce e pelo perfume da uva clínton que acabava de amadurecer sobre as treliças ao longo do muro da velha oficina desativada.

— Você não vai nos abrandar, desconversando — advertiu-a Agnese, que exibia um tailleur de seda estampada de flores, um penteado inflado como um bolo de chocolate e unhas recém-manicuradas, de um vermelho que sublinhava seus dedos rechonchudos.

— Mas eu não quero abrandar ninguém, quero apenas que vocês comam o *pasticcio di polenta* de que gostam — respondeu Vienna, com um olhar seráfico e um sorriso cativante.

Agora, nas casas dos cunhados, só se cozinhavam *penne all'arrabbiata*, *spaghetti alla putanesca*, *saltimbocca alla romana*, porque esses pratos faziam-nos sentir-se pessoas em consonância com a época. Mas na realidade, quando vinham a Vértova, apreciavam o salame feito em casa, o arroz com salsicha e as torradas com um toucinho que se derretia na boca, como manteiga.

As cunhadas falavam de dietas e colesterol e, de manhã, preferiam iogurte como desjejum, em vez de pão e café com leite, como sempre haviam feito.

— Vou coar o café — anunciou Vienna, depois de tirar a mesa. Tinha certeza de que, com o estômago cheio, eles ficariam menos agressivos.

— Você não se cuida direito — disse Antonia, levantando o dedo mindinho enquanto segurava a xícara pela asa e a levava aos lábios. — Sempre com essa bata de algodãozinho e esse penteado antiquado — deplorou, com ar de amiga que distribui bons conselhos.

— Tem razão. O mundo muda e eu não me adapto. Mas, para acompanhar a moda, é preciso ter dinheiro. Eu tenho apenas a pensão do meu pobre Arturo, o pouco que herdei dos meus parentes e esta casa que vocês deixaram comigo — disse Vienna, com voz mansa.

— Esta casa lhe cabia, por todo o trabalho que você fez aqui — reconheceu Ermanno.

A essa altura Vienna lançou sua primeira estocada.

— Na verdade, devia me caber muito mais, se vocês tivessem respeitado o testamento do papai Antonio, que havia dividido tudo por oito, entre os oito filhos, Arturo inclusive, mesmo que já tivesse morrido.

— Mas você concordou! — interveio Agnese.

— E ainda concordo. Mas não estou com vontade de ouvir que não me cuido direito e que devo à generosidade de vocês a casa onde moro — esclareceu ela.

Tinha expressado conceitos concretos, que eles entendiam, e colocara-os de sobreaviso em relação ao que seria dito a seguir.

— Bom, sua filha não passa assim tão mal, ainda que não se saiba de onde lhe vem o dinheiro — observou a mulher de Ermanno, que morria de vontade de saber.

— E daí?

— Chego a pensar que, sempre que ela engravida, há sempre alguém que abre os cordões da bolsa — disse Antonia.

Então era isso o que pensavam, refletiu Vienna. Primeiro o dinheiro dos Biffi e agora o dos Montini. Enganavam-se totalmente e, para ela, assim estava bem.

— Vê-se que ela é sortuda — replicou.

— E também um pouco irresponsável — alfinetou Agnese.

— Antes de falar de Martina, acho melhor você lavar a boca — declarou Vienna, botando as garras de fora.

— Posso até lavar, mas o vale inteiro está falando.

— Por quê? Porque ela faz filhos sem ter marido? Era só o que faltava! Cada um que veja sua própria casa! Martina leva a vida dela à luz do sol. Mas você, você e você — disse Vienna, apontando os presentes — estão assim tão seguros de que agem do mesmo modo? — desafiou.

— Aonde você quer chegar? — reagiu Ermanno.

Vienna sabia que, desde quando os negócios haviam prosperado, Ermanno arrumara uma amante, uma ruiva vistosa que morava em Castione e a quem ele chamava de "minha gazela". Todos sabiam, menos sua esposa.

— Ermanno, não me obrigue a dizer coisas que é melhor calar. Uma gravidez não se pode esconder. Mas outras coisas, menos belas do que o nascimento de um filho, sim.

— Bem, agora que você começou, vá até o fim — enfureceu-se Antonia, enquanto o irmão se levantava da mesa.

— Você vive na igreja, portanto sabe muito bem o que o Evangelho ensina: dai a César o que é de César e a Deus o que é de Deus. Mas mantém um caixa dois, e isso é pecado — explodiu Vienna, a qual sabia que os Agrestis faziam exatamente como todos os donos de empresas rendosas. Sonegavam os impostos utilizando duas contabilidades: a oficial e a oculta, que permitia acumular ganhos. Vienna tinha sua própria escala de avaliação dos pecados: assim, roubar do Estado e, portanto, dos cidadãos, segundo ela era bem mais grave do que ter filhos fora do casamento.

— Estamos falando de moralidade. O que o caixa dois tem a ver com isso? — emendou o marido de Antonia, que era contador e sabia como mascarar os lucros, considerando absolutamente lícita essa manobra.

— Vocês não têm jeito, mas eu lhes quero bem da mesma forma — sussurrou Vienna, balançando a cabeça e resignada a não ser compreendida.

— Em suma, dois filhos ilegítimos são uma grande desonra para a família — disse Agnese, fazendo tilintarem os ouros em torno do braço. Era a caçula de Ermellina e se vangloriava de possuir diploma profissionalizante. Em toda a família, era a única a ter continuado os estudos além do fundamental. Havia desposado um desenhista técnico que agora trabalhava na empresa da família. O casal tivera por uns tempos uma doméstica jovem e graciosa, por quem o marido se engraçara. Ela, que sabia, tinha calado, mas demitira a moça ao saber que esta engravidara, e o marido não movera um dedo para ajudar a empregada. Vienna o desprezava por isso. Então disse:

— Martina não é a única a ter filhos ilegítimos, nesta família.

Não os julgava, mas não estava disposta a aceitar que logo eles viessem criticar a vida de sua filha. Tinham vindo a Vértova para esmiuçar os comos, os porquês, e dar palpites. Todos foram embora envergonhados, ruminando as próprias culpas. Ainda subsistia, em cada um, uma sombra da antiga integridade. Tanto que Ermanno comentou:

— Teria sido melhor que nos ocupássemos dos nossos próprios assuntos.

44

O PROFESSOR PIETRO BERTOLA, titular do setor de medicina interna, soube por uma freira que Martina Agrestis, sua conterrânea, tinha dado à luz um filho, alguns dias antes.

— Não é somente uma moça do meu vilarejo. Fui eu que a fiz nascer, trinta anos atrás. É quase uma afilhada. Eu a vi crescer e conheço toda a sua família — observou. — Obrigado pela informação, irmã. Vou vê-la daqui a pouco — acrescentou.

À tarde, bateu à porta do quarto de Martina.

— Posso entrar?

No leito, quem estava era Giuliana, toda enroscada. Martina, porém, encontrava-se sentada na poltrona, com a menininha nos braços.

— Bom dia, doutor — disse Giuliana, levantando-se. — Venha ver minha irmãzinha.

— Mais uma femeazinha — constatou ele, pousando a mão sobre o ombro de Martina, que sorria embevecida.

A recém-nascida dormia, e o doutor olhou com ternura aquele rostinho.

— É meio feinha, não? — comentou Giuliana.

— Veja quem fala! Você não imagina como era a sua cara, nessa idade — brincou o velho médico, que também a fizera nascer.

— Nada disso, minha neném é linda — protestou a mãe.

— Conversei com seu ginecologista. Sei que seu parto foi meio complicado — disse Pietro.

— Esta desmiolada queria nascer com os pés. Ainda bem que eu tive uma espécie de premonição e decidi tê-la no hospital.

— Eu estava ao lado da sala de parto e ouvi os berros da mamãe. Nunca vou querer ter filhos — afirmou Giuliana.

— Bem, sua mãe está aqui, inteira e sorridente. O que é um pouco de dor, se o resultado é esta deliciosa menininha? — disse Pietro.

— Dei a ela o nome de Maria, como a mãe de Jesus — disse Martina.

Nessa hora a neném abriu os olhos, agitou os bracinhos e começou a chorar.

Martina afastou as laterais do robe, abriu a camisola e colocou a filha no seio. A pequena começou a mamar e se acalmou.

Pietro Bertola sempre se comovia diante da sacralidade da imagem de uma mãe que amamenta seu bebê. Além disso, Martina trazia em si algo de régio, que suscitava respeito e admiração. Ele se lembrou de que em certa época havia esperado que seu filho Leandro e Martina finalmente noivassem e se casassem. Achava que eram feitos um para o outro e continuava achando, quando via o filho entediando-se com sua valorosa mulher e Martina levando uma vida extravagante, sempre em busca de alguma coisa que ela não conseguia encontrar.

— A mamãe está mimando Maria além do limite. Basta que ela choramingue e já a coloca no seio — deplorou Giuliana.

Pietro sorriu e despediu-se.

— Está com ciúme? — perguntou Martina à filha. — Eu fazia a mesma coisa com você. Esqueceu todos os seus caprichos e os dengos que recebeu? — acrescentou. Depois estendeu o braço, pegou um pacotinho na gaveta do criado-mudo e o estendeu a Giuliana: — Para você, querida. É sua investidura na condição de irmã mais velha.

A jovem abriu um estojo de joalheria e viu uma pulseira de ouro cravejada de pequenos rubis e safiras.

— Afinal, não é assim tão ruim o papel de irmã mais velha — constatou. Beijou a mãe na testa e compreendeu que, mesmo tendo perdido o papel de filha única, não seria menos amada por Martina.

Nos dias que se seguiram, vieram os parentes Agrestis e os amigos. Trouxeram camisolas de seda para Maria, chocalhos para o berço, medalhinhas de ouro, caixinhas de música em prata, flores. Todos festejavam o nascimento da segunda filha de Martina, sem fazer comentários. De Milão, chegou também Giovanni Paganessi, que lhe perguntou por que ela se recusara a dar à filha o sobrenome de Sandro.

— Eu criaria um problema para Giuliana. Seria como sublinhar que Maria tem pai e ela, não. Assim está bom — decidiu Martina.

A certa altura, cansou-se de todas aquelas visitas e de tantas palavras inúteis. E deu um suspiro de alívio quando, finalmente, as visitas cessaram.

Novembro estava acabando. O sol se punha no meio da tarde, perseguido pelas sombras da noite.

No setor particular do hospital de Bérgamo, às 18 horas, as visitas iam embora, os serventes retiravam os pratos do jantar, as enfermeiras tomavam a temperatura dos pacientes.

Martina mal havia experimentado a sopa de macarrão com "gosto de hospital" e uma maçã cozida com canela em excesso. Depois tomou Maria nos braços, sentou-se na poltrona e deu-lhe o seio.

A neném estava esfomeada e ela pensou em Sandro, enquanto amamentava a filha dos dois. Recordava tudo dele: o rosto solar, o sorriso franco, a capacidade de transformar tudo em brincadeira, o amor que ele lhe dera, os sonhos dos quais ele não lhe falara, o perfume de sua pele. Em seus braços, Martina havia sido plenamente feliz. Com ele, sentira-se uma mulher completa. A experiência feita aos 15 anos com Bruno Biffi tinha sido uma bobagem de adolescente que a precipitara num poço profundo de inquietação e de infelicidade. Com o pai da pequena Maria, tivera uma relação consciente, feita de respeito recíproco, de alegria e de comoção.

"Imagine, minha pequenina, se por um milagre seu pai estivesse aqui e a visse", sussurrou. E as lágrimas brotaram, enquanto ela pensava que tinha nos braços o fruto de uma história de amor breve e intensa, e se perguntava se Vienna teria experimentado as mesmas sensações quando a amamentava, recordando Stefano Ceppi. "Eu sei que ele agora está aqui, junto de nós, vendo-nos, e está feliz", acrescentou.

A pequena Maria abandonou o seio da mãe, que lhe enxugou os lábios e depois a levantou para apoiá-la no peito, dando-lhe tapinhas afetuosos nas costas. Martina chorava baixinho porque estava feliz e grata à sorte, que a presenteara com uma nova vida a estreitar nos braços.

Duas enfermeiras entraram no quarto.

— Pode chorar, senhora. Todas as parturientes choram — disse uma, enquanto a outra deitava Maria no berço. Depois acrescentou: — Agora, é melhor que se levante da poltrona e vá para a cama.

Martina obedeceu.

— Todas estas flores no quarto não fazem bem — observou uma enfermeira. — Quer que a gente as leve para Nossa Senhora?

— Dividam entre vocês e levem para casa. No inverno, as flores trazem alegria — disse Martina.

Não precisou repetir a oferta.

Depois, a enfermeira tomou Maria nos braços, dizendo:

— Vamos levá-la para o berçário, assim a senhora pode dormir tranquila.

Martina reagiu prontamente:

— Maria é muito judiciosa: come e dorme, como vocês podem ver. Quero que ela fique aqui comigo.

As duas saíram, apagando as luzes. Permaneceu aceso somente um abajurzinho no criado-mudo, ao lado do leito.

Martina adormeceu.

Despertou com uma carícia na testa. Na penumbra, viu Leandro ali de pé, ao lado do leito, e sorrindo para ela.

— O que você está fazendo aqui? — perguntou.

— Pssst! Fale baixinho, ou acordará a neném — cochichou ele, levando um dedo aos lábios. — Estou vindo da sala de cirurgia. Meu pai me disse que você teve bebê, então vim visitá-la. É uma menina linda, e sei que se chama Maria. Como está você, Martina? — perguntou, com doçura.

— Sente-se — disse ela.

Leandro aproximou do leito uma cadeira, sentou-se e tomou as mãos da amiga entre as suas.

— Eu também me tornei pai pela segunda vez, dois meses atrás.

— Eu soube.

— Tomara que sua Maria se case com meu filho — sorriu ele.

Depois de tanto tempo, na quietude amortecida daquele quarto de hospital, as almas dos dois se abriam como se tivessem resgatado o entendimento de quando eram jovens.

— Você está feliz? — perguntou Martina.

— Estou sereno. E você?

A pequena Maria choramingou e rompeu o encantamento daquele instante mágico.

— Preciso cuidar da minha filha — respondeu ela, deixando as mãos de Leandro.

45

QUANDO SE INSTALAVA à *via* Serbelloni por algum tempo, Martina convidava os amigos mais queridos para o almoço ou o jantar. Naquela noite, convidou Giovanni Paganessi com os filhos, que chegaram antes do previsto, quando ela ainda colocava na cama a pequena Maria. Foram recebidos por Giuliana, que era ótima em fazer as honras da casa. Serviu os aperitivos na sala.

— Maria não dorme se a mamãe não ler para ela uma história. É espertíssima: sempre escolhe as mais compridas — explicou a moça, enquanto servia nos copos um branco frisante.

— Mas hoje adormeceu antes que eu terminasse — disse Martina, aparecendo na sala.

Giovanni e os filhos abraçaram-na. Ela era muito querida pelos Paganessi, que a consideravam como um membro da família.

— Desta vez, por quantos dias você ficará em Milão? — perguntou Giovanni.

— O tempo necessário para entender o que Giovanna está arquitetando — cochichou ela, aproveitando o fato de os jovens terem posto no toca-discos os sucessos do momento.

— Está preocupada?

— Digamos que estou tentando perceber para que lado sopra o vento — explicou Martina, conduzindo Giovanni ao terraço, onde floriam camélias e rododendros. — Há meses, ela vem insistindo para morar neste apartamento e eu não percebo o porquê, pois já tem sua casinha na praça Mercanti.

— Eu nem tento ler as mentes tortuosas dos meus filhos. Desde quando minha Nicoletta me deixou, não sei como administrá-los — solidarizou-se ele. Sua mulher já morrera havia cinco anos e Giovanni continuava a lamentar a perda.

— Por que não procura uma nova companheira? — perguntou Martina, com ternura.

— É o que meus pais e todos os Montini me incitam a fazer, como se fosse fácil achar outra Nicoletta. Além de marido e mulher, nós dois éramos grandes amigos, sabe? Crescemos juntos, frequentamos juntos as mesmas escolas, bastava um olhar para nos entendermos. Creio que estávamos destinados a viver unidos desde o nascimento. Não sei explicar.

Martina pensou em Leandro. Era uma história quase idêntica, se Leandro pelo menos a amasse tanto quanto ela o amava.

— Você não está me dizendo nada que eu já não saiba. De qualquer modo, ainda é um belo rapaz e tem o dever de refazer sua vida — admoestou-o.

— Só existe uma pessoa com qual eu poderia, talvez, recomeçar a viver, e você sabe muito bem de quem estou falando — disse Giovanni. Referia-se a ela, e Martina o sabia. Fazia uns dois anos que, com laboriosos circunlóquios, Giovanni aludia a uma possível união dos dois, e Martina sempre fingia não compreender.

— Espero que não esteja falando de mim — disse, desta vez.

Da sala vieram as notas de um alucinado rock americano e as risadas dos jovens. A lua ainda estava baixa no horizonte e Martina respirou o ar leve do crepúsculo. Pensou em Giuliana, que, desde quando passara a frequentar a escola de teatro, havia tomado distância de Vértova, afirmando que Milão era seu lugar preferido. De um modo ou de outro, o ramo milanês dos Ceppi ganhava espaço em suas predileções. Martina, porém, permanecia solidamente ancorada no Vale Seriana, e jamais se ligaria a alguém que tentasse arrancá-la de suas raízes. Vértova era tudo, menos um lugar encantador, mas lhe dava segurança. Ela trazia no sangue o seu vale, com os habitantes mexeriqueiros, as águas gélidas do rio Serio, a fumaça das novas indústrias e o perfume das flores da montanha. Não desejava um marido, e Giovanni, para ela, era apenas o viúvo de sua amiga mais querida.

— É evidente que me refiro a você, Martina. Venho falando disso há anos — afirmou Giovanni.

— No mesmo tom em que trataria da aquisição de uma nova empresa ou de uma sociedade por ações — brincou Martina.

— Desculpe, mas não sei fazer melhor — lamentou-se ele. E prosseguiu: — Pense também na pequena Maria. Ela é uma Montini, e, se nos casássemos, seria um modo de recompor a família.

— Olhe bem nos meus olhos, Giovanni. Você está apaixonado por mim?

— Eu lhe quero muito bem. Não acha que é a mesma coisa?

— Não, não é. Por favor, não vamos estragar nossa amizade. Acho que o conheço suficientemente bem, e digo-lhe que você só pensa em mim porque é preguiçoso e não quer ter o trabalho de procurar uma pessoa nova. Estou enganada?

A doméstica anunciou que a refeição estava servida. À mesa, Martina e Giovanni voltaram a sorrir-se com sinceridade, como não acontecia havia tempo, porque finalmente haviam removido do terreno as expectativas absurdas. Giuliana sustentou a conversa contando historinhas sobre atores e o mundo do teatro. Revelou vícios, manias, ciúmes, rivalidades, crueldades e virtudes de um ambiente no qual, disse, "voam as cuteladas", e "muitos se dispõem a prostituir-se para obter um papel". E concluiu: "Em teatro, porém, a gente vive a magia da encenação de uma obra do pensamento".

Martina a escutava, como todos os outros, e a observava com atenção. Sua filha lhe escondia alguma coisa, e essa consciência a preocupava.

Na hora da sobremesa, inesperadamente apareceu na sala a pequena Maria. Estava descalça, tinha os olhos inchados de sono e a carinha fechada. Olhou ao redor, identificou Martina e correu a refugiar-se em seus braços. Depois começou a soluçar.

— O que foi? — perguntou a mãe.
— Tive um sonho ruim — disse Maria.
— Quer me contar?
— Não me lembro mais — choramingou a menina.

Martina se despediu rapidamente dos convidados, deixando a Giuliana a tarefa de acompanhá-los à saída. Refugiou-se com Maria em seu quarto, deitou-se com ela na cama e papiricou-a até que a menina adormeceu de novo.

O abajur, na mesa de cabeceira, difundia uma luz rosada. Martina acariciou com o olhar o rosto gorducho da filha, que, no sono, revelava inteiramente sua natureza plácida. Não se parecia nem com os Ceppi nem com os Montini. Era idêntica à vovó Vienna.

"Você vai virar um cão pastor, como sua avó", sussurrou, acariciando-lhe os cabelos.

Giuliana surgiu à porta do quarto.

— Já foram embora. Eu também vou voltar para minha casa — cochichou.

Martina acompanhou-a até a saída.

— Por que não dorme aqui? — perguntou.
— Que sentido faz? Afinal, você não quer que eu me mude para sua casa — resmungou a moça.

— Quero que você me explique, Giuliana. Acha razoável que eu deixe nas mãos de uma jovem de 19 anos um apartamento de 500 metros quadrados?

— E você acha razoável dispor de uma casa tão bonita na cidade e insistir em morar no Vale Seriana? Você nunca está neste apartamento. Por que eu não posso ficar aqui?

— Eu é que lhe pergunto por que a água-furtada da praça Mercanti de repente ficou pequena para você.

— Parece a casa da Barbie, e eu não posso receber os amigos.

— Quer saber? Trabalhe, ganhe seu dinheiro, e depois, por mim, pode alugar até o Palazzo Reale inteirinho — replicou Martina, cada vez mais inquieta.

Giuliana marchou enfurecida para a sala, sentou-se numa poltrona e disse:

— Vamos conversar.

— Não quero outra coisa — sorriu Martina, sentando-se diante dela.

— Você bem sabe que, se algum dia eu conseguir me firmar em teatro, vou demorar até conseguir viver dos meus ganhos. Até lá, queria entender nossa situação, porque há coisas das quais você só fala sempre por alto. Não somos pobres, isso é evidente. Até desconfio que você seja uma mulher rica. De onde lhe vem o dinheiro? Os Agrestis são ricos, e a vovó vive dignamente do que é dela. Mas você, além da *villa* de Vértova, pode até se permitir esta megacasa. E então?

O sorriso de Martina se extinguiu e em seu rosto desenhou-se o estupor.

— Desde quando eu devo lhe prestar contas dos meus assuntos?

— Desde quando passou a pretender que eu lhe conte minhas coisas. Você é uma mãe muito misteriosa, ao passo que eu preciso de um pouco de clareza.

Martina havia adentrado por um território perigoso, do qual queria sair logo, se possível sem mentir. Desta vez, para fornecer uma explicação plausível, a dialética não bastaria.

— Você se lembra da condessa Ines, não? E do afeto dela por nós, não? Pois bem. Ela era muito ligada à sua avó, muito grata, por vários motivos, e gostava muito de mim. Era sozinha no mundo e, ao morrer, quis me testemunhar seu afeto me deixando uma renda e o uso de duas casas, a de Vértova e este apartamento aqui. Como vê, não há grandes mistérios. Mas você, ao contrário, está me escondendo alguma coisa.

Giuliana fingiu acreditar, embora percebesse, por trás das palavras da mãe, uma verdade muito mais complexa.

— Eu queria fazer boa figura com uma pessoa a quem sou muito apegada — admitiu.

Martina assentiu. Era claro que Giuliana estava iniciando uma história de amor. Essa certeza a sossegou. Ainda assim, não permitiria que a filha se transferisse para aquele apartamento.

46

MARTINA ENTROU NA PLATEIA deserta do Piccolo Teatro, levando Maria pela mão. Depois de fazerem as pazes, ainda que permanecendo cada uma em sua própria posição, Giuliana a convidara para assistir ao ensaio de *Hamlet*.

A sala estava imersa na penumbra. Só permaneciam acesas as luzes sobre o palco, onde estavam os atores.

Ela logo viu Giuliana, de jeans e camiseta, confabulando com os colegas. A jovem havia sido escolhida para interpretar o papel de Ofélia na montagem que estrearia no outono. A escolha fora feita por Kuno Gruber, o diretor famoso pelo extraordinário talento e pelas intemperanças amorosas. Seus sucessos teatrais e seus casos sentimentais eram frequentemente noticiados pelas revistas semanais de fofocas. Agora ele estava sentado em um banquinho, a um lado do palco, e relia o roteiro, enquanto os atores conversavam entre si.

— Está vendo sua irmã? — perguntou Martina à filha.

— Sim. Posso falar com ela? — pediu Maria.

— De jeito nenhum. Eles nos permitiram entrar, mas só se ficarmos quietinhas e caladas. Então, vamos nos sentar sem grande movimento até quando Giuliana terminar.

— Tudo bem — disse a menina.

Martina observava Giuliana, que, no palco, parecia ainda mais alta e esbelta. Sua presença se destacava da dos outros.

O diretor ergueu o olhar do roteiro e dirigiu-se aos atores.

— Bem, estamos na casa de Polônio. Entram Laertes e Ofélia.

Giuliana continuava a confabular com um colega.

— Eu disse que entram Laertes e Ofélia. Laertes entrou, mas Ofélia está batendo papo! — trovejou o diretor, agitando o roteiro e ao mesmo tempo a basta cabeleira prateada. Sua voz potente fez Maria sobressaltar-se.

— Por que aquele senhor está gritando com minha irmã? — perguntou baixinho à mãe.

— Porque ela está conversando, em vez de trabalhar — respondeu Martina, observando Giuliana, que esboçou uma reverência enquanto se aproximava de Kuno, dizendo: "Ofélia está presente, viva e vital, ao menos por enquanto".

O diretor depositou o roteiro sobre um banquinho, foi para perto dela e conduziu-a até um ponto do palco de onde a moça deveria fazer sua entrada.

— Lembre-se de que você é a branda e frágil Ofélia, um pouco atordoada pelas promessas de amor de Hamlet. Concentre-se — recomendou. Depois virou-se para o ator que personificava Laertes: — Você está prestes a zarpar em seu navio e preocupado com deixar sozinha esta irmã desmiolada. Agora, dê a deixa.

"Sê cautelosa, Ofélia, porque no temor está a salvação", recitou o jovem.

"Guardarei no coração o sentido das tuas palavras. Mas tu, meu bom irmão, não faças como certos pastores que indicam o caminho difícil para subir ao céu, enquanto se comportam como libertinos", replicou a moça.

— Não, não, não! — esbravejou Kuno Gruber, lançando no ar o roteiro e jogando-se como uma fúria sobre Giuliana. — Você não pode olhar Laertes como se ele fosse seu namorado. É seu irmão! Você é uma irmã judiciosa. Guarde sua carga erótica para outra ocasião, droga!

— Será que ele vai bater nela agora? — perguntou Maria, apavorada, à mãe.

— Oh, não! Eu acho que ele a ama — respondeu Martina, magnetizada pelo que acontecia no palco. Antes que ela se desse conta, Maria deslizara da poltrona e correra para a cena. Sua mãe a seguiu, mas a menina já se agarrava às pernas de Giuliana.

— Por gentileza, poderíamos saber o que está acontecendo? — berrou o diretor.

— Desculpe, mestre. Ela é minha irmãzinha. Veio com a mamãe, para assistir ao ensaio — balbuciou Giuliana, tomando Maria nos braços.

Kuno encarou a garotinha e, sobretudo, a linda mãe de sua jovem atriz. Nesse momento sua expressão se suavizou e ele exibiu o olhar de *donjuán* pelo qual era famoso.

— Esta moça fantástica é sua mãe? — perguntou, galante. Depois recompôs-se e se dirigiu a Martina, falando-lhe com suavidade: — Isto aqui não é um jardim de infância, minha senhora. Ou, pelo menos, não deveria ser. Poderia fazer a delicadeza de tirar a menina daqui e...

— ... parar imediatamente de incomodar — concluiu Martina, com um amplo sorriso. — Peço desculpas — acrescentou. Pegou Maria e, já de saída, sussurrou à filha: "Em casa a gente se vê".

Em poucos minutos, havia compreendido muito mais coisas do que todas as que Giuliana se disporia a lhe contar.

Havia intuído que o jovem ator que interpretava Laertes alimentava uma simpatia pela sua filha, que o diretor estava apaixonado por Giuliana e que esta começava a se apaixonar por ele. Giuliana o amaria porque ele era um artista genial, e Kuno a cortejava porque ela era bela, porque possuía o carisma da atriz de raça, porque viria a revelar-se uma grande intérprete. O único pensamento que a consolou foi que Kuno Gruber tinha condições de ensinar o ofício no mais alto nível a Giuliana. Agora, também sabia por que sua filha tanto insistira para morar à *via* Serbelloni: queria fazer um pouco de cena com o diretor.

Giuliana chegou de volta na hora do jantar, enquanto sua mãe tentava subtrair a Maria uma terrina cheia de pudim de chocolate.

— Ela quer comer isso tudo? — embasbacou-se a irmã.

— Você bem sabe que Maria nunca está saciada. Se eu levar o pudim, ela vai estrilar como uma águia.

Só por esta vez, a previsão não se confirmou. A menina estava muito curiosa pelo que acontecera naquela tarde. De fato, foi logo perguntando:

— Por que aquele homem feio e mau gritou com você?

— Porque em teatro as coisas funcionam assim.

— Assim, como?

— A gente grita, trabalha, às vezes ri. Agora, quero um beijo bem gostoso.

Maria beijou-a na face, melando-a de pudim.

— Espere um pouquinho enquanto eu ponho esta bagunceira para dormir. Depois, vamos jantar. Temos massa com brócolis ao forno e salada de peixe.

— Sugiro uma variação no programa. Uns amigos me esperam num restaurantezinho delicioso, na *via* Brera. Eu disse que você também iria — convidou Giuliana.

Sua mãe concordou em ir com ela.

A comida do delicioso restaurantezinho não era excepcional, mas Martina se deixou contagiar pelas risadas dos jovens atores, enquanto pensava que sua filha não precisava mais dela. Já ganhara asas e voaria para longe. Nem mesmo o belo Laertes, que na vida real se chamava Sergio Algumacoisa, conseguiria segurá-la. Experimentou muita simpatia por aquele rapaz que fitava Giuliana com adoração, porque ela estava prestes a se apaixonar por aquele histrião do Kuno Gruber, que a faria sofrer, mas não conseguiria impedi-la de voar cada vez mais alto, porque ela possuía asas poderosas.

Fingiu comprazer-se com a admirada curiosidade das moças e as frases galantes dos rapazes da companhia. Falou de Vértova e da vida no campo, da matança do porco, das galinhas que eram o orgulho de Vienna, das primeiras récitas de Giuliana no teatrinho paroquial.

— Ela tinha 12 anos quando me confessou que, para vencer o pânico do palco, imaginava o público em roupas de baixo.

— Mamãe, por favor! — implorou Giuliana, embaraçada.

Nesse ponto Martina dedicou sua atenção a um homem bastante jovem, pálido, cabelos dourados, olhar cerúleo, rosto afilado, lábios finos e pequenos. Usava uma calça de veludo e uma camisa de quadriculado escocês. Alguém o apresentou. Chamava-se Oswald Graywood e era docente de literatura inglesa na Universidade de Oxford, estudioso de Shakespeare e do teatro elisabetano. Falava pouquíssimo e enrubescia facilmente. Viera à Itália para ministrar um curso aos jovens atores do Piccolo Teatro. Giuliana já lhe falara dele como de um poço de sabedoria.

"O professor Graywood afirma que o teatro é uma exigência ineliminável da vida social", havia contado. E acrescentado: "O professor Graywood sustenta que o ator é como um sacerdote e que o teatro é uma das mais sublimes formas de arte. O teatro confere um sentido aos pensamentos, aos sentimentos, aos comportamentos humanos, e torna-se um extraordinário instrumento educativo na medida em que exalta as virtudes e condena os vícios".

Agora Martina olhou de soslaio o carismático e supertímido professor, que corava como uma donzela ao ouvir certas tiradas dos jovens que ela não podia compreender, porque não sabia inglês.

A certa altura, anunciou:

— Bem, estou indo para casa.

— Mãezinha, a noite é uma criança. Mais tarde iremos a um lugar onde se escuta jazz. Você tem que continuar conosco.

— Pelo amor de Deus! Eu gosto de música clássica, e, mesmo assim, a muito custo — apavorou-se Martina, recordando a vez em que Sandro a arrastara a uma casa noturna, na praça do Duomo, para ouvir um concerto de jazz. Depois de meia hora, ela havia sussurrado: "Vou ter uma crise histérica, se você não me tirar daqui agora mesmo".

— Deixe que a gente a acompanhe, pelo menos — disse a filha.

— Eu posso acompanhá-la, se ela me permitir, até porque, em matéria de jazz, tenho exatamente a mesma opinião — interveio o docente inglês, enrubescendo.

Giuliana piscou o olho para a mãe e depois lhe cochichou: "Você é imbatível. Já impressionou Oswald, que é um misógino à enésima potência".

Martina aceitou a companhia do professor, arrependendo-se logo em seguida porque ele, em seu dificultoso italiano, tentou instaurar um diálogo com base em perguntas impossíveis.

— Senhora Agrestis, o que acha da atual situação do teatro italiano? Acredita que a origem sacra do teatro antigo ainda tem um sentido na idade contemporânea? Como interpreta a passagem da representação religiosa à representação profana?

Martina não aguentou:

— Professor, por favor, tenha piedade de mim. Fale-me dos brancos rochedos de Dover, do Big Ben e da rainha, mas não me arraste para um terreno que eu não conheço e que, francamente, não me interessa.

Inesperadamente, ele caiu numa boa gargalhada.

— A senhora é muito pragmática — disse.

— Não, eu sou é muito ignorante, mas convivo muito bem com minha ignorância — declarou ela.

— Talvez o ignorante seja eu. Conheço minha matéria, mas me afogo em todo o resto — confessou o inglês.

Haviam chegado à praça do Scala e entraram pela *via* Hoepli. Havia um bar da moda, camuflado de velha *osteria*.

— Gostaria de um copo de vinho? — perguntou ele.

Também ali, montes de jovens conversavam, riam, bebiam.

Sentaram-se a uma mesinha, diante de uma garrafa de *dolcetto* de Alba. O professor enalteceu as virtudes de Giuliana, atribuindo-lhe uma capacidade de captar os enredos realmente surpreendente.

Depois falou de si, dos ensaios que havia publicado e daqueles nos quais estava trabalhando, das férias passadas na Itália quando era estudante, do fascínio que a Itália e seus habitantes sempre haviam exercido sobre ele, de sua vida conjugal recém-naufragada.

Martina escutava sem fazer comentários.

— Mas a senhora não está me falando de si nem um pouco — constatou o professor.

Ela encolheu os ombros e declarou:

— Minha vida é tão normal e insignificante que não merece ser contada.

— O mais provável é que eu a tenha entediado mortalmente. O fato é que estou aqui há duas semanas e pela primeira vez conheci alguém que sabe me escutar. Eu lhe agradeço, senhora Agrestis.

— Pode me chamar de Martina.

— E a mim, chame de Oswald.

Riram sem motivo.

— Agora que somos quase amigos, me permita uma pergunta: por que a senhora não se concede umas férias na Inglaterra? Aprenderia inglês mais rapidamente do que imagina. Vou lhe dar minhas coordenadas — disse ele, estendendo-lhe seu cartão de visita. E prosseguiu: — Retorno a Oxford daqui a poucos dias. Se decidir vir, me telefone e eu lhe organizarei uma temporada muito construtiva.

— Vou pensar — prometeu Martina.

47

Giuliana retornou a Vértova para se despedir da mãe antes de sair de férias.

— Com quem? — perguntou Martina.

— Somos muitos — respondeu a moça, mantendo-se vaga.

Estavam almoçando sob o caramanchão. Maria, armada de balde e pazinha, cavava uma valeta no cascalho, vigorosamente auxiliada, nesse desastre, por seu amiguinho Mattia, o filho de Leandro e Emanuela, que era confiado aos avós todos os fins de semana. A mulher de Leandro esperava outro filho e seus sogros haviam confidenciado a Martina que a gravidez não estava sendo fácil. Maria era ligadíssima a Mattia. Um dia, brincando, Leandro tinha repetido a Martina: "A julgar pelo jeito como se procuram, quem sabe se, quando crescerem, não vão se casar?"

Gigliola havia posto na mesa um *vitello tonato* e uma salada fresquinha, da horta. Martina e Giuliana não sentiam fome e ainda não tinham se servido. Bebericavam um vinho fresco do Collio e enquanto isso mediam as palavras.

— Aquele Sergio Algumacoisa também vai? — indagou Martina, com ar desinteressado.

— Não lhe contei? Acabei com Sergio.

— Eu nem sabia que você teve uma história com ele — mentiu a mãe.

Martina observava aquele esplendor de filha que se deixara fisgar pelo fascínio do grande diretor, ainda que parecesse manter intacta sua autonomia, ao menos por enquanto.

— Ele era muito possessivo — queixou-se Giuliana.

— Compreendo e lamento por ele, porque me pareceu um bom rapaz — disse Martina.

— Sim, mas um pouco limitado. Não tem fôlego para se tornar alguém.

— É o que Kuno Gruber diz?

— Como é que você sabe?

— Vamos chamar de intuição materna — ironizou Martina, já tendo compreendido que o diretor, velha raposa, já abocanhara sua filha e agora a saboreava lentamente.

— Acho que você está sendo abelhuda.

— Se estivesse, teria todo o direito, na medida em que lhe quero bem. Ainda assim, nunca interferi nas suas escolhas e não o farei, nem mesmo agora. Estarei sempre ao seu lado, embora tema que você esteja fazendo escolhas equivocadas. Além disso, estou convencida de que, de cada erro, é possível extrair excelentes ensinamentos. Eu cometi muitos e continuarei a cometê-los, porque, se a soma de todas as minhas decisões equivocadas são você e a pequena Maria, e esta casa e o amor que nos une e a vontade de viver, então digo que devemos brindar aos erros — declarou Martina, erguendo o copo.

— Podemos brindar também? — pediu Maria, concluindo o minucioso trabalho de escavação. Aproximou-se delas levando pela mão o amiguinho, por quem demonstrava uma atitude muito protetora. Mattia, que já compreendera como funcionavam as coisas, como bom machinho deixava-se prazerosamente proteger por ela.

— Vão pedir a Gigliola uma laranjada. Nada de vinho para criancinhas — ordenou Martina.

Os dois obedeceram e ela se voltou de novo para a filha.

— Vamos comer? — perguntou, enquanto lhe servia umas fatias do *vitello tonato*.

— Estou indo à Inglaterra. Visitaremos Londres e seus teatros, a começar pelo Old Vic. Todos os locais shakespearianos, em suma, com vistas ao *Hamlet* que encenaremos no outono. E, agora que você já sabe, não faça sarcasmo deduzindo que Gruber também irá. Sim, ele irá — disse Giuliana.

Começaram a comer, mergulhando cada uma em seus próprios pensamentos. Giuliana pensava em Kuno Gruber e o considerava o homem mais fascinante que já conhecera. Era um fabulador extraordinário, e seu modo de narrar desprendia uma carga erótica irresistível. As atrizes de sua companhia diziam dele: "Quando fala, é como se fizesse amor com você". Por enquanto fazia amor com ela, com uma força e uma doçura que a deixavam sem fôlego. Bastava que a olhasse para Giuliana sentir um frêmito de prazer em todo o corpo. Ela percebia que Gruber a estava subjugando, mas também plasmando para fazê-la desabrochar em todo o seu brilho de intérprete dramática. E dava a ele a parte mais alegre de si, sua capacidade de desfrutar até das pequenas coisas, a despreocupação dos seus 19 anos e a dedicação a um ofício privilegiado e difícil como é o do ator.

Já Martina havia elaborado um projeto que se iniciara algumas semanas antes, quando aquele docente de literatura lhe dissera que ela poderia aprender inglês rapidamente, se fosse à Inglaterra.

As crianças saíram da casa carregando perigosamente seus copos cheios de laranjada.

— Podemos nos sentar com vocês? — perguntou Maria, que sempre falava no plural quando estava com Mattia, associando-o às próprias decisões, porque o garotinho jamais se permitiria discordar dela.

— Já percebeu que esta menina é idêntica à vovó? — observou Giuliana.

— Rechonchuda e fofa como creme batido, e com o narizinho arrebitado que é típico de Vienna — concordou Martina.

— Sabia que quando eu crescer vou me casar com minha mãe? — disse Maria ao amiguinho, limpando o bigode de laranjada com a mão.

— Eu também vou me casar com minha mãe quando crescer — imitou-a Mattia.

— Ouviu? Tão pequenino e já dominado pelas mulheres — comentou Giuliana, divertida.

— Eu não sou pequeno. Sou o pirata e Maria é a rainha. Eu roubo os tesouros e dou a Maria.

— Não quero os tesouros do pirata. Quero minha mãe e pronto — disse a menina. Ignorou sua laranjada e quis que Martina a tomasse nos braços.

Mattia deve ter-se sentido ofendido por aquela brusca mudança de humor, porque explodiu em lágrimas e saiu correndo em direção ao portão.

— O que foi que deu nele? — perguntou Giuliana.

— Pequenos dramas infantis. Giuliana, leve-o até os avós, por favor — disse Martina.

Maria rodeou com os bracinhos o pescoço da mãe e depois começou a sugar o polegar.

Martina entrou de volta em casa, levando Maria nos braços, subiu ao primeiro andar e entrou no quarto da menina.

— Hora de dormir — disse.

— Aqui, não. Quero a sua cama grandona — choramingou a garota.

— Tudo bem. Mas depois vai nanar, promete?

— Prometo.

Pouco depois Giuliana apareceu à porta do quarto de Martina.

— Bem, mamãe, estou indo — disse baixinho, para não acordar a irmãzinha.

— Estou pensando em ir à Inglaterra com vocês, sabe? — disse Martina, saindo com ela do quarto.

Sua filha fechou a cara.

— Mamãe! — disse, indignada.

— Sossegue, eu falava apenas da viagem. Aquele professor Graywood me convidou para aprender inglês. Até se ofereceu para organizar minha temporada na Inglaterra — explicou Martina. — Naturalmente, tomei minhas providências. Descobri um *cottage* delicioso, embora muito caro, nos arredores de Oxford. E uma pequena escola na mesma zona. Em suma, vou gostar de passar o mês de agosto na Inglaterra.

— E Maria?

— Fica com a avó.

— Você nunca me deixou sozinha, quando eu era pequena como Maria.

— Quer parar de me inventar obstáculos?

Giuliana suspirou, resignada.

— Promete manter a boca fechada, quando encontrar Gruber?

— Juro solenemente.

— Tudo bem. Então eu venho buscá-la.

Na manhã seguinte Martina explicou à sua mãe, segurando a filhinha pela mão:

— Tenho que acompanhar Giuliana a Londres. Você pode ficar com Maria?

— Quantos dias vai estar fora? — perguntou Vienna, que, embora feliz por se ocupar da netinha, não se entusiasmava tanto assim com a viagem da filha.

— Depende. Não confio em deixar Giuliana sozinha na Inglaterra, sabe, mamãe? Você me entende, não é? — mentiu, sem um pingo de vergonha.

Vienna entendia, ainda que tivesse a vaga suspeita de que Martina a estava tapeando.

Virou-se para Maria e abriu os braços, com um largo sorriso.

— Venha cá, lindinha da vovó. Nós duas vamos ficar muito bem, sem essa desmiolada da sua mãe.

48

MARTINA NÃO ESPERAVA encontrar o professor Oswald Graywood no aeroporto de Londres. Ele, porém, viera buscá-la. Assim, ela se despediu da filha, dos colegas desta e daquele finório do Gruber.

— Tenha juízo — cochichou-lhe Giuliana, no momento de deixá-la.

— Você me roubou a tirada — respondeu Martina.

— Não estou brincando, mãezinha. Graywood é um estudioso fascinante, você é uma mulher jovem, rica e sozinha. Ou seja, é como juntar fósforo e palha seca — disse a filha.

— Vejo que você é ótima em inverter os papéis. Mas acho melhor que cuide de si mesma e não se deixe dominar além dos limites por aquele velho histrião — recomendou Martina, tendo compreendido que, no diretor e mestre, provavelmente Giuliana buscava também uma figura paterna.

— A gente se revê daqui a quatro semanas? — perguntou Giuliana.

— Não sei. Pode ser que eu esteja arrumando as malas dentro de poucos dias. Já começo a me sentir deslocada neste lugar onde todo mundo fala inglês. Seja como for, você tem o número do telefone do *cottage*. Ligue, porque eu não vou saber como localizá-la — pediu a mãe.

Depois entrou no Mini Morris do professor louro, dando-lhe as coordenadas para chegar ao chalé alugado.

Lá estava a proprietária do imóvel para acolhê-la, e ela assistiu meio deprimida à intensa conversa entre a senhora, que tinha o aspecto de uma robusta dona de casa, e o esguio docente, enquanto entravam num salão de forro baixo, decorado com móveis escuros, paninhos de renda um pouco por toda parte, e um vago odor de mofo. Perguntou-se se sobreviveria por um mês naquele lugar, visto que não tinha condições sequer de pedir um copo d'água em inglês.

A dona guiou-os de aposento em aposento, exaltando o conforto e a senhorilidade do seu *cottage*, que, ao longo dos anos, tinha sido habitado por moradores ilustres, entre os quais Mr. George Bernard Shaw, enquanto esperava que ficasse pronta sua residência de Ayot St. Lawrence. Oswald traduzia para Martina todas as informações fornecidas pela loquaz proprietária.

— Senhor Oswald, por favor, diga a ela que esta confortável residência tem cheiro de mofo e precisa de uma boa faxina — disse Martina.

— Não vou dizer nada. Prefiro pedir à minha governanta que lhe mande uma pessoa de confiança, mas lembre-se de que somos ingleses e temos unidades de medida diferentes, até mesmo para o grau de limpeza — avisou o professor, que não compartilhava do desapontamento de Martina.

— Dá vontade de chorar — sussurrou ela.

Perguntava-se que sentido tinha, isso de se ver naquele lugar perdido, longe de seus pontos de referência, da pequena Maria, de sua mãe e até de Giuliana, que, seguramente, não estava pensando nela. Sua bagagem estava ali, diante da porta. Bastaria chamar um táxi e voltar para o aeroporto.

O professor deve ter intuído seu desalento, porque lhe circundou os ombros com um braço e tentou animá-la.

— Amanhã vai ser melhor, querida Martina. Eu lhe dou minha palavra.

— E de agora até amanhã? — perguntou ela.

— Vamos visitar esta cidadezinha e depois jantaremos num *pub* onde cozinham camarões de rio. Antes, porém, vou lhe mostrar a mercearia mais próxima, onde a senhora poderá comprar tudo de que precisa — disse ele.

Martina o fitou e o viu sob uma nova luz. Oswald era mais jovem do que lhe parecera, e tinha perdido o ar professoral. Ela decidiu confiar nele, embora, no íntimo, gritasse: Quero retornar a Vértova!

— Por que o senhor está fazendo tudo isso? — perguntou.

— Para dar um sentido à sua estada no meu país — respondeu Oswald.

Tomaram a Queen's Lane, em direção ao centro de St. Albans.

— É altruísmo ou o quê? — interpelou-o Martina.

— É um saudável egoísmo. Nunca tive a oportunidade de bancar o guia para uma mulher bonita como a senhora — admitiu ele.

Na manhã seguinte, Martina foi acordada pela campainha da porta. Desceu para abrir e viu-se diante de uma jovem indiana, que vestia um sári em tecido brilhante e ostentava uma pinta vermelha na fronte.

Era Salinda, a doméstica enviada para socorrê-la. Sorriu-lhe com uma candura cativante. Martina achou-a deliciosa. Entenderam-se mais por gestos do que por palavras, mas houve de imediato um acordo perfeito. Trabalharam juntas, braço a braço, por todo o dia.

À noite, Martina estava exausta, mas satisfeita. E, quando o professor se apresentou a fim de levá-la para jantar, ela o abraçou com gratidão.

— Você foi um tesouro — disse. Tinha adotado o tratamento menos cerimonioso, sem perceber.

— E você, ainda está com vontade de chorar?

— Nem tive tempo de pensar.

— Como foi seu primeiro dia de escola? — quis saber Oswald.

— Eu não fui, e acho que não irei nunca. O que vou poder aprender, em três horas de aula, que Salinda não possa me ensinar, estando comigo o dia inteiro?

Foi um agosto realmente insólito. Martina se sentiu uma estudante em férias. Os dias passaram velozes e, em certos momentos, ela até esquecia que tinha duas filhas. Estava resgatando seus 15 anos que não tinha vivido, ocupada como estivera em ser mãe. E gostava de pensar que o tímido professor, sempre irrepreensível, era uma espécie de *boy friend*, que à noite a pegava em casa para sair e mais tarde se despedia com um beija-mão cortês. Martina se sentia feliz.

À noite, quando se deitava na cama encimada por cortinas de renda branca que desciam do baldaquino, abandonava-se ao sono com serenidade.

Depois chegou Giuliana e atropelou-a com suas narrativas. Estava perdidamente apaixonada por Kuno Gruber, confessou.

— De fato, você está deslumbrante. Acho que esta história lhe faz bem, ao menos por enquanto — constatou Martina.

— Você também, mãezinha, está esplêndida. Devo deduzir que com o professor... — insinuou a filha, sem concluir a frase.

— Deduziu mal. Ele é um verdadeiro cavalheiro, e eu sou uma moça ajuizada que não quer complicar a própria vida — afirmou Martina.

— Que pena, perdi a aposta — lamentou sua filha.

— Que aposta? E com quem você apostou?

— Comigo mesma. Eu estava certa de que você veio para cá porque gostava do professor Graywood. — Nesse momento Giuliana ajudava a mãe a guardar suas coisas nas duas bolsas de viagem, porque no dia seguinte Martina iria deixar o *cottage* e as duas retornariam juntas à Itália. Então, prosseguiu: — Se não fosse assim, não teria deixado sozinha uma filha de 4 anos.

— Quero lhe lembrar que Maria não está sozinha, porque ficou com a avó dela. E, enfim, eu me concedi uma folga, porque não existem só as minhas filhas. Eu também existo, Giuliana, e sou uma mãe, não um capacho — revoltou-se Martina, consciente de sempre haver-se dedicado inteiramente a Giuliana e a Maria.

A filha abraçou-a.

— Você é a melhor das mães, e eu lhe quero muito bem. Mas diga a verdade: gosta do professor, não?

— Talvez — sorriu Martina. — Mas, se você me permite, isso é assunto meu.

Nessa noite, Oswald convidou mãe e filha para jantar. Na volta, Giuliana foi logo para seu quarto. Já Martina se deteve no jardim com Oswald.

— Realmente, não sei como lhe agradecer. Ao longo destas semanas, não aprendi inglês, mas me senti muito bem. E devo isso a você, que me deu segurança. Todas as vezes em que tive algum problema, você o resolveu. Obrigada, do fundo do coração — disse, estendendo a ele um presente de despedida. Era uma edição rara das comédias e tragédias de Shakespeare, adquirida num livreiro antiquário de Londres.

— Não falemos de gratidão, porque eu lhe devo um mês belíssimo. Você me fez esquecer minha mulher e recuperar minha vontade de viver — disse ele.

Quase sem dar-se conta, viram-se um nos braços do outro e se beijaram apaixonadamente.

Giuliana, que os espiava da janela do seu quarto, sorriu e murmurou para si mesma: "Eu tinha razão. Minha mãe está adorando o professor".

49

GIULIANA VOLTOU PARA a Itália sem a mãe, que permaneceu no *cottage* de Queen's Lane, porque estava vivendo uma nova história de amor.

Martina não se perguntava se nem quanto duraria aquilo, contentando-se com o presente que a satisfazia.

Lá em cima, no norte, o verão havia acabado e o vento, o sol, os temporais se revezavam sem interrupção.

Na última noite de setembro houve um temporal particularmente violento. Os trovões e o barulho da chuva batendo no teto acordaram-na. Instintivamente, ela estendeu um braço, à procura de Oswald. O professor dormia profundamente. Martina não conseguiu retomar o sono e esperou as primeiras luzes do amanhecer para se levantar. Agasalhou-se num casacão de lã e saiu para o jardim. Viu as dálias, respingadas de água e terriço, reclinarem a corola até o chão. Os caules mais tenros das hortênsias tinham-se despedaçado. O cascalho da trilha, sob a violência do aguaceiro, desarrumara-se em pequenos montículos, abrindo pequenos espaços de terra e lama. No gramado, junto à *bow window*, amontoavam-se ramos frágeis e folhas caídas do cítiso. A violência do temporal tinha arruinado o belo jardim.

Martina entrou de volta na casa, aumentou o termostato do aquecimento, tomou banho e vestiu-se com uma calça de vicunha cinza e um suéter de lã com gola alta. Calçou os mocassins e finalmente foi até o quarto. Oswald continuava dormindo. Então ela desceu à cozinha e preparou seu primeiro café do dia. Foi tomá-lo no jardim, encolhida no banco de vime, embaixo da *bow window*. O sol se erguia num céu azul-cobalto, sulcado por meadas de nuvens brancas que navegavam como galeões no mar. O ar começava a se aquecer. Martina pousou no chão a xícara vazia, pegou um raminho de robínia e traçou umas garatujas na terra úmida. A euforia das primeiras semanas ao lado de Oswald estava se diluindo numa leve sensação de desconforto. Cancelou as garatujas e, com a ponta do raminho, desenhou uma casa: as paredes, o teto em vertente, a chaminé da qual saía um anel de fumaça, quatro janelinhas e a porta. Repetia sempre o mesmo desenho: em papel, em vidraças embaçadas, na areia. Às vezes traçava um caminho que conduzia à casa e terminava diante da porta fechada. Agora, pela primeira vez, ela a desenhara aberta. Surpreendeu-se com essa variação do esquema habitual e imaginou-se entrando na casa. Viu um vestíbulo com muitas portas fechadas. Podia escolher uma, ao acaso, abri-la e entrar, mas não sabia qual delas escolher.

"Não consigo", disse a si mesma. Eliminou o desenho com a ponta do mocassim, sentindo um certo mal-estar.

— Você está pensativa — disse Oswald, aproximando-se.

— Acordei há um tempão — respondeu ela. Recolheu a xícara do chão e estendeu-a a ele. — Estou morrendo de frio. Vamos entrar — acrescentou.

Oswald pousou-lhe um braço sobre os ombros.

— Você está tremendo — disse.

— Preciso urgente de outro café — anunciou ela, entrando na cozinha.

— Vá para a sala. Deite-se no sofá e eu lhe levo o desjejum — prometeu ele, aflorando-lhe com um beijo a ponta do nariz.

Martina obedeceu e cobriu as pernas com uma manta de lã.

Pouco depois, Oswald apareceu empurrando um carrinho sobre o qual havia disposto um desjejum convidativo. Comeram em silêncio.

— Eu me sinto muito bem com você — disse o professor.

— Meus pés estão gelados — replicou ela.

Oswald sentou-se no canto do sofá, descobriu-lhe um pé e começou a massageá-lo. Martina fechou os olhos e redesenhou mentalmente a casa com a porta fechada. Escancarou-a e viu-se num vestíbulo comprido e estreito. Do fundo irrompia uma luz violenta que delineava os contornos de Vienna. Sua mãe tinha os braços abertos não para acolhê-la, mas para impedi-la de prosseguir. O que havia no fundo do vestíbulo? Por que Vienna não queria deixá-la passar? Podia empurrá-la para o lado e continuar. Abriu os olhos e disse:

— Estou pensando em voltar para a Itália.

— Não há problema. Eu remarco algumas aulas e vou com você — respondeu Oswald.

— Prefiro ir sozinha.

Ele assumiu uma expressão de cachorro espancado e assentiu.

— Sinto saudade de Maria. Quero entender o que Giuliana está pretendendo. Preciso falar com minha mãe — explicou Martina.

Na noite anterior, como todas as noites, havia falado ao telefone com as três. Maria estava bem. Vienna havia parado de perguntar quando ela voltaria, e isso significava que a netinha lhe preenchia a vida. Quanto a Giuliana, estrearia em teatro em meados de outubro. Até lá, ia tornando-se famosa. Sua fotografia aparecera em algumas revistas semanais que falavam dela como da nova estrela nascente dos palcos italianos. Por trás de tudo isso encontrava-se a direção hábil de Kuno Gruber, que desejava criar curiosidade e interesse pelo seu *Hamlet* e decidira utilizar Giuliana para promover o espetáculo.

Na realidade, fazia dias que Martina se perguntava qual era o significado de sua temporada inglesa, à falta de um projeto de vida.

— Você está suspensa no vazio — disse Oswald.

— Isto mesmo — admitiu Martina.

Ele sorriu e passou a lhe acariciar as pernas.

— Quando as ideias são claras, é fácil tomar uma decisão — observou.

— Quero voltar à minha vida de sempre, sem me fazer muitas perguntas, mas me dói ficar longe de você. Vim à Inglaterra não tanto para estudar seu idioma, que na verdade não aprendi, mas para lançar os dados com um copinho, esperando que saísse um belo sete ou um belo nove.

— Em vez disso, o que saiu?

— Não sei. Não consigo ler os números. Por isso quero voltar para casa. Em Vértova, talvez a visão seja mais límpida.

— E eu, enquanto isso, o que devo fazer?

Oswald tinha parado de acariciá-la, levantara-se, aproximara-se da janela e agora olhava lá para fora, com as mãos afundadas nos bolsos da calça.

— Está dizendo que eu sou egoísta? — reagiu Martina.

— Você fez tudo. Chegou de repente, deixou-se assistir e até amar. Agora, vai partir com a desculpa mais tola que pode haver: a necessidade de refletir. O que espera que eu faça?

— Você me convidou.

— Claro! Conheci-a por acaso, convidei-a para tomar um copo de vinho e lhe disse: "Venha à Inglaterra". Só havia uma probabilidade em um milhão de que você aceitasse o convite. Meu moral estava no pé, e você precisava ser assistida. Não me entediei ao seu lado nem por um instante. Eu a amo e queria que você descesse da gangorra, apoiasse os pés no chão e descobrisse o que deseja fazer.

— Eu também amo você, Oswald, mas preciso voltar para minha família.

— Que família? Sua Giuliana já bateu asas. Sua mãe é uma mulher independente. A pequena Maria cresceria muitíssimo bem na Inglaterra.

— Falando, parece tudo muito simples. — Nesse momento, Martina se deu conta de que o professor jamais compreenderia seu apego às raízes.

— Você é uma mulher complicada, e é isso que a torna fascinante. Seja como for, se decidiu retornar à Itália, pode ir. Eu espero por você.

— E se eu não voltar?

— Voltará, ou então eu vou ao seu encontro.

Martina tomou o voo para Milão na manhã seguinte. Giuliana a aguardava no aeroporto. Seguiram juntas para Vértova. Ali, o verão ainda não tinha acabado.

50

— Por que voltou tão cedo? — perguntou Vienna, com leve sarcasmo, quando a filha entrou em casa.

— Achei que você ficaria feliz por me ver.

— Como não? Você foi para ficar poucos dias, e dois meses se passaram. Mesmo assim, parece bem, e eu estou contente — replicou Vienna, que na realidade estava furiosa e se esforçava por parecer calma.

— Vovozinha, eu também estou aqui — disse Giuliana, até para aliviar a tensão. E abraçou-a.

— Eu já vi. Pena que a veja com mais frequência nos jornais do que pessoalmente.

— Estou para me tornar uma atriz famosa — brincou a moça, pavoneando-se.

— Onde está minha menininha? — perguntou Martina, saindo para o pátio.

Maria estava brincando com um gato. Pretendia meter-lhe na cabeça uma touquinha de renda e o animalzinho se rebelava. Viu a mãe, olhou-a com seriedade e depois disse:

— Olá.

— Como você cresceu! — empolgou-se Martina, agachando-se junto dela.

O gato escapuliu.

— Não vai me dar um beijo, meu amor? — pediu a mãe.

Maria não se moveu. Estava com raiva.

— Você ficou bem, com a vovó?

— Sim — respondeu a menina, lacônica.

— E o que tem para me contar?

— Nada.

Martina abraçou-a de chofre e Maria a estreitou como se temesse ser abandonada outra vez.

— Eu lhe trouxe muitos presentes — disse Martina.

— Obrigada.

— Não quer vê-los?

— Não.

— Vamos fazer um passeio? — propôs Martina.

— Tudo bem — consentiu a garotinha.

Alcançaram o rio e sentaram-se numa rocha da margem. O sol estava caindo e o ar cheirava a grama recém-cortada. Martina falou à filha do lugar onde estivera, dos roseirais e dos prados, do pequeno lago no qual se andava de barco, de um rio semelhante ao Serio, da amiga indiana que trazia um terceiro olho no meio da testa e se chamava Salinda.

— Você conheceu mesmo uma mulher com três olhos? — A curiosidade havia eliminado o rancor de Maria.

— Tenho umas fotos na mala. Quando estivermos em casa, eu lhe mostro.

A essa altura Maria quis saber por que a mãe não trouxera para Vértova a mulher com três olhos, se era verdade que os cisnes do lago bicavam as pernas das crianças e como se faz para aprender inglês, porque ela também queria aprender.

Quando a noite caiu, Maria já achava que a mãe jamais a tinha deixado. Martina prometeu a Vienna que se reveriam no dia seguinte e voltou para a Villa Ceppi com as filhas.

Gigliola havia servido o jantar.

— Estou indo. A casa está um brinco. A gente se vê amanhã — disse, e escapuliu.

Então Maria quis ver os presentes trazidos pela mãe: roupinhas camponesas, simples jogos de paciência, uma minigaita de foles, sabonetes coloridos, com a forma dos bichinhos de Walt Disney, e uma miniatura do Big Ben em prata que escondia uma caixinha de música.

Depois do jantar, colocou-a na cama, e a menina quis todos os presentes ao seu redor. Martina ficou no quarto até Maria adormecer.

Depois desceu ao térreo. Giuliana falava com Gruber ao telefone, e Martina, movendo em tesoura os dedos indicador e médio, pediu que ela encerrasse a conversa.

Pouco depois, estavam as duas sentadas na varanda, conversando como velhas amigas.

Giuliana ainda não tinha estreado no teatro e já começava a ficar famosa.

Naquela tarde, ao chegar a Vértova, onde todos a conheciam, sentira-se no centro da curiosidade das pessoas e isso não a deixava muito feliz.

— Gruber diz que, quanto mais alto você sobe, mais inimigos faz. Suponhamos que Ofélia não agrade à crítica. Vão me metralhar até me transformar numa peneira. — Seu tom de atriz consumada divertiu muito a mãe.

— Não gosto desse tal de Gruber — decidiu-se Martina a dizer.

— Você se comporta comigo como a vovó se comporta com você. Vai disparando julgamentos sem conhecer as pessoas.

— Mas conheço você, que sempre usou sua própria cabeça, ao passo que agora se expressa com a do seu mentor.

— Será que você não está com ciúme?

— Claro que estou. Aquele lá é um espertalhão mascarado de intelectual e o teatro é seu mundo. Você é a flor mais bela do jardim, e ele não hesitaria em pisoteá-la, se isso lhe servisse ao ego transbordante.

— Tudo bem. Você fez seu dever de mãe preocupada com meu bem-estar. Agora, eu gostaria de falar um pouco a seu respeito. Quando a vi nos braços de Oswald Graywood, achei que você estivesse vivendo, finalmente, sua idade de ouro, e fiquei muito feliz. Mas agora você está sozinha de novo. Por quê?

— Minha idade de ouro, como diz você, está longe de chegar, e talvez não chegue nunca. Quando relembro minhas história de amor... seu pai, como já lhe contei, era um personagem inviável. Já o pai de Maria era um homem excepcional. Deus é testemunha do quanto eu sofri com a morte dele. Estava apaixonada, mas teria conseguido amá-lo por toda a vida? E não há nada mais triste do que um casal que continua junto por muitas razões, até importantes, mas não por amor — explicou Martina.

— Eu lhe perguntei sobre o professor — insistiu a filha.

— Creio que estou apaixonada por ele, mas sua irmãzinha precisa de mim. Acha que eu poderia pegar Maria e voltar para lá? Não há possibilidade, porque nossas raízes estão aqui. E não é imaginável que Oswald se mude para a Itália, quando toda a sua vida está em outro lugar.

— Mas você não leva em conta os sentimentos do professor — observou Giuliana.

— Eu o deixei também pelo bem dele — confessou Martina.

Giuliana foi embora na manhã seguinte. Martina retomou seu ritmo habitual e viu brilhar a alegria nos olhos de Maria.

Alguns dias depois foi procurar a mãe para conversar, ainda que não soubesse como enfrentar o assunto.

Vienna também desejava algumas explicações.

— Desta vez, você arrumou um namorado inglês — começou.

— Justamente — replicou a filha.

— É um baronete, ou um estivador do Tâmisa? — ironizou Vienna.

— Pare com seu sarcasmo. Estou tentando tomar distância dele, e não é um bom momento para mim.

— Pode não ser um bom momento, mas sua tática de morder e fugir é no mínimo transtornante.

— Veja só quem fala! Você fez coisas que me transtornaram a vida.

— Quando a pessoa não sabe como se defender, parte para o ataque.

— Estou falando sério, mamãe. Você me criou na ambiguidade. Sempre que eu queria explicações, me fez encontrar a porta fechada — acusou Martina. — Você me oferecia uma fachada sólida, limpa, sem uma nódoa. Mas não me contou o que havia por trás dessa fachada. Tive de intuir sozinha a verdade sobre o meu nascimento, e foi a vovó Ines, e não você, quem me contou. Acha que eu não percebia sua ambiguidade, quando era pequena? As crianças precisam de verdades, e não de mistérios. Acha mesmo que eu, se tivesse sido uma adolescente equilibrada, iria me entregar àquele deficiente do Bruno Biffi?

Vienna se enfureceu até ficar quase roxa. Seu braço partiu, sem que ela tivesse consciência, e a mão se abateu pesadamente na face de sua filha.

Os olhos de Martina se encheram de lágrimas, mas ela prosseguiu.

— Entendo a necessidade de proteger sua imagem de esposa, viúva e mãe integérrima. Mas teria sido melhor se você tivesse tido coragem de encarar a realidade, mesmo que isso viesse a manchar sua reputação impecável. Você teria vivido muito mais serena, e eu também. Recordo quando lhe suplicava para me falar do meu pai, e você sempre encontrava um derivativo para evitar o assunto. Recordo seus prantos que me faziam sofrer, para os quais você nunca me dava uma explicação, e as frases ambíguas que trocava com Ines Ceppi, que me deixavam pouco à vontade. Fui uma criança despedaçada por alguma coisa que eu não conseguia entender. Agora sou uma mulher que tenta juntar esses cacos.

Quero-lhe um bem infinito, porque você é uma mulher maravilhosa. Mas como seria ainda melhor, se tivesse tido coragem de me mostrar seu lado frágil! Eu a amaria ainda mais, se possível.

Vienna havia baixado a cabeça, escondendo o rosto com as mãos.

Martina lhe acariciou os ombros, beijou-lhe os cabelos, saiu para o pátio, pegou a pequena Maria e voltou à Villa Ceppi.

Duas semanas depois, sua mãe lhe telefonou.

— Fiz polenta com *uccelli scapati** — disse.

— Com muito molho de sálvia e alecrim? — perguntou Martina.

— Como você gosta, e também a pequena Maria.

— Meu novo bebê também vai gostar. Estou grávida, mamãe.

Vienna desligou e levou a mão ao peito, como se quisesse deter o coração enlouquecido.

"Esta filha resolveu me matar", disse a si mesma.

---

*Literalmente, "passarinhos descabeçados", em alusão ao formato, que lembra uma avezinha degolada. Trata-se de enroladinhos de carne suína ou bovina com toucinho, cozidos em vinho branco. É um prato típico da cozinha lombarda. (*N. da T.*)

51

MARTINA ESTAVA NA RESIDÊNCIA paroquial preparando os pacotes dos presentes de Natal. Famílias do sul chegavam a Vértova em busca de ocupação, mas não havia trabalho suficiente para todos. Aumentava o número de desempregados e de jovens desajustados. As famílias mais abastadas do vilarejo, fiéis a uma antiga tradição de solidariedade, dedicavam-se a socorrer os mais necessitados, sobretudo por ocasião das festas.

Martina mantinha relações com empresas que, de vez em quando, doavam produtos alimentícios e roupas. Conseguia até obter pequenas somas dos bancos. Muitas vezes sacava de sua conta corrente, sem que ninguém soubesse. Mas o pároco havia percebido e às vezes a repreendia.

"Não lhe parece que está exagerando, senhora Agrestis?"

"Estou tentando obter o perdão dos meus pecados", replicava ela, brincando.

Em confissão, havia contado a dom Luigi que, pela terceira vez, ia ter um filho sem ser casada.

Dom Luigi assistia impotente às grandes reviravoltas do mundo, às reivindicações das feministas, às novas leis que permitiam o aborto e o divórcio. Às vezes se perdia, deixava-se invadir pelo desconforto, buscava uma conversa com seu bispo e não conseguia condenar totalmente essas lufadas de loucura. Ao Vale Seriana só chegavam os ecos dos grandes protestos, mas bastavam para fazer insinuar-se o mal-estar entre seus paroquianos, que apelavam a ele para que, do púlpito, lançasse anátemas contra o relaxamento dos costumes.

Ele preferia denunciar as disparidades sociais, os comportamentos desonestos da classe dominante, a exploração dos pobres pelos ricos. Pensava com frequência em Martina, que vivia a fé com sinceridade, embora sempre conseguisse provocar escândalo.

Dissera-lhe que ela estava exagerando, ao escutar sobre a nova gravidez.

— Como é que eu posso lhe dar a absolvição, se a senhora não se arrepende dos seus pecados?

— O senhor considera pecado, dom Luigi, ter um filho de um homem a quem amei? Se eu lhe dissesse que estou arrependida, seria mentira. Estou apenas feliz por ter outro filho.

Ele se enfurecera:

— As crianças precisam ter um pai. Quando a senhora dará um pai às suas filhas? Depois da missa, espero-a na sacristia. Até lá, absolvo-a em nome do Senhor — concluíra, resignado.

Dom Luigi não estava tão preocupado com a salvação da alma de Martina quanto com o fato de aquela senhora jovem, bonita e rica representar um ponto de referência para as moças do vilarejo. Desajeitadamente, elas tentavam vestir-se como Martina, imitar seu penteado, macaquear-lhe os gestos e a linguagem. E se também começassem a fazer filhos fora do casamento?

Dom Luigi afastou os coroinhas e, enquanto despia os paramentos sacros, perguntou:

— A senhora não quer considerar a possibilidade de desposar o pai da criança?

— Ele não me pediu em casamento — respondeu Martina.

— Nem mesmo sabendo que a senhora está grávida?

— Ele não sabe.

— E o que a senhora espera para contar?

Martina explicou que o professor tinha sido abandonado pela esposa, mas não se divorciara, que ele professava a religião anglicana, que para ambos seria complicado deixar o próprio país e mudar-se para outro, e acrescentou:

— Quando fiz amor com ele, eu sabia de tudo isso. Não procurei o filho que estou esperando. Mas acolho com amor as crianças que Deus me manda. É um pecado tão grave assim?

O sacerdote deu um suspiro de resignação.

— Não sei, acredite — respondeu. E repetiu: — Honestamente, não sei. Mas peço-lhe que reflita. Em Vértova a senhora é uma personagem de referência e, portanto, tem o dever de dar o exemplo às jovens.

Martina sorriu e disse:

— Dom Luigi, eu acho que aceitar uma gravidez, em vez de recorrer ao aborto, de certa forma pode ser um bom exemplo para as minhas conterrâneas.

Nas proximidades do Natal, quando Oswald lhe disse que gostaria de passar as festas com ela, Martina ficou feliz e convidou-o para ir a Vértova.

E agora o professor estava ali, na casa de Vienna, sentado à mesa com todos os parentes Agrestis, os quais, meio intimidados e meio curiosos, observavam-no e tentavam entender em que iria dar a história entre ele e Martina. A mais curiosa era Vienna, que, terminada a ceia, quando se dirigiam à igreja para a missa da meia-noite, deu o braço à filha e perguntou baixinho:

— E então? Contou a ele que já entrou no quarto mês?

Oswald estava conversando com Giuliana e segurava a pequena Maria pela mão.

— Ainda não — respondeu Martina.

— O que você está esperando? Ele me parece um bom homem, tudo menos desagradável.

— Eu me pergunto como Maria se sentiria se eu a expulsasse da minha cama, onde ela se refugia com frequência, para substituí-la por um homem que nem sequer é seu pai. Além disso, também nunca vi você dividir o leito com um homem — observou Martina.

Vienna se soltou dela bruscamente e sibilou:

— Entendi. Você já decidiu que, também desta vez, ficará sem marido, e a culpa é minha, como sempre.

Martina não queria brigar com sua mãe na noite de Natal. Assim, pousou-lhe a mão no ombro e disse:

— Não se enfureça, por favor. Prometo que vou pensar.

No dia de Natal e nos seguintes, houve um entra e sai de hóspedes na Villa Ceppi.

Gigliola havia chamado duas mulheres do vilarejo para ajudá-la na cozinha e na limpeza dos aposentos.

Martina, que já ultrapassara a fase dos enjoos, movia-se desenvolta em meio àquele bando de amigos e se extasiava ao calor de tanto afeto.

Uma noite, depois que uma parte dos convidados foi embora, enquanto os outros se retiravam para seus quartos, Oswald entrou no de Martina. Usava um pijama listrado e um roupão de lã escocesa.

Sentou-se no divã, ao pé da cama, e ela se refugiou em seus braços. Ele começou a acariciá-la.

— Estou enganado, ou você engordou? — inquiriu.

Martina prendeu a respiração. Depois disse:

— Tem razão, engordei. — E apressou-se a mudar de assunto: — Eu gostaria de ter uma cadeira de balanço, estofada com um tecido florido. É tão bom ser ninada!

— Eu o faria com mais frequência, se você não enchesse a casa de gente — lamentou-se ele.

— Acha que eu deveria mudar meu jeito de viver? — brincou Martina.

— Há situações pelas quais isso valeria a pena.

— Então me diga. O que você espera que eu faça?

— Eu tinha certeza de que você voltaria, e você não voltou. Agora, estou aqui, e lhe pergunto se quer ir ficar comigo em Oxford.

Martina imaginou uma vida no apartamento ao lado da universidade, os chás vespertinos com as mulheres dos docentes, os almoços sociais e as conversas de salão, os dias sucedendo-se sempre iguais e aquele péssimo hábito de todos os ingleses de falar na língua deles.

— Mas eu não falo inglês.

Oswald sorriu.

— O problema é só esse?

Martina pensou no bebê que crescia dentro dela e concluiu consigo mesma: se eu não falar agora, não falarei mais. Aos seus lábios aflorou uma consideração:

— Você ainda é casado.

— Pois é, e minha mulher, arrependida, começa a bater à minha porta.

— Duas mulheres na vida de um homem são demais — observou ela, séria.

— Mas eu amo você.

Martina se livrou dos braços dele, levantou-se e o enfrentou:

— Você, meu querido, gosta de ter por perto uma companheira. Se eu me afastasse, você retornaria para sua mulher. Responda com franqueza: não é?

Oswald se deu conta de que Martina tinha razão. A história deles acabou naquele instante.

Quando ele saiu do quarto, Martina sussurrou tristemente: "Estamos sós, eu e você, meu neném".

Hoje

52

NA ÚLTIMA PÁGINA DO ÁLBUM de fotografias Vienna havia colado um belo retrato em cor sépia de Stefano Ceppi Bruno. Acariciou-o com a ponta dos dedos e disse:

— Eu lhe entrego a nossa filha. Ela está com você. Espere por mim, porque não demorarei a encontrá-los.

Fechou o álbum, foi para o quarto e guardou-o na gaveta do criado-mudo.

Voltou à cozinha e começou a preparar o jantar. Martina ocupava todos os seus pensamentos.

"Eu não a merecia", cochichou de si para si, enquanto misturava os legumes que coziam na panela.

Sua filha herdara de Stefano Ceppi a beleza, mas também a retidão moral e a nobreza de espírito. Como dizia Ermellina, era um cisne em uma ninhada de patinhos feios. As fofocas e a maledicência das quais ela fora objeto durante anos não a tinham sequer tocado, e Vienna pensou que, naquele vale áspero, nunca mais nasceria uma mulher tão bela e digna de respeito.

Sentou-se na poltrona, diante da janela, e olhou o céu límpido, triunfalmente iluminado pelas estrelas. Pensou que os astros haviam vestido o manto mais brilhante para clarear o caminho de Martina rumo ao céu. Era o primeiro Natal que ela iria passar sem a filha.

Ainda assim, nessa noite da Vigília, na solidão da casa onde passara toda a sua vida, pareceu-lhe que Martina, mais do que nunca, estava junto dela.

Arrumou a cozinha e voltou a sentar-se na poltrona.

"Feliz Natal, minha Martina", disse, e iniciou a recitação do rosário.

Havia chegado ao quarto Mistério Glorioso quando o telefone tocou. Desta vez, lembrada das repreensões das netas, atendeu. Era Osvalda.

— Estava dormindo, vovó? — perguntou a jovem, com uma voz doce, que Vienna não conhecia.

— Estava rezando o rosário. Como está você?

— Dilacerada de dor pela mamãe, que não mais existe, e feliz, porque estou apaixonada.

— Por Galeazzo?

— Quem lhe contou?

— Você, por tratar tão mal o seu fiel cortejador. Quem desdenha quer comprar, não sabia?

— Eu me arriscava a perder o que há de bom na vida, se não tivesse percebido que o amo — explicou Oswalda, acrescentando: — Você precisa de alguma coisa, vovó?

— Não preciso de nada. Obrigada, querida — respondeu Vienna. O tom doce e atencioso de sua neta lhe recordou o professor Graywood. Ela relembrou o dia em que Oswald lhe contara que sua história com Martina havia terminado e que ele estava prestes a retornar à Inglaterra.

Era evidente que Martina não comunicara a Oswald sua gravidez.

Estavam os dois sozinhos, sentados à mesa da cozinha. Não sabendo como tinham corrido as coisas entre eles, Vienna se limitara a dizer:

— Minha filha é uma mulher indecifrável.

— Talvez. Mas sobretudo é uma pessoa honesta consigo mesma e com os outros —, respondera Oswald, em tom pacato e com infinita tristeza.

Nos anos seguintes, Martina voltara frequentemente à Inglaterra, levando Osvalda, para que pai e filha pudessem ficar juntos e aprender a conhecer-se.

Ao crescer, Osvalda tinha instaurado uma boa relação até com Eunice, a mulher de Graywood, que retornara definitivamente ao aprisco. Os dois formavam um casal calmo, e estavam sempre disponíveis para acolhê-la. Osvalda passava com eles as férias de verão e estabelecera com o pai um vínculo profundo.

Agora, ela perguntou à avó:

— Não acha que meu pai deveria saber que a mamãe nos deixou?

— Avalie você se é o caso de contar agora ou mais tarde, quando você for vê-lo — sugeriu Vienna, sabendo que Oswald sofreria com a notícia.

— Amanhã de manhã, passo aí com Galeazzo para buscá-la, e vamos juntos à missa de Natal.

— O vilarejo inteiro estará de olho em você — advertiu-a Vienna.

— Acredita mesmo que as filhas de Martina dão importância aos mexericos? — rebateu prontamente Osvalda.

— Até há pouco, você pensava de maneira diferente.

Despediram-se e Vienna voltou a sentar-se na poltrona. Retomou a recitação do rosário a partir do quarto Mistério Glorioso.

53

MARIA E SEUS FILHOS ENTRARAM no furgão para ir à casa de Maura, na *via* Mancinelli.

Era a noite da Vigília e, após dias de frenesi, a cidade retomava seu ritmo habitual.

As crianças estavam excitadas pela ideia de uma ceia fora de casa e falavam dos presentes que ganhariam de Maura e do marido. Maria, porém, relembrava com saudade os Natais de sua infância, quando a sacralidade do nascimento de Jesus prevalecia sobre a mundanidade.

— Será possível que eu não tenha conseguido fazer vocês compreenderem que o Natal não é aquele velho barrigudo, vestido de vermelho, cheio de pacotes a presentear? — impacientou-se.

Elisabetta replicou, em tom sabichão:

— Sabemos de cor que, em Vértova, no dia 13 de dezembro santa Luzia chegava para trazer pinhões secos. Fico angustiada só de pensar naquela pobre santa, cegada pelos pagãos, sendo levada por aí, de noite, no gelo, pelo seu jumentinho.

— Eu a recordo com prazer, até porque ela trazia presentes para mim e para Oswalda — disse Maria.

— Presentes? A bisavó Vienna diz que ela deixava um punhado de nozes ou uma laranja — interveio Pietro.

— Justamente! Aquela laranja ou aquelas nozes tinham algo de miraculoso, na medida em que vinham diretamente do céu. Devo dizer também que, conosco, santa Luzia era mais generosa: nos deixava um bom livro ou um par de sapatos novos. Nós a recompensávamos colocando na porta de casa uma tina com água e outra com feno para o burrico — precisou a mãe.

— E a santa Luzia, não davam nada? — quis saber Pietro.

— As santas não comem nem bebem, senão que santas seriam? — disse Maria, recuperando na memória o halo de mistério alegre e surpreendente que Martina sabia criar a cada ano, para que suas filhas assimilassem o amor às tradições.

— Mamãe, conte o que acontecia no Natal — incitou-a Elisabetta, que já sabia, mas gostava de escutar a narrativa da mãe.

— No Natal vinha o Menino Jesus, que era um garotinho de cabelos louros, encaracolados, com uma veste branca e os pezinhos descalços. Também ele, como santa Luzia, ia de casa em casa montado num jerico. Se tivéssemos sido boazinhas ele nos deixava um saquinho de chocolates, ou então de bombons e torrones embrulhados em papel colorido — contou Maria, enquanto se lembrava dos Natais seguintes ao seu casamento com Peppino Cuomo, quando o apartamento da *via* Vitruvio se transformava numa espécie de "casa Cupiello*", com os parentes de Nápoles que a invadiam em massa.

Estacionou o furgão nas proximidades da igreja, entrou com os filhos no saguão do prédio da *via* Mancinelli e, com eles, subiu a escada.

Foram recebidos por Fedele, o marido de Maura, que os fez entrar e depois se dirigiu a Maria:

— Sua amiga está na cozinha, arrumando o peixe para servir. E também o farmacêutico, que está montando a maionese.

---

*Alusão à comédia *Il Natale in casa Cupiello* (1931), de Eduardo de Filippo (1900-1984). (*N. da T.*)

— É mesmo? — espantou-se Maria, que não conseguia imaginar o doutor Draghi envolvido com culinária.

— Não gosto de peixe — reclamou Pietro, enquanto tirava o capote e o gorro de lã.

— Esta é boa! Você é metade meridional e não gosta de peixe? — brincou Fedele.

A casa, tépida e luminosa, estava arrumada para a festa. Maria depositou os presentes para os amigos embaixo da árvore, na sala de estar, enquanto seus filhos se instalavam diante do televisor, disputando o controle remoto.

— Por que não dá um pulo na cozinha? — sugeriu Fedele a ela.

— Eu seria demais e, para falar a verdade, estou exausta — declarou Maria. Foi com Fedele até a sala de jantar e sentou-se à mesa que Maura havia decorado com bagas vermelhas e flores amarelas.

Na realidade, não sabia como encarar o doutor Draghi e confiava no acaso. Seu anfitrião lhe ofereceu uma taça de espumante. Da cozinha chegavam o rebuliço e as risadas dos dois cozinheiros.

Maura veio até a sala, abraçou a amiga e cochichou, em tom alcoviteiro:

— O farmacêutico está montando a maionese para o peixe. Também fez uma massa com sardinhas. Diz que é uma receita siciliana.

— Por que você o convidou? Estou pouco à vontade — protestou Maria.

— Não seja tola. Ele é uma flor de cavalheiro, e doido por você. Comporte-se como a dama que é — ordenou a amiga, antes de sumir de novo na cozinha.

— Nem consegui ir ao cabeleireiro — lamentou-se Maria com Fedele.

— Não importa, você está linda — tranquilizou-a ele. Depois baixou a voz e acrescentou: — Maura me contou tudo sobre o doutor Draghi. É um senhor rico, sua família vive em Messina e são todos farmacêuticos, há várias gerações. Ele chegou a Milão logo depois de formado, com uma irmã que abriu uma farmácia na avenida Venezia. Ele, porém, tem a sua própria, que você já conhece.

— Você confiaria num homem que aos 40 anos ainda não se casou? — perguntou Maria.

— Peppino lhe parecia mais confiável? — ironizou Fedele, aludindo ao falecido marido dela.

Maura voltou com uma travessa cheia de bifes cheirosos e batatas fritas. Chamou as crianças:

— Vamos, desliguem a televisão e venham comer. Para vocês, nada de ceia de dieta — anunciou.

Atrás dela perfilou-se o doutor Draghi, que colocou sobre a mesa uma garrafa gigante de Fratelli Berlucchi gelado e outra igualmente grande de Coca-Cola.

Maria, que durante anos o vira de jaleco branco, olhou-o como se o visse pela primeira vez. Ele usava um paletó azul-marinho, calça cinza-escura, camisa azul-clara e gravata de lã azul-marinho. Estava muito elegante.

— Feliz Natal, dona Maria — saudou-a o farmacêutico, apertando-lhe a mão. Estava recém-barbeado e emanava um perfume suave de menta e limão.

— Para o senhor também — respondeu Maria.

— Estes são os seus anjinhos? — gracejou ele, enquanto as crianças se sentavam ruidosamente à mesa.

— Espere até vê-los comer, e não os definirá mais assim — avisou ela.

— Minhas condolências pelo falecimento de sua mãe — disse ainda o farmacêutico, fitando-a como se Maria fosse a mulher mais desejável do mundo.

— Obrigada, e também lhe sou grata por ter-se encarregado de uma parte do meu trabalho — respondeu ela.

— Estou feliz por ter-lhe sido útil — disse ele, sorrindo com ternura. Nesse ponto as crianças começaram a disputar a Coca-Cola.

— Viu os anjinhos, doutor? — gracejou ela, tentando acalmar os filhos.

A ceia se consumou alegremente, entre conversas e brindes.

Depois veio a distribuição dos presentes, e o farmacêutico ofereceu a Maria um espesso volume sobre flores, com lindas ilustrações.

— O que posso dizer? Estou confusa, doutor, porque não trouxe presente para o senhor — desculpou-se ela.

— Esta noite eu me senti como em família. E esse é o melhor presente — confessou Draghi. — Agradeço a todos os senhores por me terem chamado aqui, e proponho abandonar as formalidades e nos tratarmos por você.

Maria se perguntou se o farmacêutico seria um bom pai para seus filhos, e uma vozinha lhe sugeriu que aquele talvez fosse o homem certo.

54

HAVIA CHEGADO O MOMENTO de ir à missa da meia-noite. As crianças debandaram barulhentamente escada abaixo, seguidas pelos adultos.

Diante da igreja, o bar de sempre estava prestes a fechar.

— Vão entrando, eu vou daqui a pouco — disse Raul Draghi.

Durante a cerimônia, Maria confabulou com Jesus, como fazia sua mãe, pedindo que ele a guiasse em suas escolhas.

Quando seu marido morrera, ela havia jurado a si mesma que não ia mais querer outros homens em sua vida, mas agora estava mudando de ideia. Gostava do farmacêutico, não só porque ele era um belo homem, mas porque o sentia semelhante a si. Pensava nos filhos, que precisavam de uma figura masculina de referência. Não queria que sofressem, como sofrera ela, pela falta de um pai. Mentalmente, recitou: "Querido Jesus, devo pensar que estás me oferecendo outra oportunidade? Raul agradaria à mamãe. Diz-me que tu também gostas dele". De vez em quando espiava o farmacêutico, que viera encontrá-los e estava sentado ao lado dos seus filhos.

Enquanto o pároco falava aos fiéis sobre o significado mais profundo do Natal, ela pensou: Não sou mais a bobalhona que era aos 20 anos, e, se o instinto me conduz para o farmacêutico, há boas probabilidades de que eu não esteja enganada.

Quando saíram da igreja, Raul dava a mão a Pietro, que exibia uma expressão feliz.

— Antes de voltarmos para casa, uma xícara de chocolate quente nos espera no bar — anunciou o farmacêutico, que convencera o proprietário a manter aberto o estabelecimento por mais um tempinho. Entraram no local.

Maura sentou-se a uma mesinha junto a Maria.

— Ainda está convencida de que o farmacêutico não a corteja? — sussurrou.

— Mas eu tenho dois filhos nas costas — murmurou Maria.

— Ele gosta do clima de família — garantiu a amiga.

Enquanto o garçom servia o chocolate, Raul contava aos jovens a história do cacau.

— Os astecas o chamavam *cacahuatl*. É a semente de uma árvore das esterculiáceas, muito rica em substâncias graxas, e dessa gordura também se obtém a manteiga de cacau, aquela que a gente passa nos lábios para evitar que rachem.

As crianças o escutavam, curiosas por aquele senhor que lhes falava como se fossem velhos amigos.

Estava tarde quando saíram do bar e se despediram. Maura e Fedele dirigiram-se a pé para casa, enquanto Raul acompanhava Maria e seus filhos até o furgão.

— Vamos, crianças, subam — solicitou Maria.

— Posso escoltar você com meu carro? — propôs Raul.

— Não, obrigada — respondeu ela, já quase sentada ao volante.

— Compreendeu que eu a estou cortejando? — cochichou ele.

— Eu temia apenas ter entendido mal — respondeu Maria, com um sorriso.

— Posso lhe telefonar daqui a meia hora, para lhe desejar boa noite?

— Pode — respondeu ela, e arrancou.

Enquanto o veículo se afastava, Elisabetta, sentada ao lado da mãe, perguntou:

— Ele é seu namorado?

— Que história é essa?

— Eu digo o que vejo.

— Se fosse, você se aborreceria? — preocupou-se a mãe.

— Acho que não, simpatizei com ele — respondeu a filha.

Pietro, instalado no assento traseiro, cabeceava, meio adormecido.

Quando chegaram em casa, Elisabetta entrou no banheiro, onde Maria estava removendo a maquilagem.

— O farmacêutico é muito diferente do papai — começou, com a clara intenção de retomar um assunto que lhe interessava. E esclareceu: — E isso me tranquiliza.

— Meu amor, está tarde. Por que não vai dormir? — solicitou a mãe. Esperava o telefonema de Raul e tinha o celular no bolso do robe.

— Tudo bem, eu vou. De qualquer modo, queria lhe dizer que gostei dele — disse Elisabetta, beijando-a e saindo.

O telefone tocou, pontual.

Maria atendeu imediatamente, pensando que Raul era de fato muito diferente de Peppino Cuomo, o homem com quem se casara aos 20 anos, contra a opinião de todos.

Ontem

55

PEPPINO CUOMO ENTROU na vida de Maria vindo do mar.

Ela estava de férias em San Michele com a mãe e as irmãs, na *villa* que havia sido de Adelaide Montini e agora pertencia a Giovanni Paganessi. Em julho, o viúvo de Nicoletta ficava em Milão, trabalhando, e as mulheres Agrestis tinham toda a casa para si. Ele ia encontrá-las nos fins de semana, quando se concedia dois dias de repouso.

Martina esperava que aquelas férias servissem para tornar mais serena a relação nem sempre idílica entre suas três filhas. Agora, estavam todas juntas na praia e Osvalda, de repente, começou a deplorar a libertinagem de Giuliana, que, aos 35 anos, continuava a emendar um amor equivocado atrás do outro e, sem ser casada, tinha uma filha de 5 anos, Camilla.

— E o que você tem a ver com isso? É assunto meu — reagiu Giuliana, irritada.

A pequena Camilla, metida numa boia em forma de patinho, chapinhava na água em companhia de sua babá, ignara de ser o objeto daquela discussão. O sol se apagava no mar, num ocaso flamejante.

— São assuntos de todos nós, porque a menina tem o nosso sobrenome — replicou Osvalda, então com 15 anos.

Martina, largada em uma espreguiçadeira, fingia ler um romance, e Maria, agora com 20, fazia palavras cruzadas e ignorava o bate-boca entre as duas irmãs.

— O fato é que você é curiosa demais e cheia de pruridos, como todas as carolas. Não gosta que eu tenha a minha vida, assim como a mamãe teve a dela. Você não tem e nunca terá vida própria, porque está muito ocupada em meter o bedelho na dos outros — criticou-a Giuliana, fazendo a irmã caçula enrubescer de raiva.

Martina, sentindo-se convocada, foi obrigada a intervir.

— Giuliana, em sua idade você já devia ter um pouco de bom senso e não dar ouvidos às provocações de uma adolescente.

— Pronto, falou a mãe de Eleonora Duse — explodiu Osvalda.

— Chega! — cortou Martina. Fechou o livro e levantou-se.

— Babá, leve a menina para casa — ordenou, e encaminhou-se para a escada que subia até a *villa*.

Maria olhou sua mãe que se afastava e admirou-lhe a figura perfeita. Martina estava com 50 anos e era muito mais bonita do que ela, que se atormentava porque se considerava medíocre em tudo. Observou também a irmã mais velha, em tudo semelhante à mãe, e a caçula, que tinha um corpo harmonioso e esbelto. Não era somente o aspecto exterior que lhe criava complexos de inferioridade. Giuliana e Osvalda ostentavam uma autoconfiança que ela estava bem longe de possuir.

Frequentava o primeiro ano da faculdade de letras, na Universidade Estatal de Milão, na qual se matriculara unicamente para satisfazer a vontade de Martina. Vivia breves histórias sentimentais que sempre acabavam com a fuga dos rapazes diante de sua negação a ir além de alguns beijos. Vestia-se de maneira desmazelada porque não encontrava um estilo que a fizesse sentir-se à vontade.

— Se eu tivesse que escolher, preferiria ser como Giuliana, e não como você, que é uma mocinha metida a sabichona — interveio Maria, embora as irmãs não lhe tivessem pedido opinião.

— Pois então me devolva logo minha bolsinha de noite, e saiba que nunca mais lhe empresto nada meu — retrucou Osvalda, furiosa, e em seguida se encaminhou para casa.

Camilla, que não queria sair do mar, chamou a mãe aos gritos. Giuliana jogou-se na água, foi ao seu encontro e voltou à margem com a menina, que havia parado de protestar. Confiou-a à babá e depois se estendeu ao lado de Maria.

— Eu me pergunto como é que você e a mamãe conseguem suportar aquela espécie de porco-espinho — começou.

— Não sei de quem ela herdou essa capacidade de entrar em choque com todo mundo, porque a mamãe não é assim, e o pai dela também não — refletiu Maria. E acrescentou: — Aliás, veja só como sou eu, que tive um pai e uma mãe belíssimos.

— Não seja boba. Você é uma moça bonita e tem um temperamento doce.

— A mamãe diz que eu não posso agradar a ninguém, se antes não agradar a mim mesma. Mas eu me vejo como sou e me detesto — disse Maria, com autocomiseração.

Giuliana abraçou-a e perguntou:

— Realmente você nunca foi para a cama com um rapaz?

— Juro. Tentei mais de uma vez, mas, na hora agá, fujo. Tenho um medo alucinante.

— De quê?

— De ser usada.

— Por quem?

— Pelos homens. Olhe para mim, Giuliana: acha que um rapaz pode perder a cabeça por uma moça como eu?

— Pare de falar besteiras. Você é uma flor e não sabe, esse é seu único problema. É bonita como seus genitores e, do seu pai, que eu conheci bem, herdou a capacidade de agradar, a espontaneidade, a alegria, a senhorilidade

— disse Giuliana, e acrescentou: — De vez em quando, faça uma forcinha para defender Osvalda, assim ela para de bancar a mártir.

— Impossível! Tem 15 anos e se comporta como uma velha de 40.

— É só uma adolescente cheia de problemas.

— É louca de pedra.

— Mas é nossa irmã, e nós lhe queremos bem.

Foi nesse momento que emergiu da água um jovem louro como um viking. Parecia ter feito um grande esforço e se jogou na praia, exausto.

As duas irmãs se aproximaram dele e ficaram ali, olhando-o com curiosidade.

— Onde estou? — perguntou ele, com um fio de voz.

— Em uma praia particular — respondeu Giuliana.

O homem levantou-se e sorriu. Era um belo rapaz, e tinha uma expressão simpática.

— Peço desculpas. Dei uma nadada e estava retornando a Santa Margherita, de onde parti, mas não consegui continuar. Tudo por culpa do cigarro. — Falava com um acentuado sotaque do sul.

— E como pretende voltar para Santa? — perguntou Giuliana.

— Não sei — exclamou ele, continuando a sorrir.

— O que é que a gente faz? — perguntou Giuliana à irmã, que olhava para o jovem, enfeitiçada.

— Podíamos emprestar a ele o nosso barco — propôs Maria, com voz hesitante.

— Desculpem, eu nem me apresentei. Meu nome é Peppino Cuomo. Sou cunhado do farmacêutico de Santa Margherita. Se puder pegar o barco de vocês, amanhã venho devolver — propôs ele.

56

No DIA SEGUINTE, Peppino Cuomo tocou no portão da *villa*, trazendo um buquê de rosas vermelhas. Era meio-dia e as mulheres Agrestis estavam para sentar-se à mesa.

A empregada que lhe abrira esperou-o na entrada e o introduziu na casa. Maria, do fundo do vestíbulo, foi ao encontro dele, dizendo:

— Olá, Peppino, trouxe o barco?

— Trouxe hoje de manhã. Puxei-o para o seco. Vocês não viram? — perguntou. E acrescentou, entregando-lhe as flores: — Estas rosas são uma pequena homenagem para lhes agradecer a ajuda que me deram.

Maria agradeceu por sua vez e disse:

— Eu gostaria de levá-lo para cumprimentar minha mãe e minhas irmãs, mas estamos para nos instalar à mesa.

— Posso convidá-la para comer uma pizza comigo? — perguntou ele, sorrindo.

— Espere só dois minutos — respondeu Maria, de imediato. Deixou-o no vestíbulo e correu à sala de jantar, para avisar à mãe.

— Você vai comer pizza com aquele elemento? — espantou-se Martina.

— Qual é o problema?

— Não sei.

Maria já voara lá para fora, pronta para deixar-se arrebatar pelo belo viking.

Entrou no desconjuntado utilitário dele e logo chegaram a um *take-away* onde fazia um forte calor e as pás dos ventiladores não refrescavam, mas espalhavam por toda parte um cheiro de fritura misturado ao do bronzeador dos turistas em calção de banho, que se acotovelavam no balcão para fazer seus pedidos.

Quando chegou a vez deles, Peppino pediu duas pizzas e, na hora de pagar a conta, disse alegremente a Maria:

— Todo o meu louvor ao babaca que pagou.

— Mas quem convidou foi você — balbuciou a moça, confusa.

— Eu estava brincando — respondeu ele, exibindo um sorriso de conquistador.

Depois, enquanto a levava de volta à *villa*, contou-lhe tudo, ou quase, sobre si. A família numerosa, o pai morto de um tumor no pulmão, uma irmã meio retardada e outra, belíssima, que havia desposado o farmacêutico lígure, um irmão hoteleiro, e finalmente sua própria mudança de Nápoles para Milão, facilitada por alguns amigos que o tinham ajudado a conseguir um trabalho e uma casa.

— Em que você trabalha? — quis saber Maria.

— Atuo na área de flores — respondeu ele, pomposamente.

— Como assim?

— Tenho uma revenda de flores. Não é fácil ter um quiosque próprio, numa cidade como Milão. No verão, eu fecho, porque com o calor não se vende nada. Outono, inverno e primavera são as estações melhores. Ganho razoavelmente bem. Pago o aluguel da casa, me sustento e também mando dinheiro para minha família. Julho e agosto, passo aqui, hospedado com meu cunhado. Como vê, sou um bom rapaz.

Maria não sabia se ele era ou não um bom rapaz, mas sem dúvida era bonito e lhe agradava muito, apesar de seus modos não exatamente elegantes. Quanto ao quiosque das flores, era como dizia Martina: qualquer trabalho vale, desde que seja honesto.

— E você, faz o quê? — perguntou Peppino.

— Estudo em Milão e fico em um apartamento de minha mãe. Mas passo os fins de semana em Vértova, no Vale Seriana, onde mora minha família.

— Numa *villa* como aquela de San Michele? — ironizou ele.

— Mais ou menos — respondeu Maria. E acrescentou: — Mas, atenção, não somos ricas. A *villa* de San Michele não é nossa.

— No entanto, você se hospeda lá. E os domésticos lhe levam o desjejum na cama — observou ele, em tom insolente.

— Ora, Peppino, pare com isso — reagiu Maria.

— Repita.

— Repetir o quê?

— Meu nome.

— Peppino.

— Sabia que, nos seus lábios, até parece um belo nome? — galanteou ele. E acrescentou: — E então, a gente se revê?

— Não sei — hesitou Maria, abrindo a porta do carro.

— Por quê? — insistiu ele, segurando-a pelo braço. Depois abraçou-a e beijou-a demoradamente, com paixão, deixando-a sem fôlego.

Maria transpôs o portão do jardim quase cambaleando.

Sua mãe a esperava no alto da escadaria da entrada.

— Não posso acreditar que você tenha chegado aos 20 anos para dar trela àquele conquistador barato — censurou-a.

— Vai bancar a Osvalda, agora? — rebateu Maria, ofendida.

— Não, mas deveria — replicou Martina.

— Mãezinha, por favor, não se meta na minha vida — afirmou a jovem, encaminhando-se para dentro.

Estava fascinada por Peppino, que possuía a atitude do homem seguro de si. Os rapazes que a tinham cortejado até então pareciam estar lhe fazendo um favor. Peppino, ao contrário, era um homem capaz de apoderar-se daquilo que lhe agradava, e ela sentia que lhe agradava muito. Sua mãe, porém, enquanto ela estava na pizzaria, havia telefonado a uma amiga que era gerente de uma butique adjacente à farmácia e soubera tudo sobre Peppino Cuomo, que bebia com frequência e vivia atrás das mulheres.

Agora, Martina seguiu a filha e relatou-lhe as informações obtidas com a gerente da butique.

— Você tem tão pouca autoestima, a ponto de se deixar tapear por um sujeito desses? — perguntou.

— Nunca tive um cortejador tão bonito, e portanto não vou ouvir essas calúnias.

— Seja como for, fique sabendo: ele nunca botará os pés em nossa casa — declarou Martina, com firmeza.

Maria começou a chorar.

— Primeiro você se lamenta porque eu não arrumo namorado, e quando, finalmente, encontro um, me ameaça. Você e Osvalda me impedem de viver minha vida — estrilou.

— E faremos isso, se você frequentar esse indivíduo — prometeu a mãe, mas sem muita convicção, porque não esquecera suas próprias inseguranças, que a tinham impelido para os braços de Bruno Biffi, aquele desorientado.

Sentindo-se incompreendida pela mãe, Maria foi procurar a irmã mais velha. Tinha certeza de que Giuliana a entenderia.

57

ENCONTROU-A NO JARDIM, embaixo do caramanchão, imersa na leitura de um roteiro. Na mesa, sua filha coloria com pincel atômico as figuras de um álbum infantil. A babá tinha ido descansar.

— Estou incomodando? — perguntou Maria.

— Não, sente-se — convidou a irmã, deixando o roteiro sobre a mesa.

— E Osvalda, onde está? — quis saber a outra.

— Onde poderia ser? Foi à igreja, a fim de ajudar o pároco para a função de domingo à noite.

— Então, podemos conversar.

— A mamãe está muito furiosa — avisou Giuliana.

— Eu sei. Ela já falou comigo.

— E tem razão.

— Mas eu não fiz nada!

— É melhor prevenir do que remediar.

— Isso é a tirada inteligente de alguma comédia?

Giuliana ignorou a provocação.

— Estou relendo John Osborne. Foi Oswald quem me revelou esse autor, quando deu uma aula sobre os movimentos jovens e nos mandou ler a mais bela obra dele, *Look back in anger*. Agora estou interessada no papel de Alison, a moça de boa família que, por protesto, desposa um dos *angry young men*, jovens rebeldes. Você também devia ler esse texto. Os *angry young men* desapareceram para deixar o lugar aos alpinistas sociais, mas são todos muito parecidos. Aquele Netuno saído do mar é um picareta. Não se envolva com ele.

— O que Netuno tem a ver com os jovens rebeldes?

— Esses, pelo menos, tinham ideias — respondeu Giuliana, lacônica.

— Você foi doutrinada pela mamãe.

— A mamãe não tem nada a ver. Eu conheço os homens. Aquele lá é um débil, um frustrado, não é flor que se cheire.

— O que é um frustrado? — perguntou Camilla, curiosa, continuando a colorir as figuras do álbum.

— Cuide das suas coisas e não fique escutando as conversas de gente grande — admoestou-a sua mãe.

— Tenho certeza de que Peppino gostou muito de mim — sussurrou Maria.

— Não duvido! — exclamou Giuliana.

— Você já topou com um débil, frustrado, flor que não se cheira? — perguntou Maria.

— Tenho uma coleção. Mas sou suficientemente experiente para perceber quando chegou a hora de me livrar. Você, ao contrário, é uma pamonha e está se arriscando muito.

— Tia Maria, o que é pamonha? — intrometeu-se Camilla de novo.

— Ah, é uma comida estrangeira, um dia você vai conhecer, certo? — disse Maria, sorrindo para a sobrinha.

Depois, cochichou à irmã:

— Ele me beijou.

— Espero vivamente que, quando chegarem à hora agá, você fuja, como sempre — afirmou Giuliana.

As férias prosseguiram e Peppino Cuomo não apareceu mais. Maria ficou triste, mas sua mãe e Giuliana deram suspiros de alívio.

Maria voltou a vê-lo em meados de setembro, no barzinho em frente à universidade, quando tomava um cappuccino e conversava com umas colegas de curso.

— Vamos caminhar um pouco? — propôs Peppino. Mais que um convite, parecia uma ordem.

Ela se despediu das amigas e saiu do local com ele.

Em plena rua, Peppino segurou-a pelos ombros e a beijou. Ela tentava soltar-se, não lhe agradava aquela cena em público.

— Não faça mais isso — disse. Em passo marcial, dirigiu-se ao seu carro e abriu a porta para entrar. Peppino alcançou-a e puxou-a para si, fazendo seu corpo aderir ao dela.

— Você é uma provocação constante — sussurrou. — Devia pendurar no pescoço um cartaz assim: "ATENÇÃO, PERIGO!". E me agrada muito. Agora, vou deixá-la ir, mas não pense que me escapa.

Ela partiu cantando pneu, sentindo nos lábios o perfume da boca de Peppino.

No apartamento da *via* Serbelloni, a empregada lhe serviu o almoço. Martina recusara sua casa a Giuliana, mas permitia que Maria a usasse, pois sabia que ela não se aproveitaria disso.

Devorou uma montanha de talharim com ragu, pensando em Peppino, que lhe dissera: você me agrada muito. Quando havia conquistado um homem, até então? Ela, a pamonha da família, conseguira fascinar um homem belíssimo e vivido, que a achava provocante. Pareceu-lhe que Peppino era finalmente o homem capaz de amá-la tal como era ela.

Passou-se uma semana, e ele reapareceu diante do portão da universidade.

— Olá — disse Maria.

— Vamos dar uma volta — propôs ele, no costumeiro tom decidido.

— Só tenho alguns minutos de intervalo — objetou Maria. E acrescentou: — Você não pode se apresentar quando lhe der na telha e achar que eu estou à sua disposição.

— Eu trabalho e não tenho muito tempo livre.

— Também não tinha tempo, quando estava na praia? — alfinetou ela.

— Para dar e vender. E lhe telefonei, só que alguém disse que era engano, porque ali não havia nenhuma Maria.

Ela odiou a mãe e as irmãs: tinha certeza de que essa resposta viera de uma das três.

— Pensei todos os dias em você — prosseguiu ele. — Será que mereci o mesmo?

— Não sei dizer — respondeu Maria, numa péssima imitação de coqueteria.

— Quando poderemos estar juntos, sozinhos?

— Talvez você esteja indo depressa demais.

— Tenho 29 anos e, segundo minha mãe, devo me apressar a constituir família. Gostaria de descobrir se fomos feitos um para o outro.

— Está correndo de novo. Já eu tenho o passo lento.

— Precisamos aprender a nos conhecer. Certo? Então, repito a pergunta: quando poderemos ficar sozinhos?

— Um cinema? — perguntou Maria.

— E na sua casa? — arriscou ele.

— Nem pensar. Eu moro com minha família.

— Mas, em Milão, está sozinha. Tem apenas uma doméstica, que você pode mandar espairecer quando quiser.

Maria surpreendeu-se ao ver que ele estava tão bem informado. E lhe disse isso.

— Os floristas conversam com os porteiros — foi tudo o que ele respondeu.

— E os porteiros conversam com os domésticos. Minha mãe logo saberia. Vou eu à sua casa — decidiu ela.

— Mas eu moro em um apartamento na *via* Vitruvio, e não em um prédio chique no centro de Milão. Você não iria gostar. Ou melhor, sabe o que vamos fazer? Esquecer isso tudo. Você não é para o meu bico. Foi um prazer, sonhar com uma princesa. Mas eu não passo de um vendedor ambulante.

Tomou a mão de Maria entre as suas e aflorou-a com os lábios.

Nesse momento Maria o igualou à figura mítica do cavaleiro "sem medo e sem reproche". Um coração nobre, pensou.

— Continua gostando de mim? — perguntou.

— Deixe para lá, mocinha. Volte à sua universidade e ao seu mundo. Nós dois não temos nada em comum e, um dia, você poderia se lamentar por ter me conhecido — disse Peppino.

— Quero seu endereço. Amanhã às 19 horas, vou lá e lhe faço o jantar — decidiu ela, sorrindo à ideia de um amor e uma cabana.

58

MARIA PERCEBERA UMA nota estridente na personalidade de Peppino na hora em que ele lhe contou haver conversado com a zeladora, mas estava tão determinada a não perdê-lo que cancelou de imediato essa impressão desagradável. Assim como ignorou a intenção dele de casar-se, porque ela não pensava em casamento. Tudo o que queria era um homem que a considerasse irresistível. E elaborou uma ideia romântica para conquistá-lo definitivamente.

Esperou que a empregada saísse para fazer compras e colocou em sua bolsa de tênis os candelabros de prata, algumas travessas e uma toalha de linho de Flandres. Na geladeira, abasteceu-se de lasanha, polpettone e salada de frutas. Meteu numa sacola um vestidinho de coquetel, arrumou tudo no carro e partiu.

Na *via* Vitruvio, identificou o prédio em que Peppino morava. Interfonou, e ele disse: "Quarto andar, sem elevador", enquanto acionava a fechadura do portão.

Ela chegou sem fôlego. O homem dos seus sonhos estava à porta e lhe sorria.

— O que você trouxe? — perguntou, depois de acolhê-la com um beijo alucinante.

— Surpresa — respondeu Maria. — Vá comprar os jornais. Espero você às 20 horas, não antes, porque devo preparar tudo.

— Certo — respondeu ele, divertido.

Peppino saiu e Maria foi até a saleta que também servia de sala de refeições. Estendeu sobre a mesa a toalha alvíssima, dispôs os candelabros de prata e as travessas com a comida. O jantar não era nada de excepcional, mas, como dizia sua mãe, o minestrone é mais gostoso quando servido em sopeira de porcelana.

Trocou de roupa e debruçou-se à janela para ver a chegada do namorado.

— Errei de casa! — exclamou uma voz às suas costas.

Peppino estava na soleira e olhava admirado a mesa arrumada por Maria.

— Não queria ficar sozinho comigo? Agora, está — anunciou ela. — Sente-se, podemos jantar.

Peppino se instalou à sua frente. A essa altura, seu olhar verde-água se enterneceu.

— Nenhuma mulher fez isso por mim antes — confessou. E ela soube que havia obtido seu intento: o de tornar-se irresistível.

— Fiz por nós — esclareceu.

— O que seu pessoal vai dizer, quando perceber que todas essas coisas sumiram de lá? — preocupou-se ele.

— Sossegue, esta noite mesmo eu reponho tudo no lugar.

Tinham jantado e agora ela estava deitada na cama, ao lado de Peppino, que a cobria de beijos.

— As moças bem-comportadas voltam cedo para casa — cochichou ele.

— Pois então eu sou mal-comportada, porque às vezes volto muito tarde — confessou Maria.

— E onde passa a noite? — alarmou-se Peppino.

— Em discotecas, com amigas e amigos — explicou ela.

Quando Martina estava em Milão, Maria, ao retornar, sempre a encontrava adormecida em sua cama. E a cada vez se aborrecia.

"Mamãe, pare de me controlar quando eu saio à noite", protestava.

"Quero ver em condições você está, quando volta para casa. Afinal, preciso aplacar minha ansiedade", argumentava a mãe.

"Eu não bebo, não me drogo e continuo virgem", replicava Maria, furiosa.

Agora, Peppino lhe perguntou:

— Com quantos dos seus amigos você foi para a cama?

— Com nenhum!

— Quer me fazer crer que ainda é...

Maria assentiu.

— Pois, no que me toca, vai continuar assim por muito tempo. Agora, vou ajudá-la a reembalar a prataria e levá-la para casa — decidiu Peppino.

— Você está me tratando como se eu fosse uma garotinha desmiolada — protestou Maria.

— Eu a trato com o respeito que lhe é devido. Você é a mulher com quem eu queria me casar, mas um abismo nos separa. Eu vendo flores, e você pertence a uma família rica. Eu sou um ignorante, e você é uma estudante universitária grã-fina. Foi muito bom conhecê-la, Maria, mas nossa historinha acaba aqui — repetiu Peppino, escoltando-a até a entrada do prédio da *via* Serbelloni.

— Bom, nos vemos amanhã. Saio da universidade à uma e meia — disse ela, sorrindo.

— Não sei se estarei lá — respondeu ele.

Maria entrou em casa na ponta dos pés, mesmo sabendo que não acordaria a empregada, que dormia num quarto nos fundos do apartamento. Além disso, ainda nem era meia-noite.

Estava feliz. Peppino a amava a ponto de respeitá-la, embora a considerasse irresistível. Era o homem da sua vida. Não tinha importância que ele fosse um vendedor de flores, um pouco rústico e sem dinheiro. Por enquanto a tinha mimado. Na hora certa, juntos, soltariam faíscas.

Na sala, a luz estava acesa. Maria apareceu à porta. Martina estava deitada no sofá, com um livro nas mãos e um olhar severo.

— Mamãe! O que está fazendo em Milão?

Martina fechou o livro e sentou-se.

— Clélia encontrou a geladeira vazia, e também tinham desaparecido os candelabros de prata. Ela não tinha alternativa, a não ser me telefonar imediatamente. Entrei no carro e vim ver o que você estava aprontando.

Maria desabou numa poltrona.

— Tive uma noite tão bonita... E você arruinou tudo — disse. — Seja como for, os candelabros estão na minha sacola, no corredor. E o jantar, nós consumimos.

— E o que mais vocês consumiram? — perguntou Martina, com voz de gelo. Mentalmente, já traçara o quadro da situação. Sua deliciosa "pamonha" se deixara enredar por um mau sujeito. O que podia fazer para livrar sua menina daquele indivíduo horrível?

— Você está sendo inutilmente vulgar — rebelou-se Maria.

— É verdade, mas você não tem um pingo de bom senso. Não entende que aquele morto de fome está tentando fisgá-la, aproveitando-se do fato de você estar louca por ele?

— Ele me ama e me respeita, se você quer saber — estrilou a jovem.

— Não quero saber nada. Agora, pegue suas coisas. Vai voltar a Vértova imediatamente, comigo. A partir deste momento, a *via* Serbelloni está interditada para você.

59

BELOS, GARBOSOS, ELEGANTES, Giovanni Paganessi e Martina Agrestis representavam a imagem do casal perfeito, que os frequentadores do restaurante da moda, no coração de Milão, espiavam com curiosidade.

De Giovanni, os homens invejavam a companheira bonita e discreta, enquanto as mulheres se esforçavam por evitar comparações entre Paganessi e seus maridos.

— Ele tem berço, mas foram os Montini que soergueram seu banco — explicou uma senhora ao marido. — Não é à toa que, depois da morte da mulher, não se casou de novo. Os Montini não permitiriam.

— Ela deve sua fortuna aos Ceppi Bruno. Eu ainda era mocinha e lembro muito bem quando a condessa deu uma festa de formatura para Martina Agrestis justamente aqui, neste restaurante. E, naturalmente, compareceu o estado-maior dos Montini — contou ao marido outra senhora.

— Ela teve uma vida sentimental muito agitada. Creio que nunca se casou, mas isso não a impediu de ter um número impreciso de filhos. Sabia disso? — cochichou à amiga uma terceira senhora.

— Sei que é a mãe de Giuliana Agrestis, que, por sua vez, tem uma filha de pai desconhecido — replicou a amiga.

— Por que será que algumas mulheres, quanto mais cortesãs são, mais sucesso têm?

— Não seja vulgar, querida. Nesse nível, não se fala de cortesãs, mas de mulheres livres e corajosas.

— É certo que ela era de uma beleza que até dava vontade de matá-la.

— Ainda é lindíssima.

— Dizem que fez plástica.

— Não é verdade. Mesmo assim, se tivesse feito, eu queria o endereço do cirurgião. Veja só como o Paganessi sorri para ela. Eles têm um caso?

Se soubessem como Martina estava infeliz, naquela noite, talvez se sentissem melhor e não a invejassem tanto. Ela estava contando ao seu amigo mais querido a história de Maria e o namorado.

— E, em tudo isso, eu me sinto absolutamente impotente. Aquela desmiolada não raciocina mais. Agora, diz que quer se casar. É óbvio que foi ele quem lhe meteu essas ideias na cabeça — explicou Martina.

— Leve-a para fazer uma viagem. Uma volta ao mundo — sugeriu Giovanni.

— Acha que eu não pensei nisso? Foi a primeira coisa que lhe propus. Ela riu na minha cara.

— Maria é maior de idade, e você não pode impedi-la de se casar com quem ela quiser.

— Está à beira de um abismo. Eu deveria deixá-la despencar lá embaixo, porque ela é maior de idade?

— Um casamento equivocado não é o fim do mundo. Deixe-a fazer o que quer, e depois ela volta para casa, você verá — arrazoou ele, que não parecia tão preocupado com a situação de Maria. Em vez disso, saboreava o filé de dourado gratinado com batatas e, de vez em quando, incitava sua acompanhante: — Pare de esgaravatar o peixe com o garfo e coma.

— De fato, é verdade que os homens não entendem nada. Maria não tem autoestima. Uma decepção poderia transtorná-la.

— Quer saber? Esse vendedor ambulante está de olho no seu dinheiro. Se você não der nada a ela, ele mesmo vai terminar o namoro.

— Eu deveria deixar Maria sem um centavo?

— É de espantar que você não tenha pensado nisso.

— Acho que é um castigo muito duro — observou Martina.

— Poderia ser uma estratégia, mais que um castigo.

Martina acabou de comer seu dourado, saboreou um gole de Brut Franciacorta e depois sussurrou:

— O fato é que, se minhas filhas tivessem tido um pai...

Não concluiu a frase, porque Giovanni a fulminou com um olhar e, sem perceber, alteou ligeiramente a voz ao dizer:

— Quinze anos atrás, eu a pedi em casamento e você não me quis.

Ao redor deles, o burburinho das conversas se acentuou e os olhares dos clientes do restaurante dirigiram-se para o casal. Giovanni e Martina perceberam estar no centro das atenções e brindaram o público com um sorriso fulgurante.

— Bem, vamos embora — disse ele. Levantou-se, postou-se atrás de Martina e ajudou-a a levantar-se também. Com um aceno, pediu ao garçom que pusesse o jantar na sua conta. Deu o braço a Martina e, juntos, saíram do local e se encaminharam pela *via* Sant'Andrea.

O ar da noite ainda estava brando, naquele final de setembro milanês.

— Mas ainda estaríamos em tempo de fazê-lo — disse Giovanni, com doçura.

— De fazer o quê?

— De nos casar.

— Diga que está brincando.

— Só um pouquinho. Não somos assim tão velhos. Você tem 50 anos e eu, 58. Sabe quanta gente se casa na nossa idade?

— Eu me sentiria patética. Até porque nós dois somos apenas grandes amigos — declarou Martina. E pensou que só existia um homem que ela aceitaria desposar: Leandro. Em sua mente, Martina o considerava seu único amante. Agora, cortou pela raiz a objeção de Giovanni e acrescentou: — De qualquer modo, a esta altura Maria e Osvalda já não precisam de pai. Deveriam ter tido um quando eram crianças.

E pensou sobretudo em Maria, a mais frágil de suas três filhas.

Recordou quando ela voltava da escola de mau humor porque, à diferença das colegas, não tinha um pai para exibir.

Uma vez, surpreendera Maria dando uma explicação a Osvalda, que na época tinha 5 anos.

— Jesus nunca teve pai, porque são José era só considerado o pai dele. E se Jesus, que é Deus, não tinha, nós também não devemos ter. E de fato não temos, felizmente!

— Mas as minhas amigas e as suas têm pai —, observara Osvalda.

— Coitadas! Você não sabe que os homens sujam a casa e batem nas mulheres deles?

— Pois eu tenho pai e ele não suja nada nem bate em ninguém. — Osvalda estava a ponto de chorar.

— Claro! Ele mora na Inglaterra. Mas, se morasse aqui, ia ser como os outros. Nós temos muita sorte em viver sem pai. As outras, coitadinhas, não sabem como nós somos sortudas.

— Você diz isso porque seu pai morreu.

— Jesus sabe o que faz, e para nós ele fez o melhor —, declarara Maria, com solenidade.

As palavras de Maria tinham ferido Martina profundamente e dado a ela a medida da responsabilidade que assumira por não ter conseguido dar um pai às suas meninas.

Com Giuliana não tivera esses problemas, porque sua primogênita crescera com a família Agrestis e os homens da casa haviam suprido a falta de uma figura masculina.

Àquela altura, porém, o dano estava feito e ela não podia mudar a situação de nenhum modo.

— Não se angustie, Martina — encorajou-a Giovanni, enquanto a acompanhava até em casa.

Haviam chegado à *via* Hoepli e Martina reencontrou aquela espécie de *osteria* na qual entrara com Oswald Graywood 15 anos antes.

— Topa um cálice de espumante? — propôs a Giovanni, e contou-lhe sobre a noite de verão em que havia parado ali com aquele que viria a ser o pai de Osvalda.

Entraram no local e sentaram-se a uma mesa. Pediram um Ferrari Brut que passaram a saborear em silêncio, até que Giovanni perguntou:

— Por que você nunca conseguiu dar um pai às suas filhas?

Martina sorriu.

— Porque os homens sujam a casa e batem nas mulheres.

— É isso que você pensa de nós?

— É o que Maria sustentava, quando era pequena. E temo mesmo que, sem se dar conta, ela esteja apaixonada por um personagem desse gênero.

— Você queria o meu conselho e eu dei. Feche os cordões da bolsa. É a única coisa sensata a fazer — retrucou o banqueiro.

60

OSVALDA TINHA IDO AO SALÃO paroquial para dar assistência às crianças que os pais confiavam à paróquia nas tardes festivas. Martina, na sala, assistia a um filme na televisão. Maria, sentada ao lado dela, roía as unhas. Estava nervosa porque Peppino viria a Vértova para falar com sua mãe.

Tinha precisado de toda a sua capacidade de persuasão para que Martina aceitasse receber seu namorado em casa. Agora que ele estava para chegar, sentia-se pisando em brasas.

Durante dias havia discutido com ele a conveniência de um encontro que, segundo Peppino, era inevitável, ao passo que ela o considerava inútil e talvez danoso. "Eu sou maior de idade e não será minha mãe a me dizer quem eu posso amar ou não", dissera. Ele, porém, havia sustentado que o consenso de Martina era importante para o sucesso da união dos dois. "Quero entender por que sua mãe me é tão hostil. Se eu conseguir convencê-la de que você é o meu bem mais precioso, ela mudará de atitude em relação a nós", insistira.

— Maria, pare de roer as unhas ou eu vou acabar com uma dor de cabeça feroz — reprovou-a Martina.

A campainha tocou.

— Chegou! — disse Maria.

— Então, vá abrir o portão — solicitou a mãe, e desligou o televisor.

Levantou-se do sofá e, pelas portas-balcão, observou sua filha correndo ao longo da alameda para ir ao encontro do pior dos namorados. Um nó de pranto apertou-lhe a garganta. Preferiria deixar-se degolar a ser cúmplice de uma união tão destrambelhada. Estava decidida a seguir o conselho de Giovanni Paganessi, porque se convencera de que esse era o único caminho viável para dar fim a um amor que parecia não conhecer obstáculos.

Viu os dois jovens entrarem na casa. Pouco depois, Peppino apareceu na sala, trazendo um buquê de rosas brancas.

— Maria me disse que a senhora gosta de flores alvas — disse, oferecendo-lhe as rosas.

Martina sorriu, agradeceu e estendeu a mão para cumprimentá-lo.

Peppino beijou-lhe a mão, em vez de apertá-la, suscitando um movimento irritado por parte de Maria, que sibilou:

— Não era necessário.

— Sente-se, senhor Cuomo — disse Martina, apontando uma poltrona diante de si.

Ele se vestira com capricho, seguindo os conselhos da jovem.

Realmente um belo rapaz, pensou Martina, com desapontamento, e fitou-o gelidamente por longuíssimos instantes. Maria estava tão tensa que não ousava respirar.

— Pode falar — disse Martina, afinal.

— Pois é... eu... de fato... pensava que... — começou ele, no auge do embaraço.

— O que o senhor pensava? — perguntou Martina, com uma doçura estreitamente aparentada com a ironia.

— Vou à cozinha para fazer um café — anunciou Maria, que desejava deixá-los sozinhos, e saiu correndo da sala.

— A senhora sabe que Maria e eu nos amamos — iniciou Peppino, finalmente.

— Continue, por favor. O senhor insistiu muito para me encontrar, portanto, fale — incitou-o Martina, num tom que provocou nele um calafrio.

— E agora... queremos nos casar.

— Isso eu já sei, minha filha me disse.

— Mas não sem seu consentimento. Quero dizer que, para mim, seu consentimento é muito importante. Minha mãe está de acordo, e eu gostaria que a senhora também.

— O senhor é um homem experiente. Creio ter compreendido que colecionou um bom número de noivas. A esta altura, se decidiu que minha filha pode vir a ser a companheira de sua vida, significa que ela satisfaz suas expectativas. É verdade que eu não estou de acordo, mas que importância tem a divergência de uma mãe, diante de um amor tão grande? Case-se com minha filha, então, mas não espere suporte de nenhum tipo da minha parte — declarou Martina, com uma calma glacial.

— O fato é, minha senhora, que Maria está habituada a um teor de vida muito diferente do que eu posso oferecer — especificou ele.

— E daí? — perguntou Martina, gélida.

— Eu gostaria que nunca faltasse nada a ela.

— Uma intenção elogiável. Maria lhe será grata.

— Entre nós, é costume que os pais ajudem os filhos no momento em que eles constituem uma família.

— Então, sua mãe, que aprova essa união, não deixará de ajudá-los.

— Compreendo — murmurou Peppino, baixando os olhos. Nesse momento deu-se conta de que se expressara de maneira errada, e apressou-se a dizer: — Eu esperava que, neste encontro, a senhora me visse do jeito como eu sou: alguém que procura abrir caminho em um mundo difícil.

Maria entrou na sala, trazendo a bandeja com as xícaras de café.

Peppino estava dizendo a Martina:

— Bem, então cabe à sua filha decidir se quer me desposar, sabendo que eu só posso lhe proporcionar uma vida de acordo com o que ganho.

Maria pousou a bandeja sobre a mesinha.

— Ouviu? A decisão cabe a você — disse Martina à filha.

— Não quer mesmo nos ajudar, mãezinha? — perguntou a jovem.

Martina não respondeu.

— Você é pérfida! — explodiu Maria.

— Ei, mocinha, mais respeito com sua mãe — censurou-a Peppino. — Peça desculpas.

— Mas nem por sonho. Você não percebeu que ela não quer nos ver felizes? — rebateu Maria, furiosa.

— E se, ao contrário, ela estiver convencida de que nosso casamento é um erro? — disparou o rapaz, olhando de soslaio a mãe da jovem para medir o efeito de sua pergunta.

— Excelente interpretação — comentou Martina, ácida.

Peppino era osso duro de roer, disposto a tudo para obter a benevolência da rica senhora. Ela se levantou e, prestes a sair da sala, disse à filha:

— Acompanhe o senhor Cuomo. Eu vou descansar.

Se pudesse seguir seu instinto, pegaria Maria a tapas, e a pontapés o pedinte que estava de olho em seu dinheiro. Em vez disso, o esforço para manter a calma lhe causara o costumeiro ataque de enxaqueca.

Peppino Cuomo estava tão determinado a se aparentar com a jovem Agrestis que não desanimou. Comportava-se como um sabujo que, identificada a presa, se empenhava em não a perder, por nenhuma razão. Sua mãe tinha dito bem: "Você achou uma galinha dos ovos de ouro". Ele visava a uma espécie de renda vitalícia que lhe permitiria viver como fidalgo pelo resto dos seus dias. Além disso, Maria lhe agradava porque era mansa e ele sabia ter condições de dominá-la. Agora, sorriu para ela.

— Sua mãe precisa de tempo para refletir, e nós daremos. Eu sei ser muito paciente.

— Você não a conhece. Minha mãe o considera um calculista — soluçou a moça.

Ele não passou recibo do insulto. Preferiu dizer:

— Faremos um filho, e então ela é que suplicará para nos ajudar.

Maria nada disse. Ainda não contara a ele que estava grávida.

61

OSVALDA VOLTOU DO SALÃO paroquial na hora em que Maria, na cozinha, reaquecia a massa que sobrara do almoço.

— Convém que você aprenda a cozinhar, porque, quando se casar com Peppino, pode esquecer a empregada — alfinetou-a Osvalda, prosseguindo: — Onde está a mamãe?

— Deitada — respondeu Maria.

— Você conseguiu deixá-la com dor de cabeça.

Preocupada e deprimida, Maria não tinha ânimo para brigar com Osvalda, porque sua gravidez a deixara num estado de total confusão. Já sabia o que Martina lhe diria, quando ela confessasse estar grávida: "Um filho é uma bênção, o casamento reparador é uma desgraça. Continue a estudar tranquilamente. Nós duas, juntas, criaremos seu bebê".

Quase parecia que sua mãe considerava o homem um elemento transtornante no maravilhoso processo da maternidade. Sua irmã Giuliana pensava do mesmo modo: de fato, havia parido Camilla sem se casar.

Ela, porém, não compartilhava dessa atitude e rejeitava o papel de mãe solteira, até porque amava o pai do seu filho. Mas, como tinha consciência da vida que Peppino levava, considerava-se no direito de receber da mãe uma ajuda econômica.

Remoía esses e outros pensamentos, enquanto aquela chata da Osvalda a provocava. Então, respondeu:

— Me deixe em paz.

— Tenho a impressão de que o encontro da mamãe com Peppino deu errado — insinuou a irmã.

— Estou irritadíssima, portanto cale a boca ou eu acabo batendo em você — estrilou Maria.

— Ai, que medo! — zombou Osvalda, que, na realidade, estava sinceramente preocupada com o possível casamento de Maria com o florista.

Tensa, nervosa como estava, Maria meteu-lhe uma bofetada. Osvalda reagiu e avançou para Maria, agarrando-a pelos cabelos.

Martina apareceu à porta da cozinha e viu suas filhas brigando rancorosamente. Não quis intervir e foi até o vestíbulo. Pegou no armário o casaco de lã rosa-havana, vestiu-o e saiu em meio à névoa.

Dali a pouco estava na casa de sua mãe. Vienna, sentada na poltrona, assistia à televisão e bebericava seu café com leite.

— Você está branca como papel — comentou, ao vê-la.

— Estou preocupada com Maria — murmurou Martina.

— Já comeu? Não, claro que não. Os biscoitos e o leite já aquecido estão no aparador. Vá se servir — ordenou.

Martina colocou chocolate em pó numa xícara e derramou por cima o leite fervente. Afundou ali uns biscoitos, foi sentar-se ao lado da mãe e, munida de uma colher, devorou aquela sopinha doce.

— Ah, agora me sinto decididamente melhor — afirmou.

— De estômago cheio, a gente pensa melhor — disse Vienna. E acrescentou: — Esteve com Peppino?

— É um espertalhão. Mas saiu de mãos abanando. Seja como for, é trabalho perdido. Maria não ouve argumentos.

— Então, já fez amor com ele — deduziu Vienna.

— Entre tantos rapazes que existem por aí, ela se entregou ao pior — lamentou-se Martina.

— Veja só quem fala.

— Refere-se a Bruno Biffi?

— E a quem mais seria?

— Eu tinha apenas 15 anos. De fato, era uma mocinha despreparada.

— A capacidade de julgamento de Maria é a de uma adolescente de 15 anos.

— Como posso salvá-la?

— Permanecendo firme em suas posições. Ela se casará com ele e, com o tempo, compreenderá a enrascada em que se meteu.

— No meu caso, você não me permitiu desposar Bruno.

— Você não queria. Deu sorte, porque não estava apaixonada por ele e tinha algumas certezas em sua vida, coisa que Maria não teve. Você era minha única filha e se sentia amada por mim de maneira total e exclusiva. Maria, porém, precisou compartilhá-la com Giuliana e depois com Osvalda, que, além do mais, tinha um pai, ao passo que o dela havia morrido. E aí está o resultado.

— É culpa minha, então — afirmou Martina, tristemente. E acrescentou: — Quando saí de casa, Maria e Osvalda se estapeavam na cozinha.

— Porque se querem bem. Osvalda, que é muito mais madura do que Maria, está com raiva da irmã. E Maria está com raiva de si mesma, porque sabe que sua escolha não é das melhores, já que nenhuma de vocês a aprova. Mas, neste momento, ela só enxerga Peppino, o qual, evidentemente, lhe proporciona alguns arrepios de prazer. Assim, as coisas poderiam até ser piores, mas ela o quereria do mesmo jeito. Está descobrindo sua sexualidade e não será você, nem mais ninguém, a detê-la. Você deve dar-lhe tempo, deve deixar que ela quebre a cara. Lembra-se de suas preocupações com Giuliana, porque ela estava de caso com aquele velho diretor de teatro?

— Giuliana era mais escolada. Já Maria é vulnerável como um recém-nascido: meu Jesus, como é difícil agir como mãe! — suspirou Martina, sufocando um soluço.

— Se não temesse parecer uma velha sabichona, eu lhe diria que uma mulher nunca deve agir como mãe, deve se limitar a ser mãe. Há muita diferença, sabe? Com Giuliana você foi uma mãe mais equilibrada, mas, com Maria, foi superprotetora, e nisso errou. Nós podemos apenas amar os filhos, jamais guiá-los para escolhas que eles mesmos não fizeram. Deixe Maria seguir seu caminho. Simplesmente, deixe claro que, para ela, você sempre estará disponível — aconselhou-a Vienna, com benevolência.

Para Martina, a época das incompreensões com sua mãe acabara havia muito tempo. Vienna se tornara sua amiga mais querida, mais confiável, a única que conseguia tranquilizá-la nos momentos de crise.

Voltou mais serena para casa.

Suas filhas tinham feito as pazes. Estavam sentadas no sofá, uma junto da outra, e conversavam calmamente, dividindo um pedaço de chocolate.

Vienna tinha razão: elas brigavam porque se queriam bem.

Osvalda lhe sorriu. Maria fingiu não a ver.

— Como está, mãezinha? — perguntou Osvalda.

— Bem — respondeu ela, sentando-se diante das duas. — Lamento muito, querida, não poder compartilhar sua decisão de se ligar àquele homem — disse a Maria, com um suspiro.

— Você é má — respondeu Maria.

— O amor que você acredita sentir por aquele homem é só uma ilusão. Quanto a ele, temo que a ame pelo que você representa aos seus olhos, ou seja, tudo o que ele não é e nunca será — afirmou Martina.

— Santas palavras! Mas esta bobalhona não escuta argumentos — interveio Osvalda.

— Vá cuidar da sua vida — cortou a mãe, apontando-lhe a porta da sala.

Osvalda se eclipsou rapidamente, deixando-as sozinhas.

Maria encarou a mãe com rancor e repetiu:

— Você é má.

— Eu não sou nem boa nem má, sou apenas sua mãe. Quero bem a você e lhe digo o que penso — declarou Martina.

— Nunca me resignarei a viver sem ele — afirmou a jovem. — Nunca, nunca, nunca!

Nessa noite, consciente de ter agido da melhor maneira, Martina dormiu profundamente. E não se perturbou nem mesmo quando, na manhã seguinte, Osvalda irrompeu no seu quarto para anunciar que Maria fora embora. Disse apenas:

— Vai conhecer de perto o que a espera. Pobre Maria.

— Pobre? É uma desavergonhada, pobre coisa nenhuma! — replicou Osvalda.

— Não julgue sua irmã — admoestou-a Martina, com severidade.

— Todo o vilarejo vai julgá-la, e eu serei importunada pelas perguntas maliciosas das minhas amigas. Se ao menos pudesse dizer que ela fugiu com um príncipe... Mas nada disso! A idiota escapuliu com um florista. Isso vai acabar muito mal, estou dizendo — afirmou Osvalda, cheia de indignação.

Martina golpeou-a com um tabefe.

— Nunca mais repita essas palavras — disse, enquanto Osvalda explodia em lágrimas e saía correndo da sala.

Martina vestiu um robe e foi até o banheiro. Na bancada, viu um bilhete endereçado a ela.

Era de Maria. Desdobrou-o e leu:

"Mãezinha querida, vou morar com meu Peppino. Logo nos casaremos, com ou sem a sua permissão, até porque estou esperando um bebê e quero que meu filho tenha um pai. Eu lhe quero muito bem."

Martina levou a mão à cabeça e disse:

"Meu Jesus, o circo está armado. Ajuda aquela pobre pamonha tanto quanto eu a ajudarei."

62

MARIA ABRIU A PORTA do apartamento na hora em que Lavinia, sua vizinha, saía para o trabalho, e chamou-a baixinho.

— Diga, querida — sorriu a mulher.

— Ele quer berinjelas à parmegiana e eu não sei fazer — confessou Maria.

Tinham-se passado três anos desde o casamento e Maria se dera conta, havia tempo, de que os "um amor e uma cabana" eram apenas um sonho. Peppino bebia demais, com frequência deixava-a sozinha, à noite, para sair com os amigos, e estava sempre pronto a criticá-la. Lavinia escutava as confidências da amiga e dizia: "Por que você não volta para a casa de sua mãe?"

Maria não queria admitir que sua família tivera razão ao hostilizar o casamento. Mas também havia algo mais para mantê-la ligada a Peppino. Quando fazia amor com ele, sentia-se plenamente satisfeita e feliz. Era como se, em seu marido, convivessem duas personalidades diferentes: uma prepotente e outra dulcíssima.

Agora, Lavinia disse:

— Sabe como eu faria essa parmegiana para ele? Com arsênico!

— Por favor, me ajude. Ele gosta muito de beringela — pediu Maria.

— Tudo bem, esta noite eu lhe preparo uma assadeira. Até lá, pare de cochichar, até porque seu marido dorme como uma marmota.

Era verdade. Peppino retornara bêbado, quase ao amanhecer, e agora dormia profundamente. Assim, cabia a Maria abrir o quiosque. Ela vestiu às pressas o casaco, pegou no colo a pequena Elisabetta e levou-a para a creche, que, por sorte, ficava ali pertinho. Depois, voltou à *via* Vitruvio, foi até a garagem e carregou no furgão as flores frescas, os vasos de alumínio e de plástico, os tambores de água, o cavalete dobrável e todo o material para confeccionar os arranjos, e partiu para a praça Lima. Dentro do quiosque alinhou os vasos, encheu-os de água e começou a dispor as flores. O ar se tornava mais doce a cada dia.

Recordou como um pesadelo os meses invernais, com a pequena Elisabetta que não lhe concedia uma noite de sono tranquilo. Tinha um só consolo: a venda de flores.

Jamais teria imaginado se tornar florista. No entanto, aquele trabalho não só lhe agradava, mas também a entusiasmava e a compensava das amarguras causadas pelo marido.

Martina tinha decidido ajudar a filha e todo mês depositava-lhe no banco uma discreta soma que Maria repassava em parte ao marido. Peppino não esperava senão aquele dinheiro para desperdiçá-lo no jogo.

"Com o que você gasta em uma semana, minha família, em Nápoles, sobrevive um mês. Você não sabe fazer compras de casa, não sabe cozinhar, não sabe passar as camisas. Por que a desposei?", berrava ele.

Maria se calava, mas gostaria de responder: "Para gastar o dinheiro de minha mãe". Agora sabia ter-se casado com um homem fraco, irresponsável, mas que ainda assim lhe dera a alegria de fazer amor e o prazer de trabalhar. Sem ele, Maria jamais teria descoberto nem sua feminilidade nem sua capacidade empreendedora.

A revenda de flores era uma atividade modesta, mas ela estava certa de que, se tivesse as mãos completamente livres, poderia transformá-la em um empreendimento muito próspero. Assim, era grata a Peppino por tê-la obrigado a crescer, a tornar-se uma mulher madura e consciente.

Sabia também que toleraria a prepotência do marido enquanto não se sentisse pronta para voar com as próprias asas. Até lá, arcava de bom grado com grande parte do trabalho, ao qual Peppino passara a dedicar cada vez menos tempo.

Desde quando sua menininha ia para a creche, Maria criara o hábito de abrir o quiosque de manhã bem cedo, tendo descoberto que nesse horário se faziam bons negócios.

As balconistas e funcionárias a caminho do trabalho se deixavam frequentemente cativar por seus pequenos buquês preparados com graça e fantasia. Mais tarde, por volta das 9 horas, chegavam as donas de casa, as mães que voltavam depois de deixar os filhos na escola, os donos das lojas vizinhas, para adquirir aqueles ramalhetezinhos que traziam alegria.

Peppino se apresentava em torno das 11, olhos ainda inchados de sono, e contava o dinheiro que a mulher tinha faturado. A essa altura, assentia, satisfeito.

— A partir de hoje, eu decido quanto você pode tirar do caixa — disse Maria, resoluta, num dia em que o marido estava se apropriando de quase todo o ganho. Ele compreendeu que a esposa falava sério e não ousou objetar. Não se opôs nem mesmo quando Maria quis que o fornecedor de flores lhe entregasse uma nota fiscal para poder ser pago.

— Sem nota, nada de dinheiro — disse a ele uma manhã. E o fornecedor foi obrigado a se adequar, porque o quiosque da praça Lima já se tornara um ótimo cliente.

Maria decidiu ampliar o horário de abertura nas noites de sexta e sábado, porque havia mais movimento.

Estava começando a conquistar um certo número de clientes habituais, cujos gostos havia aprendido a conhecer.

Naquela noite, quando ela retornou à sua casa, Lavinia a esperava com uma assadeira de beringelas à parmegiana.

— Voltou tarde, hoje — observou a vizinha.

— Passei pela farmácia para pegar o resultado do exame — desculpou-se, com os olhos brilhando.

— O exame? — perguntou Lavinia.

— Bom, sim, você entendeu — replicou Maria.

— Quer dizer que está de novo...?

— Estou! — confirmou ela, feliz. E acrescentou: — Mas, antes de contar a Peppino, quero contar à mamãe.

63

MARIA FITOU SUA LINDA MÃE de traços aristocráticos e pareceu-lhe que a via pela primeira vez. Espontaneamente veio-lhe a comparação com a progenitora de Peppino, que chegara de Nápoles para o Natal e, abraçando-a, dissera: "O dia bom, a gente percebe logo de manhã. Você é uma boa moça e está fazendo a fortuna do meu filho". De imediato, a sogra arregaçara as mangas e plantara-se no fogão preparando assadeiras de macarrão, de beringelas, de ragu, e, à mesa, sorria-lhe e a incitava: "Coma! Coma, lindinha da mamãe". Trouxera consigo três netos, dizendo: "Os outros não puderam vir e pedem desculpas". Estavam todos acampados no apartamento da *via* Vitruvio. À noite, para ir ao banheiro, Maria devia transpor corpos deitados dentro de sacos de dormir.

A sogra a sufocara de atenções. Dera-lhe de presente seus pingentes de coral e um perfume francês que mantinha guardado havia anos, para a melhor nora. E dizia: "Meus filhos estão todos de parabéns. Margherita, a mais velha, casou-se com um farmacêutico. Totonno, o segundo, desposou a filha de um hoteleiro, e agora o meu Peppino desposou você. E depois dizem que a sorte é cega! Ela enxerga muito bem e sabe a quem favorecer".

Agora, na varanda da Villa Ceppi, sentada na poltroninha de vime, diante de sua belíssima genitora, Maria mediu a distância que separava os Agrestis dos Cuomo.

Era quase a hora do almoço. Ao chegar a Vértova, Maria deixara a pequena Elisabetta com a bisavó Vienna. Osvalda se encontrava na igreja e ela estava sozinha com a mãe.

— Sinto muita saudade de você, sabia? — disse Martina.
— Eu também, de você.
— Como vão as coisas com seu marido?
— Estou aprendendo a superar as dificuldades da vida.
— Pena que tenha abandonado a universidade — lamentou a mãe.

Assim como, outrora, Ines Ceppi a espiara quando ela saía do ginásio em Bérgamo, agora Martina espiava a filha vendendo flores na praça Lima. Via Maria sorrir e conversar com os clientes, cortar e limpar os talos das flores, trocar a água dos vasos, preparar cuidadosamente ramalhetes de todos os tamanhos. Não que houvesse algo de desonroso naquele trabalho, pensava. Mas não era esse o futuro que havia imaginado para Maria, sua ingênua, doce, deliciosa pamonha. Até quando sua queridíssima filha suportaria aquele marido horrível? Sempre que Maria vinha a Vértova com a pequena Elisabetta, Martina esperava que ela lhe dissesse: "Não volto mais para Peppino".

Em vez disso, a cada vez a filha olhava o relógio quase com impaciência e, a certa altura, dizia: "Preciso ir, porque Peppino está me esperando".

Devia admitir que Maria sempre tivera o bom gosto de manter o marido longe da Villa Ceppi, ainda que ele tivesse loucura para se enfiar naquela casa.

— Até quando você vai conseguir resistir? — perguntou Martina agora.

— Por favor, mamãe, pare com isso. Você, a vovó e minhas irmãs sempre me consideraram uma incapaz de me cuidar. No entanto, eu administro uma casa, cozinho, crio minha filha e trabalho. Você achava que eu entregaria os pontos logo na primeira dificuldade, mas já deve ter percebido que estava enganada. Sei que Peppino não é o melhor dos maridos, mas assim está bem, ao menos por enquanto. Eu me pareço com a vovó Vienna também no temperamento: tenho a tenacidade da camponesa.

— Ao menos por enquanto, você tem a tenacidade de uma mulher apaixonada.

— Estou cheia de entusiasmo e quero fazer muitas coisas.

— Vá até seu quarto. Em cima da cama, encontrará uns presentes dos quais espero que goste — disse Martina.

Maria encontrou roupinhas lindas para a pequena Elisabetta e dois vestidos de seda para si. Afundou as mãos no precioso tecido, tirando disso um prazer sutil.

— Até quando você vai continuar a me mimar? — perguntou à mãe.

— Não vou parar nunca, porque minhas filhas são toda a minha vida — respondeu Martina.

Maria se sentou na cama e disse, sorrindo:

— Dentro de pouco tempo, estes belíssimos vestidos não entram mais em mim. Estou grávida de novo.

Hoje

64

— MAMÃE, ACORDE. Dora quer saber a que horas nós vamos jantar — disse Camilla, que acendera a lâmpada da mesa de cabeceira.

Giuliana emergiu trabalhosamente de um sono profundo, abriu os olhos e fechou-os de imediato, incomodada pela luz.

— Que horas são? — perguntou.

— Quase 19 horas — respondeu sua filha.

— Dormi tanto assim? — espantou-se Giuliana, voltando à realidade que o sono havia cancelado: a morte repentina da mãe, o encontro com as irmãs e com Leandro, a longa narrativa da avó, a chegada de Camilla, vinda de Londres.

Cobriu o rosto com as mãos e começou a soluçar, dizendo:

— Você se dá conta, Camilla, de que minha mãe morreu?

Parecia-lhe que o mundo lhe desabava em cima.

A jovem se deitou ao lado dela e abraçou-a. Também estava sofrendo pela perda de Martina, a avó simpática, espirituosa, um pouco misteriosa, que ultimamente ia com frequência a Londres e a levava à loja Harrods para que ela comprasse tudo o que desejasse, ou a Oxford para encontrar o grisalho professor Graywood, pai de Osvalda, e sua chilreante esposa.

— Claro que me dou conta, mamãe. Mas acho que a vovó não gostaria de ver você tão desesperada — tentou animá-la.

Giuliana enxugou o rosto com a dobra do lençol e esforçou-se por sorrir.

— Se a mamãe tivesse adoecido, eu teria tido tempo para me acostumar à ideia de que ela nos deixaria. Mas ela foi embora de repente, e eu me sinto completamente desorientada.

Camilla acariciou-lhe o rosto, enquanto recordava os momentos de intimidade entre a mãe e a avó, cujas frontes se afloravam e que conversavam baixinho, deixando-a excluída.

Sentiu uma pontada de ciúme, recordando aquela intimidade profunda, que ela jamais conhecera com sua mãe. Para Camilla, Giuliana era uma mãe inacessível, bonita demais, famosa demais, incensada demais pelo público que a adorava e ao qual Giuliana se entregava inteiramente, com uma dedicação que deveria reservar somente a ela, que era sua filha.

Quando adolescente, Camilla lhe perguntara quem era seu pai. Ainda recordava a expressão da mãe, enquanto respondia:

— Você o conhece muito bem, mesmo não sabendo que ele é seu pai.

— É um dos seus amigos?

— O melhor. Quando percebi que estava grávida, ele era casado e a esposa estava muito doente. Eu não queria que ele a abandonasse e não contei que estava esperando um filho. A esposa morreu dois anos depois, mas você e eu já não precisávamos de mais ninguém para nos sentirmos bem, juntas — explicara a mãe.

— É Sante Sozzani, não é?— perguntara Camilla.

Giuliana se limitara a assentir. Depois, propusera:

— Quer que eu fale de você com ele?

— Por enquanto, me basta saber que Sante é meu pai — respondera a jovem.

Nessa noite da Vigília, enquanto esperava que sua mãe acordasse, Camilla havia decidido que chegara o momento de esclarecer a situação com seu pai.

— Atendi ao seu celular enquanto você dormia. Sante também telefonou e eu o convidei para jantar esta noite — anunciou.

— Você é maluca, não vê o meu estado? — reagiu Giuliana, levantando-se da cama e plantando-se diante do espelho.

Camilla sorriu, porque havia conseguido distraí-la da tristeza.

— Você está sempre linda, mãezinha — tranquilizou-a.

— Tenho que fazer agora mesmo uma compressa refrescante nos olhos. E preciso achar uma roupa decente. Me ajude, por favor — pediu Giuliana, encaminhando-se para o quarto de vestir. No meio do caminho, virou-se para a filha, que a seguia, e perguntou: — Por que você o convidou?

— É a Vigília do Natal, ele está sozinho, nós também. Achei que era uma boa ocasião para esclarecer as coisas entre nós — respondeu a jovem. — Depois do jantar, você e ele podem ficar sozinhos. Esta é uma noite mágica, mamãe. Aproveite.

Giuliana entrou no banheiro, pegou no armário as compressas embebidas em camomila e sálvia e aplicou-as sobre os olhos.

— Não era assim que eu tinha imaginado esta Vigília — disse à sua filha, tristemente.

— Nem eu. Além de perder a vovó, terminei o namoro com o cabeleireiro debiloide — disse Camilla. Ao ouvir essa notícia, Giuliana conteve um suspiro de alívio e não fez comentários. Removeu as compressas dos olhos e deu-se conta de que pouco tempo se passara desde quando ela havia acordado nos braços de Stefano, com a carranca de sempre e o terror de envelhecer que nunca a largava.

Tinham bastado três dias para mudá-la completamente, assim como a sua vida. Stefano, por algum tempo, fora oxigênio para seus pulmões. Agora, porém, ela respirava muito bem sem ele, e haviam desaparecido certos medos que por muitos anos a tinham atormentado.

— Stefano Casagrande também telefonou. Como todos, sabia sobre a vovó. Disse que cancelou todos os compromissos com aquela pessoa para ficar com você — acrescentou Camilla.

— E o que você respondeu? — quis saber Giuliana, preocupada.

— Convidei-o também para jantar. Seremos quatro: dois homens e duas damas — declarou a filha, seráfica. — Assim, enquanto você conversa com meu pai, eu terei a companhia de Stefano. Acho que este será um Natal especial, que recordaremos pelo resto da nossa vida.

65

Dora, informada no último instante, fizera milagres para transformar uma simples refeição para Giuliana e Camilla numa decorosa ceia da Vigília.

Tinha um irmão que era garçom em um restaurante do Trastevere. Então, literalmente roubara-o do gerente, dando um jeito para que ele chegasse à casa de Giuliana trazendo alguns pratos já prontos e a ajudasse a arrumar a mesa e a servir os convidados.

— Estou realmente curiosa para ver como acabará esta noite — disse Dora, enquanto conferia com o irmão o impecável brilho dos pratos e copos a dispor sobre a mesa. — Foi tudo obra de Camilla. Não me espantaria que aquele demônio de moça queira induzir a mãe a recuperar o velho Sozzani e a cortar com o jovem Casagrande.

— Ou seja, Stefano, o amante da vez — especificou o irmão.

— Ao passo que o outro, como você sabe, é o pai de Camilla.

— Fiquei sabendo agora, porque você contou.

— Veja, há uma manchinha na borda da saladeira. Enfim, eu acho que à meia-noite esse parentesco não será mais um segredo — disse a governanta, que esperava aquele momento havia muitos anos.

— Nem adianta perguntar o que você ganha com tudo isso, depois de ter renunciado à sua vida para ficar perto de Giuliana Agrestis e da filha — exclamou o irmão. E ordenou: — Descasque umas toranjas para guarnecer o salmão. Não as amarelas, as rosês.

Dora obedeceu, enquanto recapitulava mentalmente seus extraordinários momentos e experiências ao lado de Giuliana. Com ela, havia percorrido o mundo, entrado nos teatros mais prestigiosos, tratado de você os personagens famosos, enxugado lágrimas e compartilhado alegrias.

— Eu não renunciei à minha vida, mas isso você não consegue entender. Bastam estes gomos, ou quer mais?

— Não, assim está bom. Coloque a maionese na molheira. Amanhã, você fica aqui ou vai passar o Natal em casa?

— A campainha! Vou abrir — anunciou Dora, tirando o avental. No corredor, cruzou com Camilla, que lhe disse:

— Pode deixar, eu abro.

— Onde está sua mãe? — informou-se a governanta.

— Na sala, languidamente refestelada numa poltrona, em perfeita imitação da Duse — brincou a jovem, já abrindo a porta.

Dora se afastou e Camilla viu-se diante de Stefano Casagrande. Era muito mais bonito do que ela imaginava. Aliás, sua mãe sempre havia colecionando amantes lindos, à exceção de Sante Sozzani, que, em compensação, era seguramente o mais fascinante dos homens que Giuliana havia frequentado.

— Eu sou Camilla — disse, estendendo a mão ao rapaz. — Estávamos à sua espera.

Ele lhe sorriu, fitando-a com curiosidade. Conhecia Camilla a partir dos retratos disseminados pelo apartamento, e achou que estes não lhe faziam justiça. Na realidade, a moça de óculos das fotografias tinha um rosto simpático, olhos grandes e escuros como a noite, um nariz importante e bem modelado, um sorriso cativante.

— Não usa mais os óculos? — perguntou, transpondo a soleira.

— Usava. Agora, substituí-os por lentes de contato. Um ex-namorado me ajudou a mudar minha imagem. Ele é *hair stylist* — contou, enquanto o convidava a lhe entregar o casaco para guardar. Stefano sabia muito bem onde pendurá-lo, mas preferiu confiá-lo a ela, como se não conhecesse a casa. Camilla o acompanhou à sala.

Giuliana, sentada numa poltrona, tinha nas mãos um livro. Vestia uma saia de tafetá preto, ampla e comprida até os tornozelos, e uma blusa justa, de organza branca, com uma gola levantada que lhe destacava o pescoço delicado e perfeito. Estava belíssima, parecia pronta para ser retratada por um pintor.

Camilla notou a admiração de Stefano e a indiferença de sua mãe ao acolhê-lo. Recordou quando, um ano antes, Giuliana lhe confessara, quase como se falasse com uma amiga, mais que com a filha: "Sei que Stefano é muito mais moço do que eu, e que seria mais normal se eu tivesse um companheiro da minha idade. Mas ele me caiu em cima como um presente inesperado. Por que recusá-lo?"

Agora, pareceu a Camilla que algo havia mudado. Ela escapuliu, dizendo:

— Vou ver como estão as coisas na cozinha.

Dora estava dispondo nos pratos o antepasto de camarões-brancos, aferventados em vinho branco, sobre um leito de alcachofras crocantes, cortadas em lâminas. A jovem estendeu a mão para roubar um pedacinho e recebeu um golpe de colher nos dedos.

— Não se come antes de ir para a mesa — reprovou-a a governanta. Depois indagou: — Viu o rapazinho?

— O rapazinho, como você o chama, é um homem de 30 anos, bonito e simpático — sublinhou Camilla.

— Era só o que faltava, se fosse feio e antipático — retrucou Dora.

A campainha soou de novo. Sante Sozzani não estava sozinho. Atrás dele vinha o motorista, carregando duas caixas de vinho. O irmão de Dora correu em sua ajuda, enquanto Camilla se deixava abraçar pelo velho amigo.

— Estou vendo que você trouxe uma coisinha para bebermos — brincou.

— Inevitável. Nesta casa, come-se pouco e bebe-se pior ainda — resmungou o homem.

Sante Sozzani era um carrancudo com um coração de ouro. Falava pouco e só se tornava loquaz quando discorria sobre vinho, comprazendo-se por ser um verdadeiro especialista. Desprezava o champanhe francês e sustentava que alguns espumantes italianos eram muitíssimo melhores.

Camilla ignorou sua crítica aos hábitos alimentares da mãe e sussurrou:

— Fico contente por você estar aqui.

— Eu também. E ela, como está?

— Chora um pouco, representa um pouco. Você a conhece. De qualquer modo, está realmente abalada pela morte da vovó. Venha, vamos vê-la — disse Camilla, fitando-o com ternura. E, em tom mais baixo: — O jovem Adônis também veio. Eu o convidei. Acha ruim?

— Que necessidade havia? — resmungou Sante, contrariado.

— Duas damas, dois cavalheiros.

— Teria sido melhor convidar o meu Flock. É um comensal mais interessante — replicou ele, aludindo ao louro lebréu que o escoltava quase sempre.

As pequenas confidências se interromperam no momento em que os dois entraram na sala e Giuliana se refugiou nos braços de Sante, que a manteve afetuosamente estreitada a si.

Pouco depois estavam os quatro sentados à mesa na sala de jantar, com amplas vidraças pelas quais se via o céu estrelado.

Dora havia arrumado uma mesa suntuosa, em tons de branco e dourado. Enquanto servia os antepastos, seu irmão abriu uma garrafa de vinho. Santo o provou e ordenou:

— É melhor abrir um Dossi delle Querce tinto. — Depois voltou-se para Stefano e explicou: — É feito com uma seleção de uvas *cabernet*, *merlot*, *barbera* e *nebbiolo*, fermentado em tonéis de castanheiro e envelhecido nos de carvalho da Eslovênia. E isso a gente sente pelo perfume — disse, farejando o vinho que o garçom lhe servira no copo. — Casa bem com peixe, e portanto será ótimo para estes camarões. O senhor gosta de vinho, suponho. Giuliana também, só que não entende nada desse assunto.

— Que maldade — protestou a atriz, levando o copo aos lábios. Tomou um gole e tentou gracejar: — Percebo um sabor elegante e limpo, bem frutado.

— Ouviu sua mãe? Está me arremedando — disse Sante a Camilla.

— Teve um bom professor, e é uma aluna aplicada — replicou a jovem.

— Nós, adultos, muitas vezes somos chatos — disse Giuliana a Stefano, que se sentia estranho àquela escaramuça familiar.

— Você nunca foi. É a garota mais jovem e brilhante que eu conheço — adulou-a ele.

— Mas, esta noite, não me sinto em clima de rapapés — disse Giuliana.

— Querida Giugiù, você está sofrendo, isso se vê — comiserou-se Stefano, revelando uma completa falta de tato, ao tratá-la por aquele apelido tão íntimo. Ela se irritou e fulminou-o com um olhar. Depois, disse:

— Por muito tempo eu me iludi, achando que ainda era uma garota. Agora que minha mãe não existe mais, de repente me sinto com toda a minha idade, e isso não me desagrada nem um pouco.

— Bem-vinda ao tedioso mundo dos adultos — exclamou Sante, erguendo seu copo.

O garçom serviu um risoto *all'onda* com frutos do mar. Estava delicioso.

O nervosismo de Stefano era tão perceptível que criava um clima desagradável. Giuliana buscou, e encontrou, um assunto para aliviar a tensão.

— Em Vértova, depois do enterro, a vovó Vienna nos contou uma história de família realmente singular — começou. Então voltou-se para

Camilla: — Sabia que sua avó Martina tinha se casado cinco anos atrás? O marido é o professor Bertola, que você conhece bem. Não era segredo que os dois se amavam desde criancinhas. Assim, eu me vejo com um padrasto de 66 anos. É mais moço do que você, Sante — comentou, virando-se para o velho amigo.

— Muito pouco — esclareceu o interessado.

— Eis por quê, quando a vovó ia me ver em Londres, estava sempre com Leandro — observou Camilla.

— Há muito mais coisas que soubemos sobre minha mãe e sobre a vovó Vienna — acrescentou Giuliana.

— Conte — incitou-a Stefano, agarrando-se ao tema para aplacar seu nervosismo. Tinha percebido que Giuliana estava fazendo comparações entre ele e Sante, e evidentemente o resultado não lhe era favorável.

— Agora não — declarou Giuliana, sublinhando a estranheza de Stefano à família.

Terminada a ceia, enquanto saíam do aposento, Camilla anunciou:

— Eu gostaria de ir à missa da meia-noite. A mamãe não vai, porque está muito cansada. Qual de vocês dois quer ir comigo?

Tinha sido muito hábil ao recorrer à sua mãe, que, de fato, pegou a coisa no ar e disse:

— Acho que Stefano ficará feliz em acompanhá-la.

O jovem não pôde se recusar a satisfazer o pedido de Giuliana.

Pensou no dia seguinte, no almoço com a noiva e os parentes, em sua Giuliana que estava voando para longe, sem ele. Aquela mulher incomparável o surpreendera mais uma vez, descartando-o com suavidade. Voltando-se para Camilla, confessou:

— Terei muito prazer em acompanhá-la.

Depois do café, Giuliana e Sante ficaram sozinhos.

Ele tomou a mão dela, sorriu-lhe e murmurou:

— Feliz Natal, minha amiga.

— Vai ser. Eu jamais teria imaginado que este Natal coincidiria com uma série de revelações. Primeiro minha avó, agora eu.

— Queria me falar de Camilla?

— E também de mim.

Ontem

66

GIULIANA SE REFUGIOU chorando nos braços da mãe.

— Eu não imaginava que um desgosto pudesse me provocar tanto sofrimento físico. Sinto dor no corpo todo, mãezinha. Pernas, braços, coluna... pulsam, martelam, já não consigo dormir — soluçou.

Estavam no minúsculo apartamento que Giuliana havia adquirido alguns anos antes. Martina o chamava de "casa de bonecas". Ficava em um último andar à *via* dell'Annunciata, em Milão. A moça o decorara com alguns móveis garimpados no sótão da casa de Vértova. Tinha morado pouquíssimo naquele endereço, porque ficava quase sempre na *via* dei Giardini, em casa de Kuno Gruber.

Seu caso com o famoso diretor, entre altos e baixos, prosseguira durante quase nove anos. Agora, havia acabado.

— Por que você não relaxa um pouco na cama? Eu lhe dou uma aspirina e também tomo uma, porque minha cabeça está explodindo — disse sua mãe, que continuava a considerar o ácido acetilsalicílico um remédio soberano para todos os males, como sustentava o velho doutor Pietro Bertola.

Em meia hora, a aspirina fez efeito.

— Não vale a pena sofrer tanto por um homem — afirmou Martina.

— Se tivéssemos tido um filho, agora eu me sentiria melhor, sozinha. Mas Kuno nunca quis — confessou Giuliana.

— Pelo menos nisso, foi sensato.

— Foi você quem me ensinou que um pai não é tão importante assim. Se eu tivesse um filho, ele me faria companhia — argumentou Giuliana.

— Os filhos não gostam das mães que sofrem de frustrações sentimentais. E, sobretudo, não se fazem filhos para satisfazer o próprio egoísmo — reprovou-a Martina.

— Kuno é um infame! — explodiu Giuliana. — Sabia que nem teve coragem de me dizer que está com outra mulher? Precisei descobrir sozinha, e quando o confrontei ele negou, me chamou de visionária, e depois se exibiu em sua melhor performance: "Se você pensa assim, talvez seja melhor que nossos destinos se afastem", disse, todo ofendido. Já imaginou?

Era uma tépida noite de maio. Do terraço sentia-se o perfume dos jasmins em flor. Martina chegara de Vértova às pressas, depois que Giuliana lhe telefonara em lágrimas, porque acabava de descobrir que Gruber estava envolvido com Anna Stanford, uma jovem cantora lírica americana.

Giuliana se dera conta, havia muito tempo, de que sua relação com o diretor se arrastava cansadamente, inclusive por causa da andropausa do companheiro, que não se resignava a envelhecer. Ela assistia, divertida, às manobras dele para se opor ao avanço dos anos.

O armariozinho do banheiro de Gruber era lotado de cremes hidratantes e firmadores para o rosto e para o corpo, de loções revitalizantes para os cabelos que rareavam, de fármacos antioxidantes contra o envelhecimento cutâneo. Durante dias, o diretor se escondera de todos, dela inclusive, depois de sofrer uma intervenção de blefaroplastia para eliminar as bolsas sob os olhos. Pagava a um personal trainer que o submetia a exercícios massacrantes para conservar uma musculatura tônica. Combatia com tranquilizantes a fome compulsiva, que podia induzi-lo a comer até no meio da noite.

Tornara-se agressivo com ela e às vezes a insultava, sobretudo no teatro, na frente de colegas, coadjuvantes, maquinistas e cenógrafos. Giuliana revidava à altura. As brigas entre os dois eram um teatro dentro do teatro, e poderiam até se tornar peças em um só ato, dramáticas e hilariantes. Mas Giuliana, recentemente, no meio dos ensaios de um drama que iria estrear no outono, depois de um dos costumeiros bate-bocas havia abandonado o palco, entre gritos e insultos recíprocos.

Tinha voltado à sua casa, sabendo que ele lhe telefonaria para pedir desculpas, e ela diria: "Sou eu que peço desculpas". Fariam as pazes, até a próxima briga.

Ele, porém, só havia telefonado na manhã seguinte, para dizer: "Estou no bar. Venha para cá, assim tomamos o desjejum juntos".

Quando ela o encontrara, Gruber a abraçara e, rindo, tinha dito:

— Onde posso encontrar outra serpente que se revolta contra mim, como você faz?

Giuliana tinha então 28 anos, já não era a mocinha inexperiente que via nele seu pigmalião. Continuava, porém, gostando de Kuno. Conhecia-lhe os defeitos e as muitas fraquezas, mas ele era seu homem e ela o amava.

— Está procurando outra que seja mais venenosa do que eu? — perguntou, enquanto ensopava o brioche no cappuccino.

No bar, clientes e garçons os conheciam e fingiam ignorá-los para não parecer indiscretos. Os dois dispunham habitualmente de uma mesinha de canto, no fundo do estabelecimento, atrás de uma coluna. Se a mesa já estivesse ocupada, o maître sempre conseguia liberá-la para o casal.

— Vou a Moscou com uma delegação de atores e jornalistas. Ficarei fora por duas semanas. Você conseguirá sobreviver sem mim? — interpelou-a Kuno, acariciando-lhe a mão.

Viagens desse tipo eram bastante frequentes, e Kuno sempre a quisera consigo. Ela se perguntou por quê, desta vez, ele não a convidara.

— Acharei alguém com quem brigar — replicou, disfarçando o desapontamento.

Ele tinha partido e ela voltara ao teatro para continuar os ensaios. De vez em quando flagrava olhares insolitamente solidários dos colegas, que se revezavam para mimá-la.

Durante aqueles dias estavam ensaiando a peça em um só ato *A prostituta respeitosa*, de Jean-Paul Sartre. Ela interpretava Lizzie, a prostituta em questão, e Warner Magnasco era Fred, o personagem masculino mais importante do drama. Giuliana e Warner sentiam afeto um pelo outro, concordavam, não disputavam a cena. Assim, concluídos os ensaios, quando todos se apressavam para ir embora, ele a convidara para jantar.

Enquanto comiam, Warner pousou a mão sobre a dela, dizendo:

— Estamos todos admirando você, porque realmente é excepcional. Qualquer outra, em seu lugar, faria um escândalo. Você é demais, Giuliana.

Ela o fitara com ar interrogativo.

Então Warner começou a tropeçar nas palavras e por fim, solicitado por Giuliana, revelou que Gruber tinha ido a Moscou com Anna Stanford.

Giuliana ficou branca, depois rubra, depois de novo branca, e acabou bebendo de uma só vez meia caneca de cerveja. Por fim, chamou um táxi que a levou para casa, e pediu ajuda à sua mãe.

Enquanto ela aguardava Martina, Kuno havia telefonado de Moscou e ela o agrediu de imediato:

— Saia da minha vida para sempre e vá curtir sua americana.

— Giuliana, Giuliana, minha divina, de que americana você está falando?

— Você é um velho falastrão! Não tem sequer coragem para assumir seus atos. Todos sabiam que você está de caso com a cantora. Menos eu. Desejo-lhe todas as infelicidades.

Ele adotou um tom ofendido.

— Se você pensa assim, talvez seja melhor que nossos destinos se afastem.

— Até porque, a esta altura, você não me serve mais — frisou Giuliana, encerrando o telefonema.

Agora, Martina tentava recolher os cacos de uma história que havia durado muito além de todas as previsões:

— Pense no que deve a ele, porque Kuno lhe ensinou o ofício no mais alto nível.

— Mas eu considerava certo que ficaríamos juntos por toda a vida, porque era nisso que ele me fazia acreditar. Eu suportava as manias, os medos, os acessos de fúria, as muitas fraquezas dele, assim como ele tolerava minhas birras e minha língua solta. Em suma, nossa relação era muito estimulante.

— Na verdade, suas brigas eram verdadeiros fogos de artifício — comentou Martina.

— Como é que você sabe?

— Fui muitas vezes ao teatro, para assistir a ensaios, sem avisá-la.

— Uma mãe guardiã — ironizou Giuliana.

— Uma mãe interessada na vida de sua filha.

— Mas nunca me disse nada.

— Não sou mexeriqueira.

— Eu o amei muitíssimo.

— Ele também.

— Agora o odeio.

— Ele, agora, tem medo de você. Como todos os homens, está tremendo de medo por ter sido descoberto.

— Nunca mais vou me apaixonar.

— Vai, sim, minha menina. Tenho certeza — disse Martina, abraçando a filha.

Adormeceram na mesma cama, estreitadas uma à outra.

67

MARTINA FOI ACORDADA pelo aroma do café que vinha da cozinha.

Olhou o relógio: eram 7 horas. Levantou-se, friorenta. Ainda vestia o tailleur da véspera. Despiu-se, entrou no banheiro e meteu-se embaixo do chuveiro. Pegou um roupão de Giuliana e foi até a cozinha. Encheu uma xícara com o café recém-coado e saiu para o terraço. Giuliana, sentada em uma poltrona de vime, sorvia seu café e chorava.

O céu estava sereno e ouvia-se o ruído dos automóveis que percorriam a *via* Fatebenefratelli. Martina beijou a filha nos cabelos, sentou-se diante dela e lhe sorriu.

— Estou desesperada — murmurou Giuliana, enxugando as lágrimas com a manga do pijama. — E meus ossos doem de novo.

— Coma alguma coisa e tome outra aspirina — sugeriu sua mãe.

— Estou doente e você não percebe.

— Você tem duas possibilidades: permanecer aqui em cima e continuar a se lamentar, ou então sair comigo, assim que o comércio abrir, e fazer compras malucas.

— Nove anos destruídos em um estalar de dedos. Você se dá conta? — lamentou-se Giuliana, em tom de melodrama.

Martina pensou que o tempo passado por sua filha junto a Kuno Gruber não fora perdido, pelo contrário: era um patrimônio precioso para o futuro de Giuliana, mas esta só compreenderia isso mais tarde.

— Estou precisando urgentemente de cabeleireiro, e você também. Pode me emprestar um vestido? Meu tailleur está amarrotado — disse Martina.

— Não posso sair por aí com estes olhos do tamanho de uma bola.

— Ponha os óculos escuros, e ninguém os verá.

— Mas o cabeleireiro, sim.

— E lhe dará uma multa.

Giuliana finalmente sorriu.

No salão de beleza, que também dispunha de um setor para tratamentos estéticos, concederam-se o máximo: drenagem linfática, limpeza de pele, manicure e pedicure, além da *mise-en-plis*, naturalmente.

Quando saíram, Giuliana parecia renascida.

Mãe e filha percorreram as ruazinhas do centro para olhar as vitrines.

Enquanto passeavam pela *via* Borgospesso, viram dois homens que vinham ao seu encontro, com as mãos metidas nos bolsos das calças, envolvidos em densa conversação.

Martina reconheceu Danilo Fossati, um famoso antiquário milanês a quem havia vendido algumas paisagens do século XIX lombardo, para subtraí-las à degradação a que Ines as destinara, confinando-as em um quarto de despejo do apartamento da *via* Serbelloni.

Ele também a reconheceu, sorriu-lhe e, quando ela lhe estendeu a mão, aflorou-a com um beijo.

O homem que o acompanhava fitava Giuliana com óbvia admiração.

Danilo Fossati apresentou-o às duas mulheres:

— Este é o professor Sante Sozzani.

— Sabia que eu não perco nenhum espetáculo seu? E sempre lhe envio flores ao camarim — declarou o professor a Giuliana, depois de cumprimentá-la.

— Sem cartão, porque não me lembro de ter lido seu nome alguma vez — sublinhou ela.

— Para mim, não era importante que a senhorita soubesse quem eu sou. Só queria lhe manifestar minha admiração pelo seu talento.

Giuliana observou aquele homem já não muito jovem, nada bonito, mas muito encantador. Presenteou-o com um dos seus sorrisos irresistíveis e aceitou de bom grado o convite para tomarem um aperitivo no bar, todos juntos.

68

GRUBER TRANSPÔS A SOLEIRA de seu apartamento à *via* dei Giardini e pareceu-lhe estar num campo de batalha: quadros jogados sobre o pavimento e porcelanas esfaceladas acolheram-no em um silêncio de arrepiar. À medida que percorria os aposentos, tinha a sensação de assistir a um filme de terror. Apoiou-se à ombreira de uma porta e sussurrou: "Giuliana".

Ele mesmo havia criado uma serpente venenosa que destruíra à traição as lembranças, os troféus, os testemunhos de seu sucesso recolhidos no decorrer de uma vida.

Desviando-se de livros e outros objetos arruinados no chão, entrou no quarto de vestir. Dora, no meio do aposento, encarava-o desalentada.

Gruber acabava de chegar de Moscou sentindo-se o homem mais feliz do mundo, porque tivera noites abrasadoras com a cantora americana de voz angelical. Não tencionava perder Giuliana, que continuava a agradá-lo, mas precisava mantê-la a distância por algum tempo, enquanto desfrutava da companhia de Anna. Depois a recuperaria.

Naquela manhã, de volta a Milão, havia acompanhado a soprano a um hotel, a dois passos de sua casa, e entrara no apartamento assoviando o *Va' pensiero* e elaborando projetos para lançar uma nova estrela no firmamento do melodrama.

Quando Kuno descobria o talento de uma mulher jovem e bela, exaltava-se como uma mariposa que volteia em torno de uma lâmpada acesa.

Agora, deu-se conta, com pesar, que Giuliana o nocauteara, e não o consolou a lembrança da fogosa soprano com quem passaria noites de delícias.

Enxugou uma lágrima e apostrofou Dora com voz raivosa.

— Onde a senhora estava, quando aconteceu esta calamidade?

— Eu não estava. Quero lembrar que o senhor me sugeriu tirar dez dias de folga — respondeu prontamente a governanta.

— Não me lembro em absoluto de ter lhe dado essa permissão.

A mulher sentiu-se ferida: o diretor estava acusando-a de ser uma mentirosa.

— Maestro, eu o suporto há 15 anos, mas desta vez o senhor passou do limite. Também tenho minha dignidade. Vou embora, e espero não o encontrar nunca mais — anunciou, decidida.

— Pois muito bem, então vá, antes que eu cometa uma tolice — replicou Kuno, furioso.

Dora não se deixou intimidar e, agora que não estava mais a serviço dele, sentiu-se livre para lhe dizer o que pensava.

— Se eu fosse a senhorita Giuliana, teria incendiado a casa inteira, porque uma moça excelente como aquela não merece o comportamento que o senhor teve com ela. Passar bem, maestro — trovejou, encaminhando-se para a saída.

Na noite anterior, Dora havia visto na televisão o que todos também viram, inclusive Giuliana. O telejornal transmitira uma entrevista de Kuno Gruber, que chefiava a delegação italiana na Rússia. O diretor dissertara sobre a importância do intercâmbio cultural e apresentara aos telespectadores a americana Anna Stanford, definindo-a como a estrela nascente no mundo da lírica e como sua musa inspiradora.

"Para o Teatro alla Scalla, dirigirei *La traviata*, e Miss Stanford será uma Violetta insuperável", havia declarado.

Nessa hora Giuliana dissera a si mesma que devia fazer alguma coisa, qualquer coisa, para aplacar a ira e a humilhação.

Kuno, em sua infinita presunção de homem genial e irresistível, nem sequer se preocupara com salvar as aparências. Escolhera a vitrine mais evidente, a da televisão, para declarar ao mundo que, ao lado do soberano, estava agora a cantora americana.

Então, Giuliana se dirigira ao apartamento da *via* dei Giardini e destruíra todas as lembranças mais queridas que o diretor conservava ciumentamente. Depois, deixara as chaves com o porteiro e retornara à sua casa, sabendo que, diante daquela destruição, o diretor sofreria tanto quanto ela estava sofrendo.

Havia telefonado a Vértova e contado tudo à sua mãe.

— Você não foi elegante — observara Martina.

— As mulheres sempre o mimaram, incensaram, adularam, eu inclusive. Nós mulheres somos mesmo muito bobas e, por amor, suportamos o insuportável. É um jogo perverso, ao qual nos submetemos há milênios. Ele pisoteou meus sentimentos, certo de sair incólume. Pois vai ter uma feia surpresa — afirmara Giuliana.

— Tudo isso faz você sentir-se melhor? — perguntara a mãe.

— Você não imagina quanto. Agora, estou pronta para uma nova vida.

Nessa noite, dormiu muito bem e, na manhã seguinte, arrumou-se para o almoço com o professor Sozzani.

Enquanto procurava a roupa adequada para aquele primeiro encontro, o telefone tocou.

Era Kuno, que lhe perguntou com voz espectral:

— Por que você fez isso?

— Porque você me humilhou — respondeu ela, tranquilamente.

— Vou prestar queixa contra você.

— Calma. Há uns jornalistas lá embaixo, aqui no meu prédio, com muita vontade de conversar comigo, depois de sua brilhante entrevista ao telejornal.

— Você é uma víbora. Sem mim, teria continuado a representar só nos teatrinhos paroquiais. Eu a transformei na herdeira da grande Duse e, se quiser, posso destruí-la.

A ameaça não obteve o efeito esperado, porque Giuliana se limitou a replicar:

— Para os jornais, já tenho pronta uma história cheia de lágrimas e coração despedaçado. Até já vejo os títulos: "A divina Giuliana Agrestis seduzida e abandonada pelo sátiro do teatro italiano". O que acha?

Kuno se calou, reduzido à impotência. Então, ela gorjeou: "Passar bem!", e desligou.

Tinha sido o porteiro a informá-la sobre os jornalistas plantados na entrada do edifício. Ao sair, Giuliana fingiu surpresa.

A repórter de uma revista fofoqueira se apresentou, quase lhe barrando o passo. A atriz presenteou-a com um sorriso radiante.

— Senhora Agrestis, são verdadeiros os boatos de uma quebra com o maestro Gruber?

— Quebra, que palavra horrível! Quebra-se um copo, não um vínculo.

— No entanto, Gruber apresentou na televisão sua nova estrela — interveio o jovem cronista de um jornal.

— Descobrir artistas de talento é o ofício dele — respondeu Giuliana, continuando a sorrir com ar benévolo.

— Mas o fato é que, pela primeira vez, ele foi à Rússia com Miss Stanford, e a senhora não estava. Há semanas, murmura-se que a associação Gruber-Agrestis acabou — adiantou-se outra repórter.

— De onde lhe vêm essas ideias fúnebres? Minha história de amor com Gruber foi e é belíssima, e as histórias de amor não acabam nunca, a gente as conserva pelo resto da vida, como um bem muito precioso.

— Senhora Agrestis, preciso chegar à redação com alguma notícia. Por favor, me confirme ou desminta os boatos — suplicou a jornalista de fofocas.

Giuliana encarou-a com ternura. Era uma jovem que tentava se afirmar.

— Então vou lhe dizer a verdade: o maestro e eu nos separamos, ao menos por enquanto, porque estamos em uma fase de cansaço, mas continuamos grandes amigos. E agora, com licença, preciso realmente sair.

Naquele momento havia chegado o táxi que Giuliana chamara.

Ela se despediu dos repórteres e desapareceu dentro do carro, dando ao taxista o endereço do restaurante onde Sante a esperava.

O professor estava de pé, no balcão do bar. Acolheu-a dizendo: "Tive medo de que a senhorita não viesse". Era um modo delicado de fazê-la notar que estava atrasada.

Giuliana lhe sorriu: a aliança que Sante Sozzani usava no anular a tranquilizava.

69

SANTE MARIA SOZZANI, dos marqueses Piccinini, colecionava obras de arte, tinha paixão pelo teatro e era um homem calmo e seguro de si.

A família, de origem toscana, produzia vinho havia 150 anos. Sante possuía um conspícuo pacote de ações de algumas minas de diamante na África do Sul e casas um pouco por toda parte. Morava em Roma, onde mantinha uma belíssima loja de antiguidades. Seu jatinho particular ficava estacionado em Ciampino e seu barco a vela, ancorado no porto de Livorno. Ele usava um sedã com motorista para os deslocamentos em automóvel e uma bicicleta para circular pela cidade.

Giuliana ficou sabendo dessas e de outras coisas mais, um pouco de cada vez, com o passar dos anos, porque Sante não gostava de falar de si.

Naquele primeiro encontro, ele conversou com o sommelier sobre a escolha de um vinho apropriado e, sem consultar Giuliana, decidiu-se por um Refosco para acompanhar o peixe. Depois, explicou:

— O vinho branco com peixe é um hábito gastronômico a ser desmistificado. O tinto é mais deleitável. O rosê é um caminho intermediário, que eu pessoalmente não aprecio.

Logo compreendeu que vinho e comida eram assuntos pouco interessantes para a jovem atriz, e então desviou a conversa para uma mostra de Parmigianino na Galleria degli Uffizi de Florença. Em seguida, disse:

— Queria que a senhorita me falasse de si, mas não gostaria de parecer indiscreto.

— Como devo chamá-lo? Professor? Marquês? — replicou Giuliana.

— Apenas Sante, se você concordar — disse ele, já mudando o tratamento.

— E Giuliana — completou ela, prosseguindo: — Creio que um ator nunca deveria falar de si, nem se dar em pasto ao público, fora do palco, porque revelaria toda a sua inconsistência. Eu sou como um saco vazio e me preencho, a cada vez, com os personagens que interpreto. Na escola de arte dramática, me ensinaram o que Brecht, Diderot, Nietzsche sustentavam sobre isso. Bertolt Brecht, por exemplo, afirmava que um ator nunca deve se identificar até o fundo com os personagens que interpreta, e Nietzsche dizia que um ator estaria perdido se realmente experimentasse os sentimentos que exprime no palco. Mas que raça de Emma Bovary ou Hedda Gabler eu seria, se não sofresse as dores delas, se não me iludisse com suas ilusões? De bom grado eu lhe falaria de mim, se não temesse desabar sob o peso da minha inconsistência — concluiu.

— Ou de sua modéstia — insinuou ele.

— Não sou modesta, apenas tenho consciência dos meus limites — confessou Giuliana.

— Ótimo! Já começou a me falar de você, e com um início nada banal, como eu esperava. Hoje, nesta mesa, estou renovando um rito interrompido há muito tempo, quando minha mãe me levava ao Teatro La Pergola de Florença para ver Tino Buazzelli, a Adani, a Pagnani, Salvo Randone, a Zareschi, e depois jantávamos com eles. Minha mãe foi quem me fez amar o teatro. Hoje, tenho a sorte de retomar esse hábito almoçando com você — disse ele, com um sorriso comprazido, e prosseguiu:

— Parei de ir ao teatro quando minha mãe morreu. Recomecei por acaso, poucos anos atrás, quando fui assistir a um *Hamlet* de Gruber, com Giuliana Agrestis no papel de Ofélia.

— Não me mandou flores, dessa vez — gracejou Giuliana.

— Descobri você naquela noite, e, no fim do espetáculo, seria capaz de comprar o teatro inteiro, tão encantado fiquei com sua beleza.

— Eu preferiria que você tivesse admirado meu bom desempenho.

— Esse também. De fato, desde então não perdi nenhum dos seus espetáculos.

— E começou a me mandar flores. Eu não sabia de quem eram, mas a cada récita esperava a homenagem do meu fã secreto — confessou Giuliana. Depois enfrentou um assunto que Sante havia evitado até aquele momento: — Sua mulher compartilha desse seu amor pelo teatro?

O sorriso do homem se extinguiu e o olhar se velou de tristeza.

— Há anos, Angelica trava uma luta desesperada contra a doença. Passa longos períodos internada. Quando melhora, volta para casa. E depois, tudo recomeça. Agora está em casa — explicou ele.

Giuliana baixou o olhar sobre o prato e nada disse. Ele prosseguiu:

— Eu fico o mais próximo possível dela, para fazê-la sentir que lhe quero bem. Não tivemos filhos, e ela só tem a mim no mundo.

— Lamento — murmurou Giuliana, desejando não ter feito a pergunta.

Sozzani, porém, logo recuperou o tom leve e, terminado o almoço, insistiu em acompanhá-la até em casa.

Enquanto o motorista se livrava do tráfego, ele disse:

— Você devia ter uma casa em Roma.

— Por quê?

— Tenho a impressão de que seu período milanês está acabando.

Giuliana não fez comentários, e os dois se despediram com um vigoroso aperto de mãos, sem adeus nem até logo.

Em casa, a luzinha intermitente da secretária eletrônica avisou-a de que havia mensagens. Ela apertou a tecla para escutá-las.

Eram todas de Kuno. A última era um sussurro entrecortado por soluços: "Estou em casa, sozinho, entre os destroços da minha vida, e falta-me o ar. Não podemos nos deixar assim. Você é uma parte importante dos meus sentimentos e eu preciso abraçá-la e pedir-lhe perdão".

Ela ergueu o fone, teclou o número da casa do diretor e, quando ele atendeu, disse:

— Pode vir, se quiser.

Depois foi até o terraço para respirar o perfume dos jasmins, enquanto esperava que o porteiro interfonasse para dizer que Kuno estava subindo.

Bastou olhá-lo para perceber que Kuno estava realmente arrasado.

— Entre — convidou-o, e depois o precedeu rumo ao terraço.

Kuno abandonou-se numa poltrona, inclinou a cabeça e tomou o rosto entre as mãos.

— Não me importa nem um pouco o desastre que você aprontou no meu apartamento — começou.

— Que pena, eu esperava que você se importasse muito — replicou ela, gelidamente.

— Eu lhe menti, e não devia. Mas agora estou sendo sincero, quando digo que só amo você — afirmou Gruber, seguro.

— E a americana que você corteja há meses e que, pelo que entendi, largou o amante para segui-lo, onde se encaixa?

— Não sei nem quero saber. Só quero você — respondeu ele.

Kuno havia ultrapassado os 60 anos e, apesar do cuidado maníaco com sua pessoa, parecia mais velho. Giuliana olhou-o como se o visse pela primeira vez. Ele passara a vida tratando as mulheres como objetos de seus desejos. Convinha reconhecer, porém, que a cada uma tinha dado o melhor de si. Colocara-as sobre um pedestal, depois de tê-las plasmado, a fim de que todos vissem que por trás da atriz de talento havia um artesão sublime: ele. Mas já estava envelhecendo. Giuliana se perguntou se de fato gostaria de passar o resto dos seus dias ao lado daquele homem. E, com pesar, deu-se conta de que não gostaria.

— Volte para aquela pobre americana idiota — disse, com doçura. Acariciou-lhe a mão e prosseguiu: — Você não pode ficar sozinho. Precisa dos cuidados de uma mulher. Em troca, dê a ela tudo o que puder. Você ainda tem muito o que ensinar. Sempre vou lhe querer bem, Kuno, por toda a vida.

— Tenho medo, Giuliana.

— De quê?

— De tudo. Tenho medo dos dias que passam, de não estar mais à altura das expectativas do público, da solidão. Tenho medo de voltar à ruína da minha casa. Sabia que Dora se demitiu? Onde vou achar outra Dora, a esta altura?

Giuliana se sentiu invadida pela melancolia que acompanha o fim de uma bela história de amor.

Ele continuou:

— Obriguei a americana, prometendo-lhe a glória do Scala e do Metropolitan, a abandonar o rei texano da carne enlatada, que a presenteava com diamantes do tamanho de feijões. Eu me sinto responsável por ela, compreende?

— Não venha mendigar minha compreensão. Eu estraçalhei sua casa e aplaquei a humilhação que você me infligiu. Vá tranquilo, sabendo que sempre vou lhe querer bem.

— Talvez, um dia... quem sabe... você poderia voltar para mim — sussurrou ele.

— Esqueça. Você gostaria de construir um harém, mas eu não estou inclinada a interpretar o papel da odalisca — gracejou ela, enquanto o acompanhava até a porta.

Kuno lhe dirigiu um olhar cheio de sofrimento, enquanto desaparecia dentro do elevador.

Giuliana voltou ao terraço e, lá de cima, viu-o caminhar quase saltitando ao longo da rua. Conhecendo-o, sabia que agora Kuno estava feliz, porque ela o perdoara, e, com a inconsciência de um rapazinho, sentia-se finalmente livre para viver a nova história de amor com a americana.

Então ela sorriu, apaziguada.

70

GIULIANA MUDOU-SE PARA Roma no outono. Sante Sozzani lhe havia encontrado uma cobertura encantadora em Parioli, e ela assinara um contrato com a mais importante companhia teatral daqueles anos.

Não foi fácil integrar-se em um ambiente artístico tão diferente do milanês. Em Roma as pessoas falavam por subentendidos, com frequência se consideravam superiores ao resto do mundo, eram obsequiosas com quem lhes parecia poderoso e destrutivas com quem podia ser incômodo. À exceção de Sante e dos atores da companhia, Giuliana não conhecia ninguém. Sante, às vezes, acompanhava-a em visitas a monumentos e museus.

De vez em quando, Gruber telefonava para se lamentar das dificuldades e dos seus achaques. Ela o escutava pacientemente e o confortava. Certa noite, disse-lhe:

— Estou precisando ter em casa uma pessoa confiável, tipo Dora.

A governanta havia retornado ao serviço de Kuno, depois que Giuliana lhe suplicara que não o abandonasse, porque o pobre homem não podia dispensar sua ajuda. Dora era originária da *campagna* romana, ali vivia sua família, e Giuliana sabia que, de bom grado, ela viria trabalhar em sua casa.

— Você não vai querer me levar Dora, espero — alarmou-se o diretor.

— Não o faria nunca, mas, se você a cedesse para mim, seria um belo gesto de sua parte — disse Giuliana.

Kuno havia feito o belo gesto e, poucas semanas depois, Dora se instalava no apartamento em Parioli, assumindo de imediato a condução da casa e a gestão da salvadorenha que fazia o serviço geral.

Aos domingos, Dora ficava feliz por ir ver os parentes no campo, e, às segundas-feiras, quando voltava, trazia para Giuliana rúcula fresca, legumes da horta, ovos e queijos.

Giuliana passava seus dias no teatro, ensaiando, e as noites em casa, lendo.

Às vezes Sante vinha buscá-la e os dois iam jantar nas pequenas *trattorie* que ele conhecia bem. Outras vezes desaparecia por longos períodos, depois de avisar: "Minha mulher teve uma crise. Está internada, e eu lhe faço companhia", ou então: "Vou a um leilão em Londres, em Berlim, em Johannesburgo".

Sem ser formal, continuava a comportar-se como autêntico cavalheiro. Falava pouquíssimo, preferindo escutar as narrativas que Giuliana lhe derramava em cima como torrentes. Continuava a mandar flores para ela e, mais raramente, pequenas peças de antiquário: estampas, telas, bibelôs.

Uma vez Giuliana passou pela galeria dele, à *via* del Babuino. Viu uma escrivaninha Luís XVI e comentou: "Que linda!". No dia seguinte, Sante mandou lhe entregar o móvel em casa.

Giuliana fez sua estreia romana nos trajes de Nora Helmer, em *Casa de bonecas*, de Ibsen. A crítica incensou a "perfeita esfericidade" do desempenho da Agrestis, a qual, "como se fosse preciso, confirmava-se como a mais eclética e incomparável intérprete do nosso teatro".

Para comemorar o sucesso romano, Sante convidou-a para jantar em um restaurante, na noite após a estreia.

— Você começou em grande estilo — disse, com ar feliz, diante de um filé de dourado ao molho de laranja, com acompanhamento de arroz preto.

— A bilheteria recebeu reservas para os próximos seis meses e, provavelmente, o espetáculo ficará em cartaz até o próximo ano — contou Giuliana, com os olhos brilhando de alegria.

— Você parece uma menina que ganhou um presente inesperado.

— Mas assim é. A cada vez que tenho sucesso, eu me surpreendo. Você já conhece minha tendência perene à insatisfação.

— Isto mesmo, Giuliana, definiu bem! — trovejou uma voz que ela conhecia demais, acompanhada por uma nuvem de Vetivèr.

Kuno Gruber estava às suas costas e inclinou-se sobre ela para lhe depositar um beijo leve no pescoço.

Feliz por revê-lo, a atriz lhe estendeu as mãos, que ele beijou escancaradamente, e depois apresentou-o a Sante.

— O que está fazendo em Roma? — perguntou.

— Vim vê-la, meu amor. Você foi excepcional — respondeu Kuno.

— Quer se unir a nós? — perguntou Sante, que apreciava o grande diretor e se dispunha a desfrutar da conversa entre os dois artistas.

Kuno parecia não esperar outra coisa, e sentou-se com eles.

Sante invejava nos atores a tirada pronta, a capacidade de mentir, de manipular a realidade, de inventar histórias. Pelo modo como a atriz e o diretor se fitavam, parecia que jamais tinham existido dissabores entre eles. Kuno contou haver perdido a estreia de *Casa de bonecas*, porque fora obrigado a entreter em Milão uma companhia japonesa, e ter sido bloqueado por alguns jornalistas, que o tinham reconhecido, quando ele se aprestava a ir vê-la no camarim ao término do espetáculo daquela noite.

— Quando cheguei, você já tinha saído. Mas encontrei Dora. Sabia que ela me abraçou e disse que gosta de mim?

— E também disse onde você me encontraria — observou Giuliana.

— Mas não que você já estava acompanhada, do contrário eu não ousaria incomodar — esclareceu ele, mentindo.

— Conheço sua discrição — ironizou ela, lançando um olhar de entendimento a Sante, que sabia da história dos dois.

O diretor, ao contrário, ignorava completamente quem era Sante, e morria de vontade de saber.

— Não está incomodando nem um pouco. Pelo contrário, para mim é uma honra, tê-lo como meu convidado — disse Sante.

— O professor Sozzani é fascinado pelo pessoal de teatro, e esta noite sente-se feliz pelo meu sucesso — esclareceu Giuliana.

— Oh, nossa vida é uma lastimável comédia sem trama. Fora da magia do palco, somos bem pouca coisa — declamou Kuno, espetando com o garfo um camarão-branco do prato que o garçom lhe servira.

— É mais ou menos aquilo que Giuliana me contou em nosso primeiro encontro — assentiu Sante.

— E depois o senhor descobriu que não é assim? — perguntou Kuno.

— Descobri que Giuliana é uma mulher eletrizante e também relaxante. Tem a graça de uma Madona de Rafael e a força de uma Virgem de Michelangelo. Entre meus poucos amigos, ela é em absoluto a pessoa com quem me sinto melhor, e disso nunca lhe serei suficientemente grato — disse Sozzani, com uma sinceridade desarmante.

— Está dizendo que são apenas amigos?

— Isto mesmo — afirmou Sante, sorrindo.

Kuno explodiu em uma gargalhada libertadora.

— Mas isso muda tudo! — exclamou, quase cantando. E acrescentou, dirigindo-se a Giuliana: — Espere que eu dê um telefonema para desmarcar um compromisso, e vou levá-la em casa.

Giuliana pousou a mão no braço dele, quase maternalmente, e disse:

— Não fica bem, isso de desmarcar um compromisso à meia-noite.

— E amanhã? — perguntou ele, com uma expressão de menino esperançoso.

— Gruber, acabou. Esqueceu, querido? — replicou ela, com idêntica doçura.

O diretor escapuliu quase de imediato e Sante a escoltou até Parioli. Quando o motorista parou o carro diante do portão do edifício, ela disse ao amigo:

— Eu gostaria que você subisse.

Dora já fora dormir e Giuliana trouxe para Sante um copo d'água, como ele havia pedido.

Estavam na sala e ele se aproximou da porta-balcão do terraço para apreciar o céu estrelado.

Giuliana foi ao seu encontro, pôs a mão em seu ombro e cochichou:

— Quer ficar para dormir?

Sante pousou uma mão sobre a dela e murmurou:

— Eu temia que as estrelas não ouvissem minha prece.

71

SEMPRE QUE VOLTAVA a San Michele, Martina recordava sua primeira temporada naquela grande e sólida *villa* sobre o mar, onde sua avó, Ines Ceppi, e a dona da casa, Adelaide Montini, passavam juntas longos períodos.

Agora, restara somente ela a fazer crochê no jardim, na calma vespertina, sob a pérgula que a protegia dos raios do sol com sua rica folhagem.

Giovanni Paganessi, sentado na poltrona de ratã branco, folheava os jornais e, de vez em quando, comentava com ela uma notícia.

Maria e Osvalda tinham ido passear de barco com os filhos de Giovanni, e Martina esperava a chegada de Giuliana e Sante, que passariam o fim de semana em San Michele.

Giovanni conhecia o professor Sozzani e apreciava-lhe as qualidades humanas e profissionais.

Volta e meia, Martina consultava seu relógio de pulso, suspirava e recomeçava a trançar fios.

— Pare de se preocupar — admoestou-a o amigo.

— Se fosse com sua filha, eu só queria ver — retrucou ela.

— Você teve três filhas sem marido, e agora gostaria que Giuliana tivesse um. Por quê?

— Eu não era atriz e me dediquei às três em tempo integral, mas ela nunca deixará o teatro, e aquela pobre criatura... se pelo menos tivesse um pai...

— Mas Sante é casado, Martina.

— Eu sei.

— E é um homem de bem. Nunca se divorciaria de uma mulher tão gravemente enferma.

— Giuliana também diz isso, mas...

— Pare de suspirar e reclamar — intimou-a Giovanni, fechando o jornal.

— ...mas ela não quer nem contar a ele que está grávida — continuou Martina.

— A quem terá puxado? — brincou ele, levantando-se da poltrona. Foi até a mesa e serviu-se do chá frio num copo.

— Se eu errei, não significa que também ela deva errar — protestou Martina.

— Desde quando você passou a falar como uma velha comadre? — perguntou Giovanni, impaciente.

— Lembra como éramos felizes, quando jovens? — disse ela, sorrindo.

Pousou no chão o trabalho em crochê e acrescentou:

— Lembra a noite em que fomos parar no comissariado de Santa Margherita? Sandro tinha dado uns socos em um garotão, para me defender.

— Para se pavonear, melhor dizendo. Tinha se apaixonado por você e faria qualquer coisa para chamar sua atenção. Estavam bem, os dois juntos.

— Minha Giuliana também está bem com Sante. Mas eu tenho uma suspeita.

— Vamos, desafogue, sua resmunguenta.

— Temo que, mesmo que ele se divorciasse, ela não o desposaria. O fato é que Giuliana não deseja um marido. E pensar que, quando era mocinha, queria tanto me ver casada com seu cunhado.

— Claro, sentia falta de um pai. Seja como for, pare de se atormentar. Giuliana tem 30 anos e fará o que quiser.

— Giuliana tem medo de enfrentar a realidade. Não foi por acaso que escolheu o teatro. Prefere se esconder nos trajes dos personagens que interpreta no palco a encarar os problemas da vida. Mede-se toda noite com o julgamento do público e depois corre para casa, maltratando-se em sua solidão — explicou Martina.

— Uma solidão meio estranha, se produziu uma gravidez — gracejou Giovanni.

— Essa sua tirada não é inteligente nem de bom gosto — reagiu ela. Giovanni se aproximou e abraçou-a sorrindo.

— Martina, conforme-se. Giuliana é como você: aterrorizada pela perspectiva de uma vida de casal. De qualquer modo, você não pode resolver os problemas por ela. Agora, vou me trocar e descer para nadar. Você fica aqui, bancando a mãe ansiosa — resmungou, encaminhando-se para a *villa*.

Martina olhou-o com ternura enquanto ele se afastava mancando, porque na véspera havia inadvertidamente pisado em um ouriço. Ela tratara do seu velho e querido amigo, tirando-lhe do calcanhar os espinhos, um a um, com o auxílio de uma pinça, enquanto ele continha os gemidos exibindo-se numa série de caretas engraçadas.

Por fim, decidiu segui-lo. Tomariam juntos o banho de mar, esperando o retorno dos jovens. Giuliana foi ao encontro deles na prainha, quando os dois já se secavam aos últimos raios de sol. Também estava de maiô. Seu corpo perfeito ainda não revelava a incipiente gravidez.

— Onde você deixou Sante? — perguntou Martina, abraçando-a.

— Ficou em Roma. Ontem à noite sua mulher foi de novo internada às pressas, e nada o faria se afastar, estando ela tão mal — explicou Giovanna.

Martina não fez comentários e se envergonhou de si mesma ao pensar que, se a esposa de Sante passasse desta para a melhor, talvez Giuliana se decidisse a dar um jeito mais razoável na própria vida. E mentalmente formulou um: Meu Deus, perdoa-me.

Quase como se tivesse intuído os pensamentos da mãe, Giuliana disse:

— Coitada, sofre muito, mas peço ao Senhor que a mantenha viva, porque, se ela morresse, Sante enlouqueceria de dor e eu não saberia como ajudá-lo.

Certa vez, Sante lhe havia confidenciado:

— Minha mulher é angélica de nome e de fato. Nós nos conhecemos ainda crianças, na escola fundamental, e sempre estivemos juntos. Aos 20 anos já estávamos casados. Ela foi para mim uma esposa, uma amiga, quase uma irmã. — Giuliana lhe deu um abraço e ele acrescentou: — Desde quando ela adoeceu, tenho pavor da ideia de perdê-la. Antes, eu imaginava que nunca mais conseguiria amar nenhuma outra mulher na minha vida. Depois conheci você e me apaixonei. Você é um presente inesperado que o céu me deu.

Assim que se dera conta de estar grávida, Giuliana havia perguntado a ele:

— Por que você e sua mulher não tiveram filhos?

— Angelica deveria se submeter a uma delicada intervenção cirúrgica para tê-los. Decidimos juntos que nos bastaríamos um ao outro. Éramos felizes, nós dois sozinhos. E também os filhos são muito absorventes, transtornam a vida, nunca estiveram nos meus planos.

Tais palavras tinham gelado Giuliana, que considerou encerrado o assunto.

Agora, Martina lhe disse:

— Sante acabará sabendo que você está grávida.

— Não saberá. Decidi não dizer a ele e deixá-lo livre para se dedicar por inteiro à sua mulher, enquanto a doença não a levar. É o que ele deseja, ao menos por enquanto. Assim, meu filho será só meu — declarou Giuliana.

Giovanni, que estava refestelado numa espreguiçadeira, desfrutando o restinho de sol, e havia escutado a conversa, teve a sensação de reviver uma história que já lhe fora contada. Giuliana repetia os mesmos comportamentos maternos. Mãe e filha eram mulheres honestas, mas incapazes de dividir a vida com um companheiro, fosse ele amante ou marido.

— Que pena — sussurrou Martina. — Eu gosto muito de Sante.

— Eu também, mãezinha. Ele é sincero, concreto, mas também egoísta, aliás como eu sou igualmente. Achei que conseguiria compartilhar seu amor com essa esposa moribunda, mas percebo que é impossível.

Poucos meses depois, quando a gravidez estava prestes a tornar-se óbvia, Giuliana se transferiu para Londres.

O professor Oswald Graywood e a esposa foram seu ponto de apoio. Camilla nasceu numa clínica de Oxford e viveu seu primeiro ano de vida com a mãe, que havia alugado o mesmo *cottage* onde Martina e o professor tinham concebido Osvalda.

A indiana Salinda, que cuidara da casa no tempo de Martina, assumiu a função de babá. Quando Giuliana voltou para Roma com sua menina, Sante era um viúvo inconsolável.

Encontraram-se, por acaso, na saída de um cinema. E comportaram-se como os velhos amigos que eram.

— Como está você? — perguntou Giuliana.

— Tive momentos melhores. Angelica está sempre nos meus pensamentos e não me abandona nunca. Também senti falta de você. Foi difícil digerir seu abandono, mas compreendi que era a atitude certa. Se não tiver outro compromisso, você jantaria comigo? — convidou ele.

Durante todo o jantar, ela escutou pacientemente uma longa evocação da esposa falecida. Sante nunca havia falado tanto. No fim, disse:

— Agora, chega. Fale de você, do motivo que a levou a desaparecer por tanto tempo, diga se poderei aplaudi-la de novo num palco.

Giuliana não lhe contou sobre a menina. Sante soube pelos jornais, quando Giuliana voltou a ser notícia com uma incomparável interpretação de *Mãe Coragem e seus filhos*.

Hoje

72

Dora se apresentou na entrada da sala.

— Incomodo?

— Você não incomoda nunca — disse Giuliana, levantando-se e indo ao encontro dela.

— Estou indo com meu irmão. Volto em 2 de janeiro, se a senhora concordar, até porque, depois da festa de santo Estêvão, Manola chegará para cuidar da casa.

— Tenha um feliz Natal, Dora — replicou Giuliana, entregando-lhe um pacotinho. Era um relógio de pulso que Dora desejava havia tempo.

— Devo abri-lo agora? — perguntou a governanta, depois de agradecer.

— Abra quando estiver com sua família — sugeriu a atriz.

Abraçaram-se, repetindo uma para a outra: "Feliz Natal", e Dora saiu.

— Enfim sós — sorriu Giuliana, voltando a se sentar junto de Sante.

— E então, podemos finalmente falar de Camilla? — começou ele.

— Desde quando atingiu a idade da razão, minha filha desejou ter um pai, mas eu não sabia se o pai se dispunha a aceitá-la e a se ocupar dela. — Giuliana fez uma pausa e acrescentou: — Camilla é sua filha, Sante.

O homem sorriu e não pareceu surpreendido por essa revelação.

— Sabe quando eu percebi? Ela era ainda uma garota, e Dora a acompanhara à minha loja. Camilla notou uma pequena tela de Longhi e se encantou ao olhá-la. Pediu que eu falasse do artista que a tinha pintado. Depois me disse: "Quando eu crescer, quero ser especialista em arte, como você".

Sante fitou Giuliana com ternura e relembrou aquele dia longínquo. Camilla havia retornado a Roma do colégio suíço onde estudava. Tinha ido com Dora à *via* del Babuino para fazer compras e, ao passar diante da loja de antiguidades de Sante, viu na vitrine uma tela e exclamou:

— Que linda! Quero vê-la de perto. Vamos entrar.

Sante conversava com um colecionador, e seus auxiliares olharam com curiosidade aquela garota que circulava pela loja, detendo-se para admirar os móveis marchetados, os objetos antigos, os quadros.

Sante dispensou rapidamente o interlocutor para cumprimentar a filha de sua amiga Giuliana.

— Vocês estudam história da arte no colégio? — perguntou.

— É minha matéria preferida. A arte é o meu hobby, como esta loja para você. Mas, afinal, o que você faz na vida? — interpelou-o Camilla, olhando-o com curiosidade.

— Ensino, vendo e compro objetos de arte, acompanho meus interesses na África do Sul, produzo vinho e azeite na Toscana, cultivo relações com os poucos amigos que amo, compro sapatos, camisas e gravatas em Londres, e converso com as mocinhas como você — respondeu ele, sorrindo.

— Dizem que quem faz muitas coisas não faz bem nenhuma delas.

— Então eu sou a exceção, porque procuro fazer tudo da melhor maneira.

— Viva a modéstia! — cantarolou ela.

— Quero lhe dar um presente. Olhe ao redor e escolha o que quiser.

— Escolha por mim. Você é o amigo da mamãe de quem eu mais gosto.

Dora, que até aquele momento havia assistido em silêncio ao colóquio, interveio com severidade:

— Chega, Camilla. Vamos deixar o professor livre para cuidar dos seus negócios.

Camilla e Sante trocaram um olhar de cumplicidade e se despediram.

Agora, Sante disse a Giuliana:

— Esperei durante anos que você me falasse dela.

— Eu podia dizer a um homem, que não queria filhos, que ele se tornara pai? — reagiu Giuliana.

— Ora, eu fui pai do mesmo jeito. Como acha você que Camilla conseguiu emprego naquela galeria de arte londrina? Como explica a bela casa de Kensington, com aquele aluguel ridículo? E daquela vez em que ela se empolgou com o cozinheiro indiano que queria levá-la a Calcutá para abrir um restaurante?

— Dessa eu não sabia! Como terminou?

— Ele tem afinal seu restaurante em Calcutá. Ela, porém, está aqui.

— E a do cabeleireiro, você também sabe?

— Como vê, acabou.

— Enfim, você sabe de tudo? — pasmou-se Giuliana.

— Quase. Afinal, Camilla é um livro aberto. Basta fitá-la nos olhos para perceber o que está acontecendo.

Giuliana acariciou a mão dele.

— Por que nos deixamos? — perguntou, docemente.

— Foi você quem me deixou. Bastaria me dar tempo para superar meu luto — resmungou Sante.

— Como assim? Dois anos depois da morte de Angelica, você ainda era um viúvo inconsolável.

— Angelica levou consigo um bom pedaço do meu coração. Mas, depois dela, a pessoa mais importante da minha vida é você. Se eu a tivesse conhecido antes dela...

— Por que sempre cabe a nós, mulheres, a necessidade de esperar, ter paciência, dar tempo aos homens para superarem suas crises? Quem dera que vocês fossem pacientes conosco, alguma vez!

— Eu fui. Ainda estou aqui, olhando-a com a adoração de vinte anos atrás, e lhe mando flores e sofro sempre que a vejo com um novo companheiro. Tive que digerir o ator francês, o banqueiro de Zurich e, agora, o jovem engenheiro eletrônico. Acho que já chega.

Entre os dois caiu um silêncio, sublinhado pelo crepitar da lenha que se consumia na lareira.

Giuliana atormentava entre os dedos as pérolas do seu colar. "Lindas pérolas", dissera Sante, certa vez. Tinham pertencido à vovó Ines, de quem ela as ganhara de presente no dia de sua crisma. De Ines, seu pensamento voou até Vienna e desta a Martina, que agora morrera, deixando-a sozinha, titubeante, apavorada, em busca de um apoio. Pareceu-lhe escutar de novo a voz de sua mãe ao lhe dizer, na prainha de San Michele: "Eu gosto muito de Sante".

Cinco palavras que resumiam a estima por um homem que ela gostaria de ver ao lado de sua filha.

— Estou à beira dos 50 anos, meio século. Você se dá conta? — disse Giuliana.

— Eu, sim. Mas e você? — retrucou Sante.

— Cresci em três dias e tenho medo de derrapar.

— Aqui estou eu, para mantê-la na estrada. Quer ser minha mulher, Giuliana?

— Eu lhe contei que minha mãe se casou aos 60 anos? Em comparação, eu seria uma esposa superjovem! — exclamou ela, feliz, refugiando-se nos braços dele.

Ouviram passos no corredor e, instantes depois, Camilla entrou na sala. Viu-os abraçados e sorriu.

— Stefano, como perfeito cavalheiro, me trouxe até em casa. Queria subir, mas eu disse que, a esta hora, vocês certamente estavam dormindo. Sabe que ele é simpático?

— Todos os meus amigos o são — disse Giuliana.

— Ele me convidou para irmos esquiar.
— Espero que você tenha recusado — interveio Sante.
— Por quê? — quis saber a jovem.
— Porque ele não serve para você. E se eu, que sou seu pai, estou dizendo, você deve acreditar — declarou o antiquário.

73

RICHETTA BATEU DUAS VEZES à porta do quarto e, não obtendo resposta, empurrou-a. Leandro Bertola dormia profundamente, e por alguns instantes ela hesitou, perguntando-se se deveria acordá-lo. Era a manhã de Natal e, na cozinha, sua sobrinha a esperava para irem juntas ao encontro da família, em Clusone. Não queria partir sem desejar feliz Natal ao professor e lhe servir o desjejum, que já estava ali, pronto, em cima do carrinho, na antecâmara. O patrão repousava tranquilo, e ela sabia o quanto ele precisava de um bom sono, que por algumas horas o impedisse de pensar no desaparecimento de Martina.

Por fim, decidiu deixá-lo dormir. Silenciosamente, empurrou o carrinho até o pé da cama e saiu do quarto de mansinho. Deixaria um bilhete sobre a mesa da cozinha. Eram quase 9 horas da manhã e ela devia se apressar a partir.

Leandro acordara ao ouvir a governanta entrar no quarto, mas fingira dormir, porque não tinha vontade nem de falar, nem de escutar votos de Feliz Natal, porque não o seria, sem Martina.

Levantou-se, foi até o banheiro e meteu-se embaixo do chuveiro. Depois voltou ao quarto e abriu a janela para fazer entrar a luz matinal.

Sentou-se na cama e tomou seu desjejum pensando que, com Martina, tinha ido embora a parte mais bela de sua vida.

Empurrou o carrinho até o corredor e desceu ao térreo do antigo palacete. Entrou na sala e deteve-se diante de uma das portas-balcão para olhar a neve que se acumulara no jardim.

Recordou que sua esposa Emanuela lhe dissera, por ocasião do divórcio: "Se você tivesse me amado só a metade do quanto ama Martina Agrestis, não teríamos chegado a isto".

Sem querer, sempre a ferira injustamente, porque Emanuela sempre havia sido uma boa esposa, ao passo que ele às vezes a encarava como se ela fosse uma estranha. Como podia lhe explicar que não conseguia arrancar do coração sua Martina, doce e maluquinha como um cavalo bizarro, agressiva e terna, errante e no entanto ligada às raízes?

Agora, Leandro saiu da sala e foi até o vestíbulo. O presépio que começara a arrumar com Martina no quarto domingo do Advento ainda estava inconcluso. Aflorou com os dedos as estatuetas e a gruta de Belém que ela havia modelado com papel machê.

"O que farei sem você?", perguntou-se, desesperado, cobrindo o rosto com as mãos.

O telefone tocou e ele atendeu de má vontade. Era Emanuela, que o convidava para a ceia de Natal com os filhos dos dois, como sempre. Ele agradeceu e recusou.

Trocaram poucas palavras e depois se despediram. Então Leandro recordou um pôr do sol de junho em Bérgamo, muitos anos antes. As andorinhas voavam baixo e seus pios se confundiam com o toque de Vésperas dos sinos da igreja românica. Ele passeava com Emanuela ao longo dos velhos muros, segurando-lhe a mão.

Ela era uma jovem graciosa, discreta, silenciosa. Quando algo a perturbava, enrubescia e baixava o olhar.

Nos campos, ao longo dos anteparos dos muros, havia crianças brincando sob o olhar vigilante das mães. Os dois haviam se sentado em um banco e deixavam-se acariciar pelo sopro suave do vento.

Leandro a fitara nos olhos, desejando no fundo de si mesmo poder dizer: "Eu amo você", porque sinceramente lhe queria bem.

O rosto angelical de Emanuela, com sua pele clara, os grandes olhos castanhos que, melhor do que as palavras, refletiam seus pensamentos, os cabelos louros, recolhidos na nuca, assemelhavam-na a uma delicada miniatura oitocentista.

O olhar da moça expressava toda a sua admiração por ele, e isso o fazia sentir-se importante.

Quão diferente ela era de Martina, que sempre parecia desafiá-lo e era capaz, como ninguém, de ferir seus sentimentos!

Leandro havia tomado Emanuela nos braços, dera-lhe um beijo e depois sussurrara:

— Amo você, Martina.

A jovem o afastara de si, com doçura.

— Eu me chamo Emanuela.

— Por quê? O que foi que eu disse?

— Você me chamou de Martina — respondeu ela. E acrescentou, curiosa: — Quem é Martina?

— Quem era, melhor dizendo — corrigiu ele, embaraçado. — Foi uma colega de escola quando eu morava em Vértova, com meus avós. Crescemos juntos. Nada com que você deva preocupar-se.

Emanuela tinha visto Martina pela primeira vez à saída da igreja de Vértova, depois da missa de Natal, quando já estava casada com Leandro e esperava o primeiro filho.

Martina estava com Giuliana e com um homem bonito e muito elegante. Emanuela havia notado a troca de olhares entre seu marido e Martina, e deduzido que entre eles havia algo mais profundo do que uma longínqua amizade infantil.

Mais tarde, tinha interrogado Leandro. Ele considerara que sua mulher não merecia uma mentira e explicara: "É um amor nascido nos bancos escolares e jamais desabrochado. Entre mim e ela nunca houve sequer um beijo".

O som do telefone arrancou-o das recordações.

— Como está você? — perguntou Vienna, assim que ele atendeu.

— Deveria ser eu a lhe perguntar, a me preocupar com você — replicou o médico, sentindo-se culpado por não a ter procurado.

— Martina gostaria que nós dois comemorássemos juntos o Natal, nesta casa à qual era tão ligada. Quer vir almoçar comigo? — convidou Vienna.

— Eu levo o panetone — respondeu Leandro, sem hesitar.

74

VIENNA ESTAVA USANDO um vestido de crepe preto presenteado por Martina anos antes. Penteou-se e se perfumou caprichosamente.

Depois se sentou na poltrona de sempre, diante da janela, de onde se avistavam o rio e o vale. Fazia quantos anos observava aquela paisagem sempre igual e sempre diferente, segundo as estações? Uma vida, pensou. Toda uma vida! O sol derretia a neve, que, retirando-se, descobria placas de terra castanha. Ela agradeceu ao Senhor o dom daquele novo dia e logo se entristeceu, pensando que Martina não mais faria suas incursões repentinas, trazendo consigo uma lufada de vitalidade e muitas histórias a contar. Sua filha já não existia, e a casa estava imersa num silêncio que lhe gelou o coração.

O som da campainha, repetido várias vezes, obrigou-a a levantar-se. Abriu a porta e viu-se diante de Maria com os filhos e Raul Draghi.

Naquela manhã, Maria fora despertada por uma avalanche festiva que desabara sobre sua cama e por um "Feliz Natal, mãezinha" recitado em coro por seus filhos.

— Feliz Natal para vocês também, mas desçam da cama ou vão quebrá-la — admoestou ela, agradecida pela alegria deles.

Depois, quando abriam os presentes, viera o telefonema de Raul.

— O que vão fazer hoje, você e as crianças?

— Minhas irmãs e eu decidimos fazer uma surpresa à vovó. Vamos a Vértova, à casa dela. Talvez o Natal seja menos triste se estivermos todos juntos. Quer ir conosco? — propôs Maria.

Raul passou para pegá-los em seu carro e seguiu com eles para Vértova. Uma viagem curta, alegrada pelos garotos excitados com aquela ida ao vale bergamasco.

Agora, Maria apresentou Raul à avó, dizendo:

— Ele é o doutor Draghi, mas pode chamá-lo de Raul e tratá-lo por você. — Depois, cochichou: — É de fato um dragão,* porque consegue tomar conta dos meus moleques e está me cortejando com graça.

Vienna gostou do rosto sincero daquele quarentão. Acolheu-o dizendo:

— Você é realmente corajoso, se pensa embarcar numa aventura com minha neta e seus filhos. Bem-vindo à minha casa.

Nesse momento, a campainha da entrada tocou de novo, e assim continuou até que chegaram todos: Giuliana com Camilla e Sante Sozzani, Osvalda com Galeazzo e, por fim, Leandro, tão surpreso quanto Vienna por aquela invasão inesperada.

Mas toda a família ficou literalmente sem fôlego quando Osvalda, depois de apresentar Galeazzo aos que não o conheciam, anunciou, feliz:

— Estamos noivos e vamos nos casar assim que os documentos ficarem prontos.

A notícia foi acolhida com gritos de alegria sobretudo por parte de Vienna, Maria e Giuliana, preocupadas com o futuro de Osvalda após a morte de Martina.

Vienna abraçou ternamente a neta caçula e disse:

— Prestem atenção: casem logo. Estou muito velha e não posso esperar longamente.

---

*Jogo de palavras com o sobrenome Draghi, plural de *drago*, dragão. (N. da T.)

Depois, cumprimentou Sante Sozzani com afeto especial. Fazia muito tempo que não o via, mas sabia que ele era o pai de Camilla.

— Você afinal criou juízo? — perguntou a Giuliana.

— Parece que sim. Sante e eu resolvemos nos casar. O mérito é todo da mamãe, que me indicou o caminho certo — replicou Giuliana, recordando também o telefonema de Stefano, poucas horas antes.

O jovem a chamara às 7 horas da manhã, dizendo:

— Giugiù, sua maldosa. Ontem à noite você me desprezou, preferindo aquele seu velho amigo. Hoje, tenho almoço com minha noiva e os pais dela, e estarei de péssimo humor por sua culpa.

— Aproveite a ocasião e marque a data do casamento — respondeu Giuliana.

— Está me dispensando? — perguntou ele, ofendido.

— Um dos dois tinha de fazer isso — retrucou ela, concluindo: — Foi uma bela história, a nossa. Merece um final digno.

Durante o voo de Roma a Bérgamo, no jatinho particular de Sante, Giuliana havia cochilado, enquanto ele e Camilla conversavam sem parar. Depois, no automóvel que os levava do aeroporto de Orio a Vértova, Camilla anunciara: "Não vou voltar para Londres. Resolvi permanecer em Roma e trabalhar com meu pai. Assim, a família ficará unida".

As três irmãs dispuseram nas travessas as comidas que haviam preparado nas respectivas casas, enquanto os filhos de Maria escutavam com atenção máxima a narrativa da prima Camilla sobre as maravilhas de Londres e os quatro homens tagarelavam com Vienna.

Quando finalmente se sentaram todos à mesa, Vienna teve a impressão de voltar no tempo, quando, na grande cozinha da casa dos Agrestis, a família se reunia para o almoço de Natal. Desta vez, porém, não eram os Agrestis, mas a estirpe dos Ceppi. Ela abraçou com um olhar aquela sua grande família e pensou que Martina havia operado o milagre de arrumar convenientemente a grande bagunça que sua vida e a de suas filhas tinham sido.

Depois do almoço, antes de fazer o café, Vienna foi até seu quarto e retornou trazendo um envelope.

— Sentem-se e escutem. Eu lhes disse que a mãe de vocês me confiou suas vontades. Chegou o momento de lê-las — anunciou.

Abriu o envelope, desdobrou um papel, colocou os óculos e começou. Martina destinava a Osvalda a *villa* de Vértova, a Maria o apartamento da *via* Serbelloni, a Giuliana os móveis antigos, os quadros e as joias. Quanto aos capitais investidos, eram divididos igualmente entre Vienna e as três filhas.

Foi um dia sereno, rico de emoções e lembranças felizes ou, às vezes, dolorosas.

Foram embora todos juntos, no final da tarde. Vienna estava exausta, mas tirou da estante o segundo volume das obras de Shakespeare. Sentou-se na poltrona habitual, abriu o livro, folheou-o e achou os versos que tanto amava: "Eu conheço / um declive onde floresce o timo / onde crescem violetas debruçadas / e margaridas, e onde o azevinho / se entrelaça suntuoso em baldaquino / com a rosa-canina e a moscada...."

Fechou os olhos e pareceu-lhe ver Martina aos 18 anos, com um vestidinho de algodão florido, subindo em passos ligeiros aquele suave declive entre touceiras de timo e tufos de violetas. No cume do monte estava seu pai, Stefano Ceppi, de uniforme militar, que a esperava sorridente e comovido.

Vienna sentiu-se plenamente feliz. Adormeceu, e o livro escorregou-lhe das mãos.

Este livro foi composto na tipologia Lapidary333 BT,
em corpo 12,5/17, e impresso em papel
off-white 80g/m² no Sistema Cameron da Divisão
Gráfica da Distribuidora Record.